凡例

一、本書は、私小説家・西村賢太（一九六七―二〇二二）の随筆集『誰もいない文学館』（本の雑誌社　二〇二二）をはじめとする、西村自身が読み耽った文学作品をめぐる文章や発言をもとに構成したアンソロジーです。

一、各篇扉裏に引用した西村賢太の言葉の出典について、『誰もいない文学館』は*、『稚兒殺し倉田啓明譎作集』（勝井隆則編纂　龜鳴屋　二〇〇三）の解説「異端者の悲み」は**、『小説にすがりつきたい夜もある』（文藝春秋　二〇一五）所収の「凶暴な自虐を支える狂い酒」（初出『en-taxi』第二十八号　二〇〇九・十二）および「私小説五人男――私のオールタイム・ベスト・テン」（初出『本の雑誌』二〇一〇・八）は***、『田中英光傑作選　オリンポスの果実／さようなら 他』（西村賢太編　角川e文庫　二〇一五）の「解題」は****、「山本周五郎と私自分にとっての読むべき作家」（「波」二〇一四・三）は*****で示しています。

一、各篇本文は原則として初出をもとに、単行本や全集など後続の版を参照しながらまとめました。ただし、大坪砂男「天狗」については、西村賢太自身が「複読」したと記す『閑雅な殺人』（東方社　一九五五）収録版をもとにしています。なお各篇の初出は本編末尾に一覧を掲げました。

一、表記は新字とし、踊り字も含めて新仮名遣いに改め、ルビは適宜加減し、明らかな誤字脱字は正しましたが、同篇内の表記の不統一はそのままにしています。また、註は〔　〕内に示しました。

一、本文中、差別表現が見うけられる作品もありますが、各著者が故人で問えないため、当時の社会状況の…記録として残すことを優先しました。

幻戯書房編集部

書棚の一隅

西村賢太が愛した短篇

村山槐多　悪魔の舌

村山槐多　むらやまかいた

明治二十九—大正八年（一八九六—一九一九）
神奈川県出身。画家、詩人、小説家。京都府立第一中学卒。ポー、ボードレール、ランボーに心酔、詩や戯曲をつくり、絵を描いた。短い生涯で六編の短篇小説を遺し、いずれの作品も怪奇趣味が色濃く、ロマン主義的な傾向が強い。

Kenta's review

それは期待以上の面白さであった。安達ヶ原の鬼女伝説を下敷きとした短篇だったが、作中人物の、悪食が嵩じて人肉を求める過程の描写の妙は、乱歩だけでなく私のような馬鹿の中卒者をも、確かに唸らせてくれたのである。

〔中略〕

〝村山槐多〟は、やはり私の中ではなかなかに重要な、常に〝別格〟の位置を占め続けている存在なのである。

＊

（一）

五月始めの或晴れた夜であった。十一時頃自分は庭園で青い深い天空に見入って居ると突然門外に当って『電報です。』と云う声がする。受取って見ると次の数句が記されてあった、『クダンサカ三〇一カネコ』『是は何だろう。三〇一と云うのは。』実に妙に感じた。金子と云うのは友人の名でしかも友人中でも最も奇異な人物の名であるのだ。『彼奴《きやつ》は詩人だから又何かの謎かな。』自分は此《この》不思議な電報紙を手にして考え始めた。発信時刻は十時四十五分、発信局は大塚である。どう考えても解らない。が兎《と》に角《かく》九段坂まで行って見る事にし着物を着更えて門を出た。

吾《わが》住居から電車線路までは可成りある。その道々自分はつくづくと金子の事を考えた。丁度二年前の秋、自分は奇人ばかりで出来て居る或宴会へ招待された際、彼金子鋭吉と始めて知合になったのであった。彼は今年二十七歳だから其時《そのとき》は二十五歳の青年詩人であったが、其風貌は著るしく老けて見え、その異様に赤っぽい面上には数条の深い頽廃した皺が走って居、眼は大きく青く光り、鼻は高く太かった。殊に自分が彼と知己になるに至った理由は其唇にあった。宴会は病的な人物ばかりを以て催された物であったから、何れの来会者を見ても、異様な感じを人に与える代物ばかりで、知らない人が見たら悪魔の集会の如く見えたのであるが、其中でも殊に此青年詩人の唇が自分には眼に着いた。

彼は丁度真向に居たから、自分は彼を思う存分に観察し得た。実に其唇は偉大である。まるで緑《ろく》青《しょう》に食われた銅の棒が二つ打《ぶ》っつかった様である。そして絶えずびくびく動いて居る。食事をする時は更に壮観である。熱い血の赤色がかった其銅棒に閃《ひら》めくと、それは電光の如く上下に開いて食物を呑み込むのである。実にかかる厚い豊麗な唇を持った人を見た事のない自分は、思わず暫らく我を忘れて其人の食事の有様に見惚《みと》れた。突然恐ろしい彼の眼はぎろっと此方《こっち》を向いた。すっくと立ち上って彼はどなった。『おい君は何故そうじろじろと俺の顔ばかり見るんだい。』『うん、どうもすまなかった。』我にかえって斯《こ》う云うと彼は再び坐した。『人にじろじろ見られるのは兎に角気持が善くないからな、君だってそうだろう。』斯う云って彼はビールの大杯をぐっと呑み乾して、輝かしい眼で自分を見た。『そうだった、僕はだが君の容貌に或興味を感じた物だから。』『有難くないね、俺の顔がどうにしろ君の知った事ではあるまいではないか。』彼は不機嫌な様子であった。『まあ怒るな仲直りに呑もう。』かくして彼金子鋭吉と自分とは相知るに至ったのである。

彼は交れば交る程奇異な人物であった。相当の資産があり父母兄弟なく独りぼっちで居る。学校は種々這入《はい》ったが一も満足に終えなかった。それ等の経歴は話す事を厭がって善く解らないが要するに彼は一詩人となった。彼はまったく秘密主義で自分の家へ人の来る事を大変厭がるから如何なる事をしつつあるのか全然不明であるが、彼は常に街上を歩いて居る。常に酒店《バー》や料理屋に姿を見せる。そうかと思うと二三箇月も行方不明になる。正体が知れぬ。自分は最も彼と親密にし彼もまた自分を信じて居たが、それでも要するにえたいの知れない変物とよりほか解らなかった。

（二）

かかる事を思いつついつしか九段坂の上に立った。眺むれば夜の都は脚下に展開して居る。神保町の燈火が闇の中から溢れ輝いて、まるで鉱石の中からダイヤモンドが露出した様である。自分は坂の上下を見廻わした。金子が多分此処《ここ》で自分を待ち合わして居るんだろうと思ったのである。が誰も其《それ》らしい物は見えなかった。大村銅像の方をも捜して見たが人一人居ぬ。約三十分程九段坂の上に居たが遂に彼の家に行って見る事にした。彼の家は富坂《とみざか》の近くにある。小さいが美麗な住居である。家の前へ来ると警官が出入りして居る。驚ろいて聞くと金子は自殺したのだと云う。すぐ飛び込んで見ると六畳の室《へや》に金子が友人二三人と警察の人々とに囲まれて横たわって居た。火箸で心臓を突刺して死んだのである。二三度突き直した痕跡がある。其顔は紫白《しはく》色を呈して居るがさながら眠れる様である。医師は泥酔で精神錯乱の結果だろうとした。自殺者の身体には甚だしい酒精《しゆせい》の香があった。時刻は今し方通行者が苦痛の唸声《うなりごえ》を聞きつけてそれから騒ぎになったのだ。

何の遺書もなかった。が自分にはさっきの電報が一層不思議になった。時刻から考えると金子はあの電報を打って帰るとすぐ死んだ物らしい。自分はそっとまた九段坂の上へとってかえして考えた。電報の三〇一と云う数字は何を意味するのであろう。九段坂の何処にそんな数字が存在して居るのであろう。見廻して見るに何もない。ふと気が付いた。九段坂の面積中で三百以上の数字を有《も》って居る物は一つしかない。それは坂の両側上下に着いた溝の石蓋である。そして始め上から見て右手の方の石蓋を下へ向って数え始めた。そして第三百一番目の石蓋をよく調べて見たが何も別段異状はない。殊に依ると此《これ》は下から数えた数かも知れない。石蓋は全部で三百十枚ある。だから上から数えて十枚目が下から数えて三百一枚に当る。駆け上って其石蓋をよく見ると上から十枚目と十一枚目との間に何だか黒い物が見える。引出して見ると一箇の黒い油紙包である。『是だ是だ。』と其を掴むや宙を飛んで家へ帰った。

包みを解くと中から一冊の黒表紙の文書が表われた。読み行く中《うち》に自分は始めて彼金子鋭吉の正体を眼前にした。その正体こそ世にも恐ろしい物であった。『彼は人間ではなかった。彼は悪魔であった。』と自分は叫んだ。読者よ、自分はこの文書を今読者の前に発表するに当って尚未だ戦慄の身に残れるを感じるのである。以下は其文書の全文である。

（三）

友よ、俺は死ぬ事に定《き》めた。俺は吾心臓を刺す為に火箸を針の様にけずってしまった。君がこの文書を読む時は既に俺の生命の終った時であろう。君は君の友として選んだ一詩人が実に類例のない恐ろしい罪人であった事を以上の記述に依って発見するであろう。そして俺と友たりし事を恥じ怒るであろう。が願わくば吾死屍《しかばね》を憎む前に先ず此を哀れんで呉れ、俺は実に哀む可き人間であるのだ。さらば吾汚れたる経歴を隠す所なく記述し行く事にしよう。俺は元元東京の人間ではない。飛驒の国の或山間に生れ其処《そこ》に育った。吾家は代々材木商人であり父の代に至っては有数の豪家として附近に聞こえた。父は極く質朴な立派な人物であったが壮時名古屋の一名妓《めいぎ》を入れて妾とした、その妾に一人の子が出来た。其が俺であった。俺が生れた時既に本妻即ち義母にも子が一人あった。不倫な話であるが父は本妻と妾とを同居せしめた。従って子供達も一所に育てられた。俺が十二歳になった時義母には四人の子があった。そして其年の四月にまた一人生れた。その弟は奇体な赤ん坊として村中の大変な噂であった。それは右足の裏に三日月の形をした黄金色の斑紋が現われて居るからである。

或る日赤ん坊を見たその旅の易者は、「此の子は悪い死様をする。」と言ったそうだ。今思うと怪しくも此の予言は的中した。俺も幼心に赤ん坊の足の裏の三日月を実に妙に感じた。其時はまた俺にとって実に忘れ難い年であった。それは父が十月に急に死んだ事であった。父は遺言書を作って置いて死んだ。俺と母とは一万円を貰って離縁された。家は三つ上の長男が継ぐことになった。父は親切な人であったから、俺等母子《おやこ》の幸福を謀って斯《か》く遺言したのである。事実に於て母と義母との間には堪えざる暗闘があったのであった。義母が家の実権を握れば吾母の迫害せられることは火を見るよりも明かであった。そこで吾等二人は父の葬儀が終ると直《すぐ》に東京に出て来た。それ以来俺は一度も国へ帰らず又国の家とは全然没交渉になってしまった。二人は一万円の利子で生活する事が出来た。母は芸妓気質の塵程も見えぬ聡明な質素な女であった。

十八歳の時彼女は死んだ。以後俺唯一人暮し遂に詩人としての放埒な生活を営むに至った。是が吾経歴の大体である。この経歴の陰に以下の恐ろしい生活が転々と附きまとうて居たのであった。俺は幼少から真に奇妙な子であった。他の子供の様に決して無邪気でなかった。始終黙って独り居る事を好み遊ぼうともしなかった。山の方へ行ってはぼんやりと岩の蔭などに立って空行く雲を眺めて居た。このロマンチックな習癖は年と共に段々病的になって、飛騨を離れる二年ばかり前の年であった。半年ばかり私は妙な病気に悩んだ。其は背すじが始終耐《たま》らなくかゆくてだるいのである。そして真直に歩く事が出来ず身体が常に前へのめって居る。血色は悪くなり身体は段々痩せて来た。母は大変に心配して種々な療法を試みたが其内いつしか癒ってしまった。その病中俺は奇妙な事を覚えてしまった。其は妙に変った尋常でない物が食べたいのである。始めは壁土を喰いたくて耐らぬので人に隠れては壁土を手当り次第に食った。そのまた味が実に旨い。殊に吾家の土蔵の白壁を好んだ。恐ろしい物で俺が喰って居る内厚い壁に大きな穴が開いてしまった。それから俺は人の思い及ばぬ様な物をそっと食って見る事に深い興味を覚えて来た。人嫌いで通って居る事がかかる事柄を行うのに便利であった。幾度かなめくじをどろどろと呑み込んだ。蛙蜿はもとより常に食った。是れ等は飛騨辺りではそう珍らしくもないのである。それから裏庭の泥の中からみみずや地蟲を引きずり出して食べた。春はまた金や紫や緑の様々の毒々しい色をした劇《はげ》しい臭気を発する毛蟲いも蟲の奇怪な形が俺の食慾を絶えまなく満たしたのである。唇が毛蟲に刺されて真赤にはれ上ったのを家人に見つけられた事もある。其他あらゆる物を喰った。そして又中毒した事がなかった。此奇妙な癖は益々発達しそうに見えたが、母と共に東京へ出て都会生活に馴らされて自然かかる悪習は止んだ。

（四）

然《しか》るに丁度十八歳の冬母の死んだ時節は悲哀に耐えなかった。悲しさ余って始終泣いて居た。元来虚弱な身体は忽《たちま》ち劇しい神経衰弱に侵されてしまった。まるで幽霊の様に衰えてしまった。そして小さい時の脊椎の病がまた発して来た。俺は此ではならないと思って二十歳の時丁度在学した中学校を退いて鎌倉へ転地した。かくて鎌倉に居たり七里ヶ浜、江の島に居たりして久しく遊んだ。散歩したり海水を浴びたりして暮して居た。その内に身体は段々と変化して行った。久しく都会の喧騒の中に居た物が俄《にわか》に美しい海辺に遊ぶ身となったのだから吾身も心も段々と健康になって行った。本然に帰って来た。嘗《かつ》て飛騨の山中に独りぼっちを悦《よろこ》んで居た小童の心は再び吾に帰ったのであった。或日の夕方の時俺はこの一箇月ばかり食物が実に不味《まず》いことをつくづくと考えて見た。海水浴から帰って来る空腹には旅館最上位の食事が不味いと云う筈はないのだ。俺は鏡に向った。青白かった容貌は真紅になった。ぼんやりして居た眼玉は生き生きと輝き出した。斯かる健康を得ながら、何故物が旨く喰えないのかしらん。舌を突き出してふと鏡の面に向けた。その刹那俺は思わず鏡を取り落したのである。俺の舌は実に長い。恐らく三寸五分〔約一〇・六㎝〕もあろうと云うのだ。全体いつの間にこんなに延びたのか知ら、そして又何と云う恐ろしい形をした舌であろう。俺の舌はこんな舌であったか。否々決して此んな舌ではない。が鏡を取ってよく見ると、やはり紫と錦との鋭い疣《いぼ》が一面にぐりぐり生えた大きな肉片が唾液にだらだら滑りながら唇から突き出して居る。

しかも尚よく見ると、驚くべき哉《かな》、疣と見たのは針である。舌一面に猫のそれの如く針が生えて居るのであった。指を触れて見れば其はひりひりするばかり固い針だ。かかる奇怪な事実がまた世にあろうか。俺はまた以上に驚愕した事は鏡の中央に真紅な悪魔の顔が明かに現われて居るのであった。恐ろしい顔だ。大きな眼はぎらぎらと輝いて居る。俺は驚きの為一時昏迷した。途端鏡中の悪魔が叫ぶ声が聞こえた。『貴様の舌は悪魔の舌だ。悪魔の舌は悪魔の食物でなければ満足は出来ぬぞ。食えすべてを食え、そして悪魔の食物を見つけろ。それでなければ。貴様の味覚は永劫満足出来まい。』しばらく俺は考えたがはっと悟った。『よしもう棄鉢《すてばち》だ。俺はあらゆる悪魔的な食物をこの舌で味わい廻ろう。そして悪魔の食物と云う物を発見してやろう。』鏡を投げると躍り上った。『そうだ。この一箇月に舌がかくも悪魔の舌と変えられてしまったのだ。だから食物が不味かったのだ。』新らしい、まるで新らしい世界が吾前に横たわる事となった。すぐ俺は今までの旅館を出た。そして鎌倉を去り伊豆半島の先の或極めての寒村に一軒の空家を借りた。そして其処で異常な奇食生活を始めた。事実針の生えた舌には尋常の食物は刺激を与える事が出来ぬ。俺は吾独自の食物を求めなくてはならなくなったのだ。二箇月ばかりその家で生活した間の食物は土、紙、鼠、とかげ、がま、ひる、いもり、蛇、それからくらげ、ふぐであった。野菜は総てどろどろに腐らせてから食った。腐敗した野菜のにおいと色と味とをだぶだぶと口中に含む味は実に耐らなく善い物であった。是等の食物は可なりの満足を俺に与えた。二箇月の後吾血色は異様な緑紅色を帯び来った。俺は段々と身体全部が神仙に変じ行く様に感じた。其中《そのうち》に、不図《ふと》『人肉』は何《ど》うだろうと考え出した。さすがにこの事をおもった時、俺は戦慄したが、この時分から俺の欲望は以下の数語に向って猛烈に燃え上ったのである。『人の肉が喰いたい。』それが丁度去年の一月頃の事であった。

（五）

それからと云う物はすこしも眠れなくなった。夢にも人肉を夢みた。唇はわなわなと顫《ふる》え真紅な太い舌はぬるぬると蛇の様に口中を這い廻った。其欲望の湧き上る勢《いきおい》の強さに自分ながら恐怖を感じた。そして強いて圧服しようとした。が吾舌頭《ぜっとう》の悪魔は『さあ貴様は天下最高の美味に到達したのだぞ。勇気を出せ、人を食え、人を食え。』と叫ぶ。鏡で見ると悪魔の顔が物凄い微笑を帯びて居る。舌はますます大きくその針はますます鋭利に光り輝いた。俺は眼をつぶった。『いや俺は決して人肉は食わぬ。俺はコンゴーの土人ではない。善き日本人の一人だ。』が口中にはかの悪魔が冷笑して居るのだ。かかる耐え難い恐怖を消す為には始終酔わなければならなかった。俺は常に酒場《バー》に入浸ってどうかして一刻でも此慾望から身を脱《のが》れようとした。が運命は決して此哀れむべき俺を哀れんで呉れなんだ。

忘れもしない去年の二月五日の夜であった。酔って酔っぱらって浅草から帰りかけた。その夜は曇天で一寸先も見えぬ闇黒《あんこく》は全部を蔽うて居た。この闇黒を燈火の影をたよりに伝う内、いつの間にやら道を間違えてしまった。轟々たる汽車の響にふと気づくと、いつの間にか日暮里ステーション横の線路に俺は立って居る。俺は踏切を渡った。坂を上った。そして日暮里墓地の中へ這入り込むとそのまま其処に倒れてしまった。ふと眼を開けると未だ深々たる夜半である。マッチをすって時計を見ると午前一時だ。俺は大分醒めた酔心地にぶらぶらと墓地をたどった。突然片足がどすんと地へ落ち込んだ。驚いてマッチをすって見ると此処は共同墓地で未だ新らしい土まんじゅうに足を突っ込んだのであった。その時一条の恐ろしい考えがさっと俺の意識を確《たしか》にした。俺は無意識にすぐ棒切を以って其土まんじゅうを掘り出した。無暗《むやみ》に掘った。狂人の様に掘った。遂には爪で掘った。小一時間ばかりで吾手は木の様な物に触った。『棺だ。』土を跳ね除けて棺の蓋を叩き壊わした。そしてマッチをすって棺中を覗き込んだ。

　その時その刹那ばかり恐ろしい気持のしたことは後にも前にも無かった。マッチの微光には真青な女の死顔が照らし出された。眼を閉じて歯を喰い縛って居る。年は十九許《ばか》りの若い美しい女だ。髪の毛は黒くて光がある。見ると黒血が首にだくだくと塊まり着いて居る。首は胴からちぎれて居るのだ。手も足もちぎれたままで押し込んである。戦慄は総身に伝った。が此はきっと鉄道自殺をした女を仮埋葬にしたのだろうと解るとすこし戦慄が身を引いた。俺はポケットからジャックナイフを出した。そして女の懐へ手を突っ込んだ。好きな腐敗の悪臭が鼻を撲《う》つ。先ず苦心して乳房を切り取った。だらだらと濁った液体が手を滴たり伝った。それから頬ぺたを少し切り取った。この行為を終えると俄かに恐ろしくなって来た。『どうする積りだ、お前は。』と良心の叫ぶのが聞えた。しかし俺はしっかり切り取った肉片を、ハンカチーフに包んだ。そして棺の蓋をした。土を元通りかぶせると急いで墓地を出た。俥をやとって富坂の家へ帰りついた。

　家へ這入るとすっかり戸締りをしてさてハンカチーフから肉を取り出した。先ず頬ぺたの肉を火に焼いた。一種の実にいい香が放散し始めた。俺は狂喜した。肉はじりじりと焼けて行く。悪魔の舌は躍り跳ねた。唾液がだくだくと口中に溢れて来た、耐らなくなって半焼けの肉片を一口にほおばった。此利那俺はまるで阿片にでも酔った様な恍惚に沈んだ。こんな美味なる物がこの現実世界に存在して居たと云うことは実に奇蹟だ。是を食わないでまたと居られようか。『悪魔の食物』が遂に見つかった。俺の舌は久しくも実に是を要求して居たのだ。人肉を要求して居たのだ。ああ遂に発見した。次に乳房を噛んだ。まるで電気に打たれたように室中を躍り廻った。すっかり食い尽すと胃袋は一杯になった。生れて始めて俺は食事によって満足したのであった。

（六）

次の日俺は終日掛かって俺の室の床下に大きな穴を掘った。そして板で囲った。人間の貯蔵室を作ったのである。ああ此処へ俺の貴い食物を連れて来るのだ。それから吾眼は光って来た。町を歩いてもよだればかり流れた。会う人間会う人間は皆俺の食慾をそそる。殊に十四五の少年少女が最も旨そうに見えた。何だかそう云う子に会うとすぐ食い付いてしまいそうで仕様がなかった。がどんな方法で食物を引っ張って来ようか、まず麻酔薬とハンカチーフをポケットに用意した。これで睡らしてすぐ引っ張って来る事にした。

四月二十五日、今から十日ばかり前の事である。俺は田端から上野まで汽車に乗った。ふと見ると吾膝と突き合わして一人の少年が坐して居る。見ると田舎臭くはあるが、実に美麗な少年である。吾口中は湿って来た。唾液が溢れて来た。見れば一人旅らしい。やがて汽車は上野に着いた。ステーションを出ると少年は暫らくぼんやりと佇立《ちょりつ》して居たがやがて上野公園の方へ歩いて行く。そして一つのベンチに腰を掛けるとじっと淋しそうに池の端の灯に映る不忍池の面を見つめた。

見廻わすと辺りには一人の人も居ない。己《お》れはそっとポケットから麻酔薬の瓶を出してハンカチーフに当てた。ハンカチーフは浸された。少年はぼんやりと池の方を見て居る。いきなり抱き付いてその鼻にハンカチーフを押し当てた。二三度足をばたばたさせたが麻薬が利いてわが腕にどたり倒れてしまった。すぐ石段下まで少年を抱いて行って俥を呼んだ。そして富坂まで走らせた。家へ帰ると戸をすっかり閉ざした。電燈の光でよく見れば実に美しい少年だ。俺は用意した鋭利な大ナイフを取り出して後頭部を力を籠めてグサと突刺した。今まで眠って居た少年の眼がかっと大きく開いた。やがてその黒い瞳孔に光がなくなり、さっと顔が青くなった。俺は真青になった少年を抱き上げて床下の貯蔵室へ入れた。

（七）

俺は出来得る限り細かくこの少年を食ってしまおうと決心した。そこで一のプログラムを定めた。俺はそれから諸肉片を順々に焼きながら脳味噌も頬ぺたも舌も鼻もすっかり食い尽した。その美味なる事は俺を狂せしめた。殊に脳味噌の味は摩訶不思議であった。そして飽満の眠りに就いた翌朝九時頃眼が覚めると又たらふく腹につめ込んだ。

ああ次の日こそは恐ろしい夜であった。俺が死を決した動機がその夜に起ったのだ。実に世にも残酷な夜であった。その夜野獣の様な眼を輝かして床下へ下りて行った俺は、今夜は手と足との番だと思った。鋸を手にして何《ど》れから先に切ろうかと暫らく突っ立って居た。ふと少年の左の足を引いた。其拍子に、少年の身体は俯向きになった。その右足の裏を眺めた時俺は鉄の捧で横っ腹を突飛ばされた様に躍り上った。見よ右足の裏には赤い三日月の形が現われて居るではないか。君は此文書の最初に吾弟の誕生の事が記されてあったのを記憶して居るであろう。考えて見ればかの赤ん坊はもう十五六歳になる筈だ。恐ろしい話ではないか。俺は自分の弟を食ってしまったのだ。気が付いて少年の持って居た包みを解いて見た。中には四五冊のノートがあった。それにはちゃんと金子五郎と記されてあった。是は弟の名であった。尚ノートに依って見ると弟は東京を慕い、聞いて居た俺を慕って飛驒から出奔して来たことが分明《わか》った。ああ俺はもう生きて居られなくなった。友よ俺が書き残そうとした事は以上の事である。どうぞ俺を哀れんで呉れ。

文書は此で終って居た。字体や内容から見ても自分は金子の正気を疑わざるを得なかった。金子の死体を検査した時その舌は記述の通り針を持って居たが、悪魔の顔と云うのは恐らく詩人の幻想に過ぎまい。

倉田啓明

謀叛

倉田啓明　くらたけいめい

明治二十四―?年（一八九一―?）

武州出身。没年不明。自称、鏑木《かぶらき》清方《きよかた》の遠縁。慶應義塾出身者を中心とする三田派の文士として登場。初期は耽美的な作風だったが、谷崎潤一郎の贋作を執筆し、原稿料を詐取した容疑で収監後は大衆小説家として活躍。探偵小説をはじめジャンルを横断して執筆活動を行ったが、昭和十年代を最後に消息が途絶える。

Kenta's review

大正期から昭和初期の各種〝文芸年鑑〟の類にもその名が収載されたことは一度もなく、その後のほぼすべての〝日本文学史〟的書物からも、かの存在はこぼれ落ち続けている。当然、現今においても——散見するところの新味もやくたいもない、その種の〝文学史〟本中には、書き手の無知から拾い上げることが不可能な作家の一人となっているのだ。

＊

その特徴たる病的なまでの観念世界の展がりは、「謀叛」に至って主人公をついに禁忌へと踏み込ませてもいるが、この作の題名とオチからは、啓明の意外な常識人的一面が窺えよう。

＊＊

乾坤《けんこん》に始まり、既済未済に終わる、神易《しんえき》を占して、天地の異変、人事の吉凶を予言するという、鹿島の言触れが、夢のように大道を歩んで行った。

こうして、露西亜と戦《いくさ》が始って間もなく、私《わたくし》の旧家では親父が亡くなる、家計がそろそろ左前になる。すると母は迷信を起して、得体の知れない易者の白暖簾を潜った。易者は母の心理を洞観して、淘宮術《とうきゅうじゅつ》では家相が悪いと鑑定せられた。大黒柱が鬼門にある。家の方位が暗剣殺に向っていると云って小頸《こくび》を拈《ひね》った。遂にこの家は三輪ぼうの日に、建前をしたのではなかろうかと、母が心配して古い九星暦を調べてみたが、何処を探してもそんな昔の暦は見当らなかった。

私の家は殆んど百年も続いた薬種問屋であった。

酣酸《かんさん》、塩素瓦斯、沃土《ようど》フォルム、或は漢法方剤の怪しい臭いと、人の世はシベリアの広野に立ち迷う断雲のような、因果応報に絆《ほだ》されているものだと信じていた、家の人々の宿命観とが、経緯《たてぬき》に私の思想を織りあげた。こうして、育てられた私の眺めた世界は、すべて黒色であった。人は黒衣を纏《まと》うた人形使いが踊らす人形に過ぎない。世の中は魔術師の持っている、秘密を包んだ黒布であると観じていた。この知識も思想も栖《す》まぬ、朽ち衰えた古い家は、大伝馬町の一角を占めていた。

白壁へ日が射し入って、灼け褪せるように、こんな思想のない栖家も、「時」の蝕みとともに奇怪なおぞましい、魑魅罔霊《ちみもうりよう》のために喰い破られ、戦争の終った頃には、既に土蔵附の貸家札が、斜めにべったり貼り付けられてあった。

私の家は薬種屋であったから、不思議な薬品が沢山並んでいた。劇薬や毒薬の色は、左程私の神経を刺激しなかったが、その代わりに、縞蛇《しまへび》や蝮《まむし》の酒精《アルコール》漬を見たり、螺歴、労咳《ろうがい》〔肺結核〕――などの、怪しげな病の薬を嗅ぐとこれ等の薬品は恐ろしい病を癒す薬ではなくて、病そのものが形を変じて現われて来たようにおもい、その怪異な色や香によって、私は堪えがたい恐怖と、好奇の心とを起し、人知れず荒唐無稽の夢を描いていた。殊に、硝子罎《ガラスびん》に詰めてあった、胎児の成長し行く実物を見ると、私の双の眸《ひとみ》は深海の底から、怪物でも探し出したときのように、不思議に輝いた。そうして、これは人間の造る、La Mystique divine, la mystique blanche〔神の神秘主義、白い神秘主義〕だと思った。

こんな観念がひたひたと、砂浜へ海水の浸して来るように、私の頭脳《あたま》へ滲み込んで、強烈な薬種の香と、家の内に漂う無智の悲哀とが、何んとはなしに、恐ろしくもまた懐かしく感じて、私は倦み憊《つか》れた重い身体の碇《いかり》をおろすべき港を、悪と腐敗とに爛《ただ》れた、女の肌膚《はだえ》の中に見出した。

私はその頃、眩暈《めまい》の発作に悩んでいて、夜寝床へ入ると何処からともなく、鞺鞳《どうとう》と大洪水が襲ってくるようにおもったり、颱風が猛り狂って、渦を巻きながら攻めてくるようにおもったりして、不意にがばと跳ね起きるとあたりは気息《いき》をひそめたように、しんと静まり返っているので、狐につままれたかと疑ったこともある。少し路を急いで歩くと、眼先にまるで陽炎《かげろう》が燃え立って眩《めくる》めくようであった。そうして、舌がからからに乾燥して、脳髄は水車の廻転するような響を立て、瓢箪のように伽藍洞になってしまった。

店を畳んだ母は、宇都宮の叔父の許へ引取られた。そうして私は根岸の素人下宿から大学へ通うことになった。しかしこの時は既に大学を卒業して医者になろうなどという、平凡な因襲的な考は薬にしたくもなかった。医者になるには、世は挙げて病であると観じなければならない。それも可《よ》い。然しいくら万象これ病だと思っても、それを治癒しようとはどうも思えない。メッセルの光やコロロフォルムの香よりも、どうやら天刑病者の靡爛《びらん》した皮膚の方が温かそうだ。肺病患者の過き通るほど美しい、蒼ざめた顔色の方が、迥《はる》かに感興が豊かであろう。

医者の方がお留守になると、今度は途方もない奇怪な野心を抱くようになった。

私は母を誑《たばか》って家を崩壊させた売卜者《うらないしゃ》が、憎らしいほど羨ましくなって来た。彼奴《きやつ》は人の運命を左右したのだ。彼奴の職業は自由に人間の運命を支配することが出来るのだ。とこう考えると、自分も一番他人を人形に使って玩弄《がんろう》視してやりたくなった。それで私は秘《ひめや》かに合筮《ごうぜい》五行の迷信を伝える、易者、巫祝《ぜいしゆく》、口寄せ、陰陽師、修験者――などを、怪力乱神に比して考えた。

丁度その頃であった。神田お玉ケ池の赤坊師を初めとして、青法師、白法師――などという易者の面々が、八門遁甲《はちもんとんこう》の法に象《かたど》り、異風の行列をしたことがあった。これを見た私の心は、終《つい》に八幡の藪知らずの中へ迷い込んでしまった。

嘗てどっさり買い入れた医書を悉《ことごと》く古本屋へ売り飛ばして、Astronomie, Astrologie, Phrenologie, Physiognomie〔天文学、占星術、骨相学、観相術〕などの書物を購入して、一生懸命に読み耽ったけれども西洋のものでは実際に間に合い兼ねるので、今度は湯島天神下にいた、熊田乾道という易学先生に贄《し》を通じて、易道の修練を積んだ。先ず、干支術、九星術、天源術、淘宮術、と云ったようなものを教えて呉れた。或時は支那人のよくやる風水の実地研究をしに、他人の家や墳墓を探偵に出かけたこともある。

最初の内は筮竹《ぜいちく》を取扱うのが厄介であった。五十本の竹の棒を握ると、手が寒天のようにぶるぶる顫《ふる》える。

『君は神経衰弱だね。そんなこっちゃ不可《いか》んよ。易は所謂《いわゆる》廓然無聖《かくねんむしょう》の精神で立てなきゃならんのだ。』

と、こう乾道先生は嘯《うそぶ》いた。

ざらざらと掌の上で筮竹を丸めて、一本だけは太極として残して置く。繫辞伝《けいじでん》にその用四十九とあるのがこれだそうだ。これを二分すると、無極にして太極なるものが分れてここに天地を生じた。それを右手《うしゅ》から一本取って、小指と無名指との間へ掛る。これで天地人三才が円現したわけになる。それから揲《ちょう》と云って、四つ宛《ずつ》計算して四季の変化に象る。後に残ったのは即ち閏で扐《こう》〔指の間〕に挟む。ここまでは容易だが、これから先が一寸《ちょっと》間誤つく。

胴忘れをすると先生が、

『そんなこっちゃ不可ん。』

と、いう毎に頒白《はんぱく》の顎髯が鞦韆《ぶらんこ》のように動いた。

どうせ他人の運命を悪戯しようというのだから、何も深邃《しんすい》な理窟は要らない。一年許りするとやっと真似位が出来かけたので、自分免許で澄ましていた。そうして次には魔術の稽古をしたり、孫呉や六韜三略《りくとうさんりゃく》を読んで、自ら孔明に擬し、八門遁甲の陣形を布いてみた。山鹿流の一打《ひとうち》三に流れる、三流れの陣太鼓をドンド……ドンド……ドンと打って、十二陰陽五箇切返えしの真似もした。又或時は黒装束に黒頭巾眉深《まぶか》に被って、隣室へ忍び行き鼠を放って女帯をくるくると昆布のように投げ広げ、その上を静かに伝って、忍術の練習をした。

　涅槃会の日から、私は愈々《いよいよ》粂平内《くめのへいない》の裏手で大道易者の店開きをした。☰乾《けん》、☱兌《だ》、☲離、☳震、☴巽《そん》、☵坎《かん》、☶艮《ごん》、☷坤《こん》、と、書いた白木綿を、几帳のように張り廻わして、その中へ台を据え赤毛布《あかけっと》を被うた。そうして売卜者が大抵持っている有り触れた本の他に、金文字のぴかぴか輝いた洋書や、宿曜経《すくようきょう》などを飾って置いた。

　一時私はその場所択《えら》みに苦心した。三十間堀《さんじっけんぼり》の河岸縁《かしぶち》で、鍋焼饂飩が渋団扇をばたつかせている傍にしようかとも思った。深川の佐賀町あたり、軒燈《けんとう》には松葉巴に歌澤と書いた髪結新三《しんざ》的情調のあるところにしようかとも思った。しかし、私には矢張、浅草という土地が面白かった。古色蒼然たる五重の塔と、血のような煉瓦造の十二階とが、睨めっくらしていたり、巍峨《ぎが》と聳え立っている観音堂と薄板細工に絵具を塗ったような活動写真館とが、対面している奇妙な対照が、余程興味が深かった。それに私は日本の Notre Dame de Chartres〔シャルトル大聖堂〕の境内で、他人に吉凶禍福の運命を賦与してやるのが、たまらなく嬉しかった。

　涅槃会なので、初日には爺さん婆さんが今年の吉凶を占いに来た。片足棺桶へ突込んでいる人間を見ると癪に触るから、そんな人々には皆、本命星が中宮へ入って八方塞りだとか、四隅の門へ入っているから戹年だとか、揚句の果には死門に入って、寂滅の時だと判断してやった。

その日も私の懐中には、貝殻に容れた薬を秘めていた。それは「いもり」の黒焼であった。私の家が崩壊して、すべての薬種が人手に渡るとき、私はこの黒焼を一貝取って置いた。そうして、何日《いつ》かこれをば用いてみようと考えていたのだ。昔から「いもり」の黒焼は惚れ薬だと云うから、若《も》し心憎いほど美しい女を見つけた時には、この媚薬の嵐を浴せて試してやろうと考えた。それだから常にしっかり肌身離さず持っていた。

昼過ぎ、若い女が来た。矢場の女〔私娼〕らしい。白粉《おしろい》をこってり塗った蒼白い頬と、金を鏤《ちりば》めた歯とが、病める六月の花の匂いのように、腐れた神経を刺激させる。

『妾《わたし》ね。一寸観て貰いたいことがあって――あの、来月早々長崎へ行こうとおもうんですが、別に差閊《さしつかえ》にはならないでしょうかね。』

そこで年齢を尋ねると、九紫火星の本命だから、長崎の方角へ旅行するのは差支ないと云ってやった。然し、云ってしまった後で、この売笑婦は屹度《きっと》情夫を追っかけて行くのだろうと想像したので、急に嫉《ねた》ましくなって、あまり真面目に答えたのを残念に思った。

女は晃々《きらきら》と星の光っている指先で、卓の上に載っていた洋書をいじっていたが、

『これ、何んの本なの。』と尋ねた。

『骨相学。』と、こう私は答えた。

『Phrenology』と、女は英語で云った。

私はこの種の女がよく英語を操《く》ることを知っていたから、別に驚きもしなかった。

女は二十銭銀貨を置いて帰りかけた。

私はこの女に「いもり」の黒焼を試用してやろうとおもって、背をそむけて歩き出したところを、後からいきなり黒い粉末をぶっかけた。神経が胡弓の絲のように顫えていたので、覘《ねら》い外れて粉は微風のために散乱し、肩の辺へ少しばかり降りかかったばかりであった。

女はさっさと帰ってしまった。

私は失望のあまり、残った黒焼を貝ごとぶち砕いて踏みにじった。そうして、土に混った黒い粉末を怨めしげに見詰めて、べっべっと汚ない物でも見るように唾を吐いた。

天眼鏡に日光を透して灼いてしまおうとしたが、春の日の弱い光線では、容易に灼けそうもなかった。

間もなく、幻覚を誘うような春雨が降り出した。


私は薤露《かいろ》歌でも聞くような心地で、浅草観音堂の階段《きざはし》を登った。

天井や欄間に掲げた、古い懸額や天井画は、まるで朽ち果てた昔の夢を、畝織《うねおり》に織るようで、立ち登り立ち迷う線香の煙は、梭《おさ》のようにその間を流れては縫い、縫うては融け合っている。

須弥壇裏から、金と黒との色彩の褪せた、内陣へ入ると須弥壇の三面には、青、紅、白の段だら幕を立てめぐらし、その前には青銅《からかね》の燈籠が四基並んでいて、その中には蘭画のような幽《かす》かな燈火《あかり》が、けだるげに瞬いていた。喪服に似た合天井には、黒く菩薩と鹿とを描いて、天蓋の金色もおぼろに輝いて見える。須弥壇の左右に安置した、三十三身観世音は万字巴《まんじともえ》の定紋打った、紫の幔幕《ままく》の裡に隠れ、護摩の間の不動尊は二童子を左右に控えて、煤煙のために燻《くすぶ》っている。今日は涅槃会なので、七観音、千体観音、愛染明王などの末社の戸扉《とびら》も開かれて、蠟燭の火が静かに揺れていた。大きな造花の蓮華も私には魔法の花が咲き出たようにおもわれ、紅く燃える法燈も何んとなく魔術の火かと怪しまれた。

鐘が鳴った。序破急に鐘が鳴り渡った。

涅槃会の式が始まるのだ。

魔法使のような僧徒が、しずしずと金堂へ並び進んだ。

住職修多羅亮延氏は、白檀を火に投げ、鐘の音につれて念仏を唱え、厳かに観音普門品《ほん》第二十五を読誦《どくゆ》した。そうして一巻を誦《ず》し終わると、執事を随えて須弥壇に登り、幕を左右に開くと、運慶作の観音像がありありと示現した。随喜の涙は衆生の眼に漂い、一斉に有難そうな普門品を唱え始めた。この時、あたりを立ち罩《こ》めた香の煙は、君蒿悽愴《くんこうせいそう》として百物の精が一時に浮び出たようであった。

私の精神は、この時昔の聖者が行ったというErloesungen〔救済〕の域に達し、群衆の騒がしい跫音も聞えなくなった。そうして悔と念珠と幻とが、ぐるぐると廻《まわり》燈籠のように私の心の中《うち》に転輪して、ややもすると頭を擡《もた》げ始める、放埒という悪獣は、丁度節分の豆鉄砲を食って、角を抑えながら逃げて行く鬼のように、何処かへ引込んでしまった。

群衆の肩に押し合いへし合いつつ、仁王門を抜けて不図右手を見ると、黒塀高く囲《めぐ》らして、若草の繁っている浅草寺の門柱に、「宝物展覧、浅草寺執事」と書いた高札がかかっていた。

どうせ同じ雨宿《あまやどり》なら宝物でも見て、解脱の情趣を味う方が可いとおもったから、私はいきなりお寺へ飛び込んだ。

伽藍とした書院へ通ると、沢山な宝物が大襖に沿うてずらり並んでいる。

一体私は珍蔵されている宝物を見ると、屹度先ず疑惑の眼を以て眺めるのが常である。そうして直ちに、「これは贋物ではなかろうか」と考える。然しその真偽は固《もと》より私には解らない。そうかと云って鑑定家の判断を乞うのも厭だ。解ってみれば詰らない。真か偽か解らないところに興味がある。贋物ではなかろうかとおもって、疑惑と嘲笑と嫉妬と好奇心と、そうしてその宝物に隠れたる秘密とを、何んとなく面白く感ずるからである。世の中の事凡て虚偽だと思っていれば、そこには悔恨も怨嗟もない。陳列してある虚空蔵菩薩の密画だって、巨勢金岡《こせのかなおか》筆とあるがどうやら怪しい。伝呉道子《ごどうし》の観音の一幅は、中々奇抜な図様であった。観音はいつもの後光の代りに、楕円形の一端が細くなって、まるで琵琶のような形した金線の中に立っていて、その周囲に宝石が燦爛と輝いている。

けれども是等には何んの感興も起らないから、素通りして行くと恐ろしい絵巻物に打《ぶ》っつかった。それは九相《くそう》の図であった。

私の沈静していた感覚は、この絵のお蔭で再び昂ぶって、思わず眼がくらくらした。それでも尚お果敢ない好奇心を制することが出来ず、この絵巻物の前に驚異の念をもって、暫く佇まなければならなかった。

絵は一人の美女が今死んだばかりのところで、母や妹等は枕辺に泣き悲んでいる。美女は小野小町である。昨日までは花のように美しかった姿も、今は一目見てぞっとする程物凄い死相に変っている。次第に巻物を繰り展げて行くと、その死屍は無惨にも寒そうな広野の真中に横《よこた》わっている。而かも素裸のままで豊艶な肉体は既に腫れあがって、所々靡爛しかけていた。それからこのおぞましい死屍も、風雨に晒されて漸次腐敗し、終いに一片の白骨と化し、その骨も野土となり本来空《ほんらいくう》の運命を示していた。中には獣と区別のない臓腑が腐って、千切千切になりうじゃうじゃと蛆蟲が湧いているところもあれば、蝸牛《かたつむり》のような形した眼球が飛び出しているのを、烏が啄《つつ》いているところもある。それから又、僅かに残されたふっくらとした乳房のあたりを、幾疋かの豺狼《さいろう》が争って喰っている図もある。巻末には、「安永丁酉《ていゆう》初夏應擧《おうきょ》筆」と落款がしてあった。

私はほっと呼吸《いき》をついて、夕日のかげろう庭の池水を凝《じっ》と見入った。

あたりは漸次《だんだん》暗くなって、色んな軸や偶像などが、ぼんやり妖怪画のように浮んでいる。この妖怪画の中に応挙の巻物があるのだと思った私は、襟元から水を浴せられたように、ひいやりとして思わず頸をすくめた。

もう此の時は、観覧人も大抵帰ってしまっていた。

その時、襖をあけて十六七歳になる若い坊さんが入って来た。彼れは私の居るのを気付かぬらしい様子で、何んとなく人目を憚るようにきょろきょろと四辺《あたり》を見廻わしていた。白衣《びゃくえ》の上へ黒い袴を穿いた、眉毛の濃い色の白い坊さんであった。殊にその感覚的な眼差は、何物かを求めるように光っていた。凝と立ち止った彼の両足は、殆んど畳へ落ち付かない様子で、わなわなと顫えていた。その直ぐ前には、かなり大きな観音の像が安置してあった。丁度この像は私の見残したもので、それがどんな逸品か解らないが、黄昏の微光がまだ幽かに室内に流れていたため、漸《よう》やく観音の像であることだけは確め得た。

彼れはこの像に対《むか》って、穴の開くほど鋭い視線を放射していたが、旋《や》がてそれを取りあげるや否や、確《しっ》かり抱き緊《し》めて、べったりそこへ坐った。

感受性の強い僧の面は、さっと紅潮を呈した。

一切の慾望に閉じ、耳を掩《おお》うて生活している、この若い僧にも人知れず恋人を持っていたのだ。そうしてその恋人を慕うてやって来たのであった。

昔ある青年が、「ブラキシテルス」の神体を姦し、または「イリシフース」の「サモース」堂で、一女神の僧型を姦したのもこれに外ならない。男の信徒はマリアを聖なる妻の如く、女の信徒は基督を聖なる夫の如く考えていたというのも、強《あなが》ち虚構な想像ではなかったのだ。

私の解脱の夢は、悲しい幻滅となって破れた。

火のような感情の激発を慰めるために、この女体の仏を堅く抱き緊めていた僧に取っては、煤けた金の偶像も柔かな温かい肉体に異ならなかった。

私は夢に夢見る心地で、この不可思議な光景に見惚《みほう》けていた。

私の肉体の奥底に潜んでいた悪獣の牙が、再びにょっきり現われて、胸の内をぎりぎり掻きまわされるように思い、立ち並んでいる幾多の仏像を見ると、生々しい肉塊の如くに感じて顫い付きたくなった。嘗て貪りつくした甘い肉の喜びを今更ながら追憶して、まるで反芻動物が一旦食った物を、再び口へ戻して味うように、私はその時の楽欲《ぎょうよく》の滴りを、瘠せ衰えた身体の何処にか求め得ようとしたのであった。

僧は快楽を求め疲れて、又静かに依《もと》の処へ像を安置し何食わぬ顔して奥の方へ立ち去った。

私は堪らなくなって、観音像のところへ趨《はし》って行った。顔をよくよく見ると、馬鹿に感覚的な女神である。一体昔の仏像は大抵感覚的に造ってあるようだ。こう考えて私は一寸微笑んだ。そうして顔をつるつる撫でまわすと、何んだか眼を細くして笑うようにおもった。ぐっと抱き合わしてみたが、矢張り冷たかった。

私は孤鼠孤鼠《こそこそ》と遁《のが》れるように浅草寺の門を出た。

蛇の目や番傘や蝙蝠《こうもり》が、少しずつ織るように動揺している仲見世を通り抜けて、人魂のような青い火花を散らして軋めき走る電車に飛び乗ると、眼がぐらぐらして強度の凹面鏡でも掛けたように、電車の箱は燐寸《マッチ》箱をへしゃげた如くに見えた。向側に腰掛けている人達は、まるで斜めに宙乗でもしているかと思われ、私の胸はむかむかして、全身の血が一時に脳の頂辺《てっぺん》へ逆上するかと怪まれた。車坂で乗換えて金杉上町《かなすぎかみちょう》で下り、安楽寺横町の暗い道を一目散に走って帰った。そして二階へ上るや直に冷酒をラッパ飲みにして蒲団の中へもぐり込んだが、水時計のような点滴の音がチップ、タップ――と聞えて、いやに耳障りになり、おまけに幻覚に襲われて、何度も何度も寝返えりを打った。

その夜から、嵐のような強迫観念が私の身辺へ押し寄せて来た。最《も》う私には合笠五行の術などで他人の運命を弄ぶのは何んだか間だるっこくなって、宇宙の神秘や人生の秘密を喝破するには、最っと直截な痛快な方法があるに相違ないと考えた。魔術で人の眼を眩惑させたり占星術で人を人形に使うのは成程面白いには違いないが未だ未だそれでは満足することが出来ない。La Sallete《ラサレット》〔一八四六〕やLourdes《ルールド》〔一八五八〕に現われた、聖母マリアの奇蹟〔教皇庁公認〕の化の皮を発《あば》いた者はないのだろうか。こう考えた私は浅草観音堂というものが、極めて神秘な秘密を蔵していはしないかと心付いた。浜成仲成とかいう男が、牧場の間を流れていた宮戸川の河床から拾いあげた、二寸にも足らない黄金仏ほど、不可思議な魔術を使うものはない。あの大きな殿堂の中で、豆粒のような偶像がぐうとも云わずに黙って立っている。それも何処にどんな風しているのか誰も見た人はない。不思議だ。不思議だ。夙《とつ》くの昔にそんな黄金仏なんか何処かへ失くなっていて、今はないのかも知れやあしない。それ故如何《どう》かしてその黄金仏の秘密を発いて呉れようと、こう私は決心した。

ある夜、私は闇に乗じて、この大発見を企図するため忍術の黒装束に身を固めた。そうして黙って家を抜け出《い》で、わざと寂しい横町を通って、懐中に入れたウイスキーの罎を取り出して飲みながら、とうとう十二階の下までやって来た頃は十一時前であったろう。

活動写真館のイルミネーションが龍宮城のように池へ映って、この辺一帯の夜の美しい腐敗した景色が、パノラマのように霞《かす》んで見えた。その中へ黒装束の男が燈火《あかり》に照らされて、影画のようにくっきりと現われた。

私は鼠のように池の中の路をぐるぐる縫って、観音堂の左手の階段を登った。そうして廊下を幾度も幾度も往きつ戻りつして、内部の様子を覗った。堂内はひっそりして幽かな線香の香と、朽ちた土のような臭気とが、すうっと鼻を掠めた。大きな賽銭箱の前へ佇んで龕《がん》〔仏像を納める厨子《ずし》〕の方を見詰めたが、中々忍び込めそうもない。私は後髪を牽かれるように感じて、知らず識らず二三歩後退りして、上を仰ぐと化物のような提燈が天井からぶら下っていた。

しかし、どう考えても私の忍術では奥龕《おうがん》へ忍び入ることが出来そうにないので、怨めしげに消えかかる燭火《しょっか》を睨んでいた。そうして昂奮する心を抑えながら、又も廊下伝いに本堂の裏手へ廻って、色々と工夫をめぐらしていると、ほのかに二つ、芝居の拍子木が聞えた。宮戸座のはねだ。

不図考えてみると、今日は仏滅の凶《まが》つ日《び》であった。私はすっかり忘却していたのだ。仏滅の日は万事用いてはならないのだから、十二時過ぎまで待うと定めた。何故なら明日は大安の黄道吉日《こうどうきちにち》だからである。こう思って、私は階段に腰をおろし、欄干へ頭を押し付けていたがしばらく経つと、うとうとした。……

夜天の下で寝るともなしに寝てしまい、不意に何かの物音に驚いて眼を覚すと、東雲《しののめ》の空には美しい横雲が流れていた。

大坪砂男　天狗

大坪砂男　おおつぼ すなお

明治三十七―昭和四十年（一九〇四―六五）

東京牛込出身。探偵小説家。江戸川乱歩が『宝石』誌からデビューした香山滋、島田一男、山田風太郎、高木彬光、大坪砂男を評したいわゆる「戦後派五人男」の一人。佐藤春夫の推薦により「天狗」が『宝石』に掲載される。文体への徹底したこだわりから、極端な遅筆となり、最後には創作不能状態となった。

私にとって大坪砂男とは——なぞ云うと、何かこう、やけに陳腐な響きのかまえぶりになるが、しかし実際のところこの作家は、もう長いこと私の中では〝気になる探偵作家〟の一人であり続けている。

就中《なかんずく》、「天狗」が忘れられない。

昭和二十三（一九四八）年の『宝石』七月号に発表されたこの短篇は、大坪砂男の商業誌デビュー作であると共に、おおかたの目すところの代表作でもある。

プロットもトリックも、はなから単なる推理小説的装飾と心得たような滅茶なものだが、何よりもその文体に驚かせられる。まるでムダな体脂肪と云うものがない。鋼の筋肉のみで構築されたような、他に類のない驚異的な文体である。

今でも年に一、二回は必ず復読している。無性にこの文体に接したくなって、どうしても発作的に読み返してしまうのである。他の作は、その妙に高尚な感じの〝文学性〟が鼻につき、魅かれるものはそう多くないのだが、「天狗」一篇のみでどうにも気になってたまらない作家なのだ。

＊

黄昏の町はずれで行き逢う女は喬子に違いない。喬子でなくてどうしてあんな素知らぬ貌《かお》をして通り過ることができるものか。貌といって、いつも巾《きれ》で包んで正面きっているのだから分る筈はあるまいと――莫迦《ばか》なことを、喬子は怖いのだ。そのくせ、人の様子を探ろうなどと、ひょっとすると、暗示にかけながら正体を見破ろうと計っているのかも知れない。きっとそうだ。憐れむべし、その手にのると思っているのか。

近頃の流行に誤魔化してスカーフを頭から被って、時刻はいつも風呂帰りの日暮をえらんで西から来るのも魂胆あってのことだ。若く化けた時は赤いスカーフを、或いは黄色かったり緑だったり、年増に扮すると風呂敷を被っていたりする。それも風の日と限らず、夕焼の名残がそよりともしない晩だって同じことなのだから立派な証拠と言えるだろう。そうだ、黄昏の女――巾を被ってわざと見向きもしないで、足早に通る女はどれもこれも喬子の変装に相違ない。背が高いのも低いのも。肥ったのも痩せたのも！

可笑しくって仕様がない。誰が振返って見送りなぞするものか。雨の日に、確証を握ってしまったのだ。たしか霧雨が降っていて、傘の先から雫がたれていたのに、喬子は平気で濡れながら通り過ぎた。紫のスカーフを被っていたらしい。これは慥《たし》かとは言えない。女の足元にだけ注意していたのだから。無論のこと足はあった。そのうえ赤緒の下駄の歯跡が泥の上に次々と押されて行くのを見届けてしまったのだ。幽霊ではなかった。

幽霊には足が無い、と、かかる邪説は一顧の値打もありはしない。だが、幽霊が地上に足跡をつけて行くこと、これは絶対にあり得ない。それならばマテリアリゼーション（物質化）しなければならないし、マテリアリゼーションなぞと言う現象は精神の確かな者の全く信じないところだ。ロッジだのドイルだの、理性の遊戯にふけった連中までが、たった一つのトリック――幽霊の残して行ったパラフィンの手袋、こんな見え透いた手品で霊の物質化を言い出したりして、とんでもないこと、自分の頭脳を信じる誰にもこんな噴飯はないではないか。

この明確な根拠から、女は幽霊ではなく、喬子は天狗に攫《さら》われた瞬間に仮死の状態に陥って、首の骨も折らず窒息もせず、数日後に蘇生して、女の勘とやらいう不合理千万なものを頼りにふわふわと様子ぶって見せるものだろう。それ以外にどんな推理が成り立つか?……

喬子と同じ宿で一夏すごした土地がどこだったか――白樺で炭を焼いていたところ――林には鷽《うそ》鳥《どり》が朝ごとに群れて囀《さえず》り、狭い谷間を登りつめたあたりに蒸気が噴き出していて、これに渓流を導いて温泉と称したところ。麓の町から正確な測定で十三・三ＫＭある山奥の電燈さえひかれてない避暑地なのだった。

交通は不便なり、面白い物があるではなく、食事は三度味噌汁で、夜は石油ランプに影が暗い。こんな宿を選んで来るのは、某々大学教授の家族づれか、十一度乃至《ないし》十三度低い気温にしのぎながら依頼された翻訳でも稼ごうと、つどうは何れもインテリの、星の隕《お》ちるほど澄んだ高原の夏々に、常連の雰囲気もきまっていた。

　喬子は別館の六号にただ独り喪服らしきものを着て鎮まりかえっては、朝夕の散歩に寄りつきにくいほどの素振で人目をひこうと、どうやら次の相手を物色していたらしい。それを、宿の愚夫愚婦はともかく、同宿のインテリ患者たちまでがちょっとポーズを作って見送りながら「思い出の土地で悲しみに浸っているのでしょう」と。

　滑稽で聞いてはいられない。黒のデシン〔フランス縮緬《ちりめん》〕を裾長に着流したのは弥《いや》が上にも背を高く見せようと、夏だからと素足にはいたサンダルの隙からは真珠色にペディキュアーした爪先を覗かして、襟元をきっちり詰めたデザインは却って胸のふくらみを大切そうに、それが肩で襞《ひだ》をとった袖は、短かく二の腕の中程でとまると、そこから先の線は露わにすらりと白く、黒の諧調に自信を見せたは、笑うべし。女王蟻の驕慢ではなかったか。おまけに、読みもしない金印伝皮のブック・カバーに詩集らしき物を携えている。

「お美しい」と宿の娘はいう。当然ではないか。女が己れを売ろうとするとき美しくなかったら世の中に蝶々蜻蛉は飛ばないのだ。

　蕎麦が悪かった。それで腹痛がおこってしまった。この宿では週に一度乾蕎麦をもどして馳走する。三度三度が味噌汁の外は海苔か野菜の煮附で、卵や干物がつけば上の部なのだから、お代り自由の蕎麦の振舞いを一つ自慢に、この時だけは客を広間に集めて恭々《うやうや》しく一杯平げると次の皿を持ってくる。

蕎麦その物は何等非難されるべき理由はない。古来修験道の者が携帯食料として蕎麦粉一味を選定してきた実験上の事実からも、分析表による蛋白質の含有量比を検《しら》べても、他の穀類の遠く及ばない特質に恵まれている。ただ、これが冷えの性の物だとの俗説は一概に否定さるべきではなく、時あたかも腹巻を洗濯したばかりだとの条件も充分考慮の内に入れておくべきだった。それが、内気な素直な性質からつい盛って出された物は平げる必要があると一皿余計にやってしまったのだ。

子供の頃に祖母がよく「残すとおそばが泣くよ」と諭した記憶が潜在力を張ってもいたのだろう。残された蕎麦は泣くが饂飩は泣かないなぞ不合理極まるものだと認識できる前に植えられてしまった観念の未処理が、こうした形で現れたことは遺憾に耐えない。

その夜の明け方、苦痛に目覚め、雨戸の隙から陽の射し入る廊下を蝦《えび》のように背を丸めて走ったのは、まさしく劇《はげ》しい大腸の蠕動《ぜんどう》のなせる必然的結果であり、それは蕎麦に起因し、蕎麦はそもそもこの温泉場に現れた以上、免れざる宿命であった。

厠牀《ししょう》の板戸を排するに及んで俄然！　喬子の正に洋褌を着了した刹那に咫尺《しせき》した。

「まあ！　失礼な！」

この喬子の発声に対して充分慎重な吟味が加えられなければならない。

順序としてノックしなかったことから弁明すれば、（一）悠然と落着き払ってその場に臨んだのではない。事は至急を要したのだ。（二）かかる早朝に先人があるだろうかと疑う者があればそれこそ異常過敏症と診断されるべきである。（三）戸外に草履・スリッパの類は置いてなかった。

さらに、喬子の側に就いて言えば、（一）内側の掛金が毀《こわ》れている右室を選ばず、左に這入っていたならば厳重な戸締の下に安全だった。(二) 掛金が破損していたのなら、戸の桟《さん》に手を添えて守るべきである。(三) 備えつけの藁《わら》草履が汚いとの理由で、廊下を通行する目的のスリッパを更えなかったのは公衆衛生上からも非違《ひい》である。

結果として、ちらりと目に入ったのはレース飾までついた純白のブルーマースを穿った二本のすらりと肥えた下肢が並立しているけしきで、これは海岸ならばふんだんに、また渓川《たにがわ》を渡るときなぞでもさして恥じらわないのが当代の風俗である。それを殊更誇張してみせるなら他意あるものと認めねばなるまい。

突然の出来事だった点は双方同じことだし、喬子が自ら任ずる如き教養人であったなら、「まあ!」程度の発声に止めたなら、当方としても「失礼!」と軽く謝意を表して後に貸借の感情は残らなかったろう。

室に帰っても、胸の揺ぎをどう取り鎮め様もなく、永い手間暇をかけてようやく心理を分析してみた。そして事の原因は、相手の腹の中に身勝手な一方的判断が蟠《わだかま》っていて、それに感応させられるのだと覚ることができた。喬子の浴せてくる無言のもの、その無反省且《かつ》不合理な点を指摘し納得させて始めて対等の安定が保てるので、恰《あたか》も、歪んだ鏡面から反射する光線は歪んだ映像を拡大するだけで、喬子の鏡が正されるなら、こちらの胸にも正しい印象が生ずべき理である。

で、喬子のきまった散歩時間を待ちうけて「蕎麦が悪かったのです……」以下理路を辿って早口に説明にかかった。早口を用いたのは相手の時間に敬意を表したからである。

「あの、わたくし存じませんわ」

喬子は一言を後に、さわさわと行ってしまった。女の軽はずみな、存じませんからこそ教えようとする好意さえすりぬけて、それは甚だ無智に近く、然も人を見下した邪心の姿が尾を引いていた。

事ここに至っては、ゆがみは更にひずみを加えて、きらきらと散乱する光は物の形にとりまとめようもなく、最後の唯一の手段として手紙を書いた。文字に記されたことで秩序は一層正しくなり、さらに蕎麦から大腸の蠕動に至る間に附け加えて深夜に及ぶ著作中絶えず塩豆を口に入れた件を書き添えたのは、事実とは相違があっても、嘘とまで言えない修辞上の苦心だった。論理に誤りないのを確めるのに時間がかかって、喬子の午後の散歩に間に合せることができず、夜の入浴時間に廊下で手渡すことにした。

「あの、わたくし、ご紹介も頂かない方のお手紙は拝見しないことにしておりますの」

喬子は手も触れず、然も風呂まで中止して自室に帰ってしまった。常の如くさわさわと。——残された者の恰好のつかなさは、たとえ板敷は古く、吊されたランプは暗くとも思いや如何。心顔措く無し。咄《とつ》!

三日間部屋に籠って思索に費した。今にして考えれば三分以上を必要としない簡単な計算に三日も要したとは、これを仏陀の智慧を借りて言えば、真如の月影が映るのには漣ほどの乱れがあってもならないそのためで、心緒のコロイドを沈澱させ理性の澄明を得るまでに随分無駄な時間と忍耐が払われたのだ。問題は決して二次的に複雑なものではなく、Xを理性としてYを感性として数式に示してみれば明瞭なように、それは二元一次方程式に過ぎない。従って、X・Yの答は各々ただ一つであり、一つに限る。

X＝廉恥問題に関して、二つの相反する表象が同時に存在することは許されない。当方の観念は理法に適合し、喬子のそれは錯乱である。依って、喬子の固持する表象は抹消されねばならない。

Y＝正誤を証明するためには、喬子がそれを示したことを恥辱と感じ、かく感じることに依って当方を侮辱しつつあるその形態は公衆の批判を受けねばならない。

畢《おわ》りは、喬子の生命は奪われるべく、そのブルーマースを穿った下肢は白日の下に曝されるべき必要且《かつ》充分な理由があるというのが唯一つの答案であった。

さて、そう極った以上、後は具体的方法を考え出すだけのこと、端緒がついてからはするすると比較的短時間で結論に達することができた。この点に誤解のないよう説明しておきたいのは、総ての著想《ちやくそう》に些《いささ》かの飛躍もないことで、もし仮りに天才とでも持てはやされたいのだったら、かかる必要に就いて述べ立てはせず、ホルムズばりにパイプの烟でも張って思わせぶりにニヤリと笑ってみせるだろう。そうしないことから見ても如何に合理性を尊重し唯々その忠実な公僕たらんと心掛けているか分ってもらえるだろう。

思索の順を追ってみよう。先ず、Xに就いては百千もの方法があろうけれど、Yの条件に適合する手段を考え、それが同時にXをも満足させるものを選ぶべきだと考えた。

第一の著想は、喬子の朝の散歩道に沿って巨大な竹藪があることから、その径《こみち》に罠を設け、足首を捉え、竹の強い弾力を利用して空中高く吊し上げる方法だった。併《しか》しこれは直接生命を断つといった具合には行かず、地形も眺望をさまたげ、なおまた一見して人工を露骨に示していること等で捨てねばならなかった。

第二の著想は、その竹藪の先の曲り角が滝壺に臨んでいることから、滝の水力を使って崖から差し出ている白樺の枝に逆さ吊りする案であったが、これまたやや展望を得ている以上では第一想と大同小異であるし、いさぎよく捨ててしまった。

第三の著想は、夕刻の散歩路である水無沼であった。この粘土質の沼の中央に喬子を頭から突込むことができれば、即死は勿論のこと下肢の観覧にも頗《すこぶ》る効果的であるし、もはや動かし得ない妙案と信じられた。そこで、不合理を退けつつ丹念に考究することにしたのだ。

ここでちょっと宿を中心とする三つの散歩道について述べておこう。表玄関に相当する土間を出て右の方、少しばかりの畑をよこぎってだらだら坂を登り、渓川沿いの登山路を見下すかたちに白樺の林に入れば平坦な径が滝の上に、そこを曲ったあたりから自然の小公園といった趣きのある笹原になって、ベンチも二つ三つしつらえられ、遥か麓に平原はひらけ、晴れた日は北アルプスの連峰がくっきりと、これは閑雅な散歩道である。

次は、宿の裏手の崖上に天狗の祠《ほこら》があって、ここから一気に百メートル登り切ると荒山神社の一の鳥居が年々の風雪に晒されながら、でも処々に朱の色が褪せ残っている。この先が名にし負う岩参道の、地面があるかと思えば湿地帯で季節には水芭蕉の茂みに蠟燭のような花を並べるとか。女の喜ぶ高山植物はこのあたりに一番種類は多くとも、いつも炭焼の丁々たる斧の音がどこからとなく木魂して、独り歩きは男でさえ、その日の空模様どんよりと雲ひくく飛ばれては、足の竦《すく》み勝ちな不気味さがある。

第三の路は、前庭の左外れに架かった板橋を渡って渓川に従いながら進めば山毛欅《ぶな》の林にかこまれた丘の中ほどに芝原――と見えるのが謂《いわ》ゆる水無沼、この沼を広く一周する路の夏草もいつか踏みならされて、梢の葉のそよぎきらきらとしながらも日蔭づたいに、これは快適な散歩道であった。

水無沼と名をきけば赤土のひび破れてかさかさな、さもなくともとろりと鈍く光った泥沼を思わせるし、事実一皮下はどろどろの濃厚な一足踏込んだら抜き差しならぬねばい土の正体に変りはないが、見た目の爽《さや》けさ、烈日の色耀かしい五百坪ほどの緑楕円盤なのだ。その緑青と白緑《びゃくろく》をこきまぜたと見えるのは総て蘚《こけ》で、その上に赤蜻蛉が群れている。人の気配にも一向に飛び立とうとしない面白さに腰を落して手をさし伸べて始めて気がつく、これがいずれも屍体ばかり。怪しと見廻せば、そこら一面、目の玉と薄い翅。これだけが消化されずに残っている。蘚は食虫蘚なのだった。

思うに無数の赤蜻蛉の精霊に守られるなら、さぞや喬子の誇にもふさわしかろうと――この赤蜻蛉が赤鼻の天狗を連想させ、天狗が天狗飛切《とびきり》の術を著想させた。

もともと天狗とこの温泉場とは深い縁があって、昔々の大天狗とやらがこのあたりの山々を馳せ廻り、足跡の一つから熱気を噴いたのが温泉となり、一つに水が溜って沼になったとか、現に天狗を祭った祠がある。御本体はいずれ何やらの化石であろうと、狭く組んだ格子の塵を吹いて覗きこんだら、願かけした里人の寄進の面がずらり、赤鼻に白鬚をだらりと垂れたのから青っ面の木っ葉天狗にいたるまで、目のふちどりは厳しくとも瞳はぽっかりと剜《えぐ》り貫かれて、薄暗い板壁の三方にだらしなくぶら下っていた。何だくだらぬと軽蔑した心の隙――そのエア・ポケットにいま赤蜻蛉が落ちこんで、さては天狗となって羽ばたいたのだ。

かくて想案が成っては、後は細部にわたって手順よく整頓しながら、二・三の力学的実験を試みる番になった。

飛切の術を行わせるエネルギーは第一想で得た竹の弾力を用いればよく、弾力なものを選んで左右数本ずつに綱を渡して一つに纏め子供の遊ぶパチンコの理で、渓流の反対側へ山毛欅の林を越しさえすれば丁度沼の中頃に落下するだろう。竹藪の根元は沼面より一七M《メートル》高く、その間の直線距離は八二Mと三角術で測量して、事の易きを思わせた。

先ず第一に喬子の体重が正確に得られなければ計算の基準がなりたたない。その体重秤は男子浴室に一台備えてあるばかりとて、ここに喬子を誘って量ることは何としても妙策が浮かばず、よんどころなく、喬子の日々の行動を思い返してみることにした。

六時起床。直ちに入浴。七時朝食。七時半朝の散歩に白樺の径を通り笹原のベンチに行くらしく（この間の行動は視察不能）同じ径を戻って八時四十分頃宿に戻る。多くの場合花草を摘み取ってきて、大部分を玄関の花瓶に、一部を自室に持ち帰る。十一時五十分頃昼食の膳が持ちこまれ（自室内の行動は視察不能）午後四時を打つのを合図のように、庭を通って水無沼へ、山毛欅林を一周して五時帰宿。……以上の規律正しい日課のうちから体重を量り得る機会をと、繰返し思案の結果、庭のはずれの板橋を渡る点に着目した。この六尺ほどの板が喬子の重みで撓《しな》う度合を測り得たら、代りに石をいくつか積んで同じ処まで撓わせて、その石の重さを合算すればいい。そこで目印つきの竹を橋の中央近い水中に立てておき、往復二回の測定を平均して、喬子の体重は五〇KG五〇〇――七〇〇という数字が得られた。

次いで竹林中でも特に巨大な数本を滑車の理によって弾力を験《ため》した結果は必要な牽引力（渓流の

上空に於て沼面より三十Mに達し得る放擲力《ほうてき》）を得るには左右五本ずつで足りることを知り得た。そこで、それ等の竹の先端近く孔を穿っておいた。

さて、沼の方は中央に近づく術はなく、周辺での実験では、いかに強い力で投込まれた物体も五十CM以上は沈まないと確かめたものの、中心辺のそれは不明であるし、もし喬子があまり深く沈没したのでは所期の目的を達することが出来ず、且は放擲力の実際と計算上との誤差をも知るため、深夜の月明を利用して体重に等しい石を式通りの方法で発射してみた。結果は竹の弾力がやや弱くて、中心より五Mも手前に落下したが、石につけておいた縄の目盛から、八〇CM以上に沈む心配はないとわかり満足すべきものであった。喬子が飛ぶ場合は石より空気の抵抗も多いし、入念な計算に基いて綱の張り方に修正を加えた。

尚、重心が中央に近い物体は放擲された瞬間の切線《せっせん》の方向にその儘《まま》の姿勢で落ちるのが普通で、頭から先に落すためには、弾丸のように廻転を与えるか、矢のように羽根を附けておかねばならない。併し喬子の長い洋服の裾は充分この矢羽根の役を果してくれるだろう。

整備は完了してその日となった。

早朝起床。女湯に人影のないのを見定めて独り男湯に沈んで時の来るのを待った。宵っ張りを文化人の資格と考える客どもは七時より早く浴室に現れることはなく、喬子の見栄はことさらこの人気のない時刻を選んで裸身となるのだ。

六時十五分。廊下を渡って来る静かな足音。ついで、磨硝子《すり》の朝日影に喬子のシルエット。やがて、脱衣して湯舟に近づく気配。こちらはボチャボチャ水音をたてる。常にない男湯の音は喬子の注意をひく。自然と話声に聞耳を立てる。一人二役を演じる時だ。腹話顔——だが、唇をどう動かそうと、百面相をしたってかまわない。二人いるように聞えさえすればいい簡単な芸当なのだ。数日の練習で自信を得ていた。

「君。黒百合を見たことがあるかい?」

「さあ。話には聞いてるが」

「この近くに咲いてるんだよ」

「嘘だい」

「その匂いの素晴しいこと。夢の香りだね。きのうの匂いがまだ鼻に残ってる」

「本当か? え? どこにさ?」

「後で行って採ってこようよ。誰かに見つかりでもしたら大変だ」

「うん。でも、危険な処じゃないのか?」

「安全至極な場所さ。そら、白樺の散歩道ね。あれをずっと行くと滝の上に出るだろう。その手前の左側に竹藪がある。そこに野バラが白く咲いてるよ。その横から這入れるだけの隙間があって、ぐっと廻って行くと、正面に赤い岩がある。岩の上にたった一輪。見事な奴だよ。地上の物とは思えないね」

「ふーん」

ここでザーザー湯を流し、二人前の音をたてて、さっさと上ってしまう。部屋に帰るとまた寝床にもぐりこんで悠々と一服吹かした。

七時。窓を細目に明けて監視を始める。五分、十分、喬子の姿が玄関を出て白樺の径へ進んで行く。定刻より二十分早い。歩き方も目的のある人の足取りで、はや林の蔭に消えてゆく。

精密な計算のもとに規定された行動は時計を見ているだけでわかるのだ。喬子はずんずん進んで行くだろう。竹藪にかかる。白い野バラは一個処よりない。その手前の茨はわきによせて蔓《つる》で結んである。隙間道は唯一筋、半円形に導いて行く。笹と下草で足跡はつかない。丁度谷を背にした形になった処で正面に赤岩が現れる。岩の上に一本の黒百合、と見えるのが、煤をテレピン油で溶いて塗り、リンシードで艶出しまでした傑作だ。喬子は草花を愛し黒の諧調を好む。黒百合の誘惑は絶対だ！

岩の左右に茨がある。岩に凭《もた》れなければならない。岩の高さは九五ＣＭ。胸の高さだ。匂いを嗅《か》ごうと詩集を持った左手を岩にかけ右手を延して百合の茎を前に引く。茎の鉄棒は軽く引かれただけで支点が外れる仕掛に狂いはない。埋め隠された綱は喬子の第三肋骨から腋下を通り肩胛骨を挟んで後方へ……

七時三十二分。竹藪が音無く一揺れ。サーッと一条の、ああ、鮮やかにも確かな抛物線！　谷を渡り山毛欅林の蔭へ、利那に消え行く黒い虹の懸橋！

竹藪は元のしじまに返っても、その下では自動作業が行われている。一々の綱の先には鉄棒が結ばれて、鉄棒は竹に穿った孔から上へ挿込んである。竹が曲げられ綱が引かれている間は抜けないが、竹が姿勢を回復した時は鉄棒自身の重みで自然落下する。落ちた鉄棒・綱・百合の仕掛の総ては別の縄で滝の上に導かれて、その先には崖の中途に吊された石がある。石の重力はその一切を滝壺の底に沈めてしまう。

　完了した。結果を見届けるのを急いではいけない。手に採って鏡を見る。朝起にふさわしい腫れぼったい瞼。だが、瞳に異様な感激の光がある。消さなければいけない。両手を挙げて欠伸《あくび》をする。腋の下を探ぐってみる。それから寝惚け声で隣の襖を叩いた。

「君。君。もう起きんですか。ゆうべの負け将棋が口惜しくないですか」

　八時四十七分。大学教授の娘が弟と競争で駈け戻って来て、「大変よ！　大変よ！」

　食事のやっと済んだ連中が二・三人出てきて話を聞いている。教授夫妻も加わったが、大人達には何のことやら理解が行かないらしく、子供の興奮した声ばかりが二階に通ってくる。将棋の手を休めて、

「どうしたんだろう？　みんなぞろぞろ沼の方へ行くぜ。何かあったらしい、行って見ましょうよ」

　緑の褥《しとね》も軟らかい真中に黒い裳裾《もすそ》は花弁となって笑い、白い二本の雌蕊《めしべ》が悦ばしげに延び上っていた。ああついに、喬子は妖しき花と化身して、いま黒百合姫の近代説話が誕生したのだ。佇む者心ごころのささめきに高原の沼はさらに寂寞と光り、食虫蘚をめぐって赤蜻蛉の群々はフェネル・マーチをつづけている。

　やがて人々は空を仰ぐ。見渡す限り山毛欅の林に囲まれた澄みきった初秋の空――そこに、口に出すのは恥じて言わずとも、天狗の影が、サッと羽ばたく幻が、誰にも見えたに相違ない。天狗でなくて何者が、かかる魔術を行えるだろう？

大学教授がまず動いた。沼を周って、考え深げに、谷とは反対側に歩いて行く。地面を調べ、薛沼を覗き、振返って山毛欅の梢を注意している。笑止なり！　個の担板漢《たんぱんかん》！

喬子は四十五度で発射され、角度六十で沼に刺さった。だが、頭部を没入した後に残った腰から下肢は遠心力で反対側にぐっと押しやられ、さらに膝の曲りも加わって、来たとは逆の方角から跳んだとより観られないのだ。否、否。教授を誤らしているものは彼の凡庸なる常識である。――人は正面から顔を下向けにして跳ぶものだ――と。かくて予定通り、まるで逆の地点を空しく捜査している。誰か知る？　喬子の虚栄心は青空を眺めながら跳躍したことを。

総ては全き合理性に従って終始一貫した。その日のうちに竹藪の茨は蔓を解かれて元のように隙間を塞ぎ、赤岩に残された金印伝皮の詩集は、取り去られて記念の水無沼に沈められた。詩集の表題は「堕天使」とあった。

松永延造

アリア人の孤独

松永延造　まつながえんぞう

明治二十八―昭和十三年（一八九五―一九三八）神奈川県出身。小学校二年で脊椎カリエスとなり、生涯、闘病生活を送る。ドストエフスキーから決定的な影響を受ける。文壇的には孤立しており、生前に大きく評価されることはなかった。代表作は大正十一年（一九二二）刊行のアンチミステリーの傑作『夢を喰う人』。

松永延造の作を初めて手にしたのは、十七歳の頃だったと覚えている。古本屋で購《もと》めた立風書房の『現代怪奇小説集』の内の一冊に入っていた、「アリア人の孤独」と云う短篇である。

〔中略〕

着想はともかく、その文体に少なからず魅かれるところがあった私は、当時は偏狭なまでの探偵小説至上主義にできていただけに、これが他ジャンルの書き手の余技の一作であると云うことが、何かこう、ヘンに面白くない感じがしたのだった。

〔中略〕

とは云え、当時から決して華々しい存在ではなく、健康の状態もあって昭和期に入ると徐々に沈黙してゆき、生前には充分な評価もされぬまま、昭和十三（一九三八）年十一月にかぞえ四十四歳で没した。

文字通りの、不遇に果てた大正文士の一人である。

『松永延造全集』は、私の貧しい書架——その全集類を並べた棚の一つの、一番いい位置に配している。即ち、最上段の左側に三冊並べている。

＊

一

私が未《ま》だ十九歳の頃であった。

私の生家から橋一つ越えた、すぐ向うの、山下町××番館を陰気な住居として、印度人『アリア族』の若者、ウラスマル氏が極く孤独な生活をいとなんでいたと云う事に先ず話の糸口を見出さねばならない。彼れが絹布《けんぷ》の貿易にたずさわっている小商人《こあきんど》だと云う事を私は屢《しばしば》聞いて知っていたが、然《しか》も、彼れの住居には何一つ商品らしいものなぞは積まれていなかったし、それに、日曜以外の日でも、丁度浮浪者の如く彼れが少しも動かない眼に遠い空を見つめつつ、横浜公園の中を静かな足取りで、散歩している所なぞを私は時々見かけたりしたので、そのため、段々と彼れについて次のような独断を下すようになった――

「彼れが少くとも一商人であると云う事は、彼れの為替《かわせ》相場に関する豊富な知識なぞに照しても、充分推定し得る。然し彼れは今や恐らく破産して了《しま》ったのだ。」

私にそんな独断を敢えてなさしめた、もう一つ他の理由はと云えば、それは斯《こ》うである。

彼れはその以前迄、一人だけであの旧風な煉瓦造りの××番館全体を使用していたが、間もなく、建築物の大部分をシャンダーラムと呼ばるるアリヤンの一家族へ又貸しをして了い、自分は北隅に位置をしめた十二畳程もある湯殿へと椅子や寝台を移し、そこで日夜を過ごす事に充分な満足を感じていたのである。

元来××番館はその始めアメリカの娼婦が住んでいた建物なので、他の何《ど》んな室《へや》よりも湯殿が立派な構造を示していた。それは湯殿と云う名で呼ばれ乍《なが》ら、然も、半分は客間に適するような設計の下に造られたものであることが確かだった。

先ず、其処《そこ》へ這入《はい》って行くと、灰白色の化粧煉瓦の如きもので腰を巻かれた、暗い水色の壁が私の眼を打った。天井はエナメル塗りの打ち出しブリキ板で張られ、床は質の好い瀬戸物で敷きつめられていた。東の隅には古びた上流しが附いていた。昔は其処に洗面のための設備が全部ととのっていたのであろうが、今では、其処が水で濡れる機会もなく、ウラスマル君の書見台に代用されていたのであった。

この室の小さい窓は外部から覗き込まれぬため、非常な高所に開かれていた。それで、私が庭から窓へ向って、

「ウラスマル君……」と呼ぶと、彼れは穴の底から湧き出して来るような沈んだ声で斯う答えた

――

「ウエタミニ。今、踏み台へ乗るから。」間もなく、窓の扉が動き、そして眉毛と眼との間の恐ろしく暗い彼れの顔が其処へ表れるのだった。

或る闇の夜、私は又しても、庭づたいに、この小窓をさして歩み寄って行った。そして、思いがけぬ一つの状景を発見した時に、進もうとする足を急いでひかえる必要を感じたのだった。

見ると、若きウラスマル君の太い右腕が例の高い小窓から静かに突出していた――いや、そればかりでなく、その手は非常に古風な手下げラムプをしっかりと握って、虚空へ垂れ下げているのであった。豆ラムプの細い燈心には人の眼を竪《たて》にしたような形の愛らしい焰《ほのお》がともっていて、その薄い光りが窓の前に伸びた無花果《いちじゅく》と糸杉の葉を柔らかく照し出して居た。勿論その時、室内にあるウラスマル君の顔も姿も私の見得る所ではなかったし、私自身の足音も極く静かなものだったので、私の来訪は彼れの気附く所でなかった。

私は未だその時、僅か十九歳の少年であった、その事を何《ど》うか酌量して許して貰いたいのであるが、私はウラスマル君の斯《こ》んな行為が何んな目的から為されているのかと云う疑問に対して深い興味を持たずにはいられなくなった。

それで私は息を殺し、横合の物影に佇んで、事の成り行きをうかがったのである。

ウラスマル君の腕は突き出された儘《まま》少しも動かなかった。晩春のゆるやかな風はむせるような若葉の匂いを闇の中に吹き送って来ては、又吹き消しつつ、その終る事もない無形な遊戯《むぎょう》をいくどでも繰り返していた。五分、十分、二十分さえが過ぎて行った。然も、腕は依然として不動であり、燈の焰は人の眼を竪にしたような形で澄み返っていた。私は早自分で息を殺し切れなくなった。私の若い心は謎を解く事よりも、それを破壊して了う事を望む程にあせり出した。

「ウラスマル君！」と私はせんかたも尽きて、今はこらえていた息を俄《にわ》かに強く外方へと押し出した。その声につれて、初めて燈火はゆらぎ、太い異人の腕は動いた。

「その原因を話して下さい。」と私は上を仰いで彼れに聞いて見た。青年は出来るだけゆるやかな態度で首を出し、少し考えてから、私に英語で次の意味を答えた——

「私は恥かしい。唯《た》だ、向うの方を見ていたのです。」

「単に、闇をですか？」と、私は眼を見はって反問した。

「そうです……」彼は無器用に答え、少しの間、沈思してから、又呟《つぶや》いた——「闇は非常に広いものであるが、然しそれを見ようとすると、ほんの少ししか眼に映らない……」

「貴方《あなた》の国では、闇の事をマーヤの帷《とば》りだなぞとは云いませんか？」

「云いません。」彼れは彼れ独特なそして極く秘密な闇の観照を私から発見された事にひどい羞《はじ》らいを感じているらしく、その羞らいは彼れの心を多少とも不機嫌へと転じた如くであった。そのためか、それとも、他の動機からか、彼れは室の中を行ったり来たりしつつ、独りで次の如き古風な音調を口誦《くちずさ》んだ——

「サバパーパス、カラーナンム、クシヤラース、ウパサムパーダ、サチッタパーリョウダパナーンム……」

以上の言葉は彼れが散歩中に、又は沈思中に、時々呟くものであったから、私はそれの大部分を記憶し、場合によっては、微笑しながら、ほんの戯れに、彼れと合唱する事さえ出来たのである。勿論その句の意味は私の知らぬ所であり、彼れ自身の教えようとせぬ所でもあった。

「それにしても……」と、私はその夜更《よふけ》、一人で帰途を急ぎつつ、考えにふけった。私の未だ無経験な頭には、その時、ふと、次の如き詩句が強い力で湧き起って来るのだった。

私は戸口に立って、燈をかかげ
お前の行く道を照らしている。

「確かに……」と、私は再び空想した。ウラスマルは何かしら恋の如きものを経験しているに相違ない。それだからこそ彼れはあの秘密な行為を私から発見された時、異常な羞恥を感じてたじろいだのであろう。

二

曾《かつ》て、私の不意の訪問が、ウラスマルの静かな心へ困惑と動乱とそして大きい羞恥をさえ与えた事を思うては、その後成《な》る可《べ》くあの異人から遠ざかっているようにとの遠慮が私の心を占めるのは自然であった。然も、私はウラスマルのすぐれた同族サーキャムニの非常に珍らしい逸話の続きを、もう一度聞きたいと云う望みにかられて、再びあの無花果の立っている庭へと足を向けたのである。
尤《もっと》も、私はその場合でも、極く妥当な心づかいから、斯う呟く事を忘れはしなかった――

「明け方、早く、あたりが霞《かす》んでいる内に彼を訪ねて見よう。」私は夜の訪問で失敗したから、その失敗から遠ざかるため、全然類似せぬ時間を選んだ訳なのである。

印度人には早起きのものが至って多い。私が朝日の昇るよりも早く、ウラスマルの家を驚かした時、彼れは既に髪を梳《す》き終え、石油厨炉《ちゆうろ》で一個の鶏卵をゆでていた。然し、見受けた所、彼の機嫌はこの日も別段すぐれて明るいと云う程ではなかった。

私は彼れとの会話がそう容易には融合の中心へと這入っては行かないらしい事を、私は彼れの様子によって漸《ようや》く察したので、自分の聞きたい話も要求せず、ただ時間が自然と流れるのを見詰めるより他仕方がないのを感じ出した瞬間である、ウラスマルはアッと発声すると共に、立ち上り、瀬戸物の敷きつめられた床をけたたましく走り出した。見る間に、彼は踏み台へ乗ると、例の窓から首を出して、純然たる印度語で、何かしらを外の方へ云い放った。外からも直《す》ぐ答えの声が聞き取れた。それはウラスマルの太い声に対比して、非常に細く、且つ音楽的であった。

軈《やが》て、ウラスマルはその短く太い首をめぐらして、私の方を見ながら、最も稀《ま》れな微笑を見せた。その顔色の中に、私は又しても彼れの烈《はげ》しい羞恥心を読む事が出来たので、非常な悔いを感じつつ、遂に椅子から立ち上った――説明するまでもない、私は「悪い場所へ来合せて了った」と云う意識で、自分を悩まし初めたのである。

「いや、その儘、居て下さい。」と、ウラスマルは掌と掌をこすり合せながら、右方の眼尻へだけ小皺《こじわ》を寄せて、私に納得させ、それから次に、英語でもって、外の客人へ、カムインと呼びかけた。

庭に面した次の室の扉をウラスマルがいんぎんに引きあけると、其処から快い風のように這入って来たのは、年の頃、二十位とも見ゆる小柄な——然し、均斉の好く取れた——一個の女性であった。斯う云う場合、誰れもが感ずるらしい、気の引けるような、又、罪深いような心持ちをしながら、私は斜めに、彼の女をそっと一瞥《いちべつ》した。彼の女は名匠ヴェラスケスによって屡《しばし》ば描かれたような卵形の顔をした、額の余り高くない美人であった。彼の女の耳にはそれ程高価とも思えぬ耳飾りが下り、彼の女の左腕には三つ以上も象牙の腕輪がはまり、それが相互に当り合って鳴り響いた。云う迄もなく彼の女はその深いまなざしと長い睫毛《まつげ》が語っている通り、混り気のないアリア人であった。

彼の女はその軽快な薄い唇に「……ルシムラ……」と云う風な、私には意味の分らぬ呟きをのぼしつつ、私へ向っても会釈《えしやく》した。

それから三人の会話が何《ど》う進んで行ったかを正確に思い起す事は不可能であるが、兎《と》も角《かく》も、女が男よりも一層快活であった事丈《だけ》は人々の想像し得る通りであった。私の記憶が誤りでなくば、女は、たしか、男へ向って、訛《なま》りの多い英語で斯う呟いて見せさえしたのである——

「私、御飯を一杯につめ込んで了ったあとのようなつまらない感じがしますわ。だって貴方は何だか余り堅い事ばかり話すんですもの、それとも、他にお客様が居るので、態《わざ》とそうなさっているの？」

彼の女の訛った英語を、そう解釈したのは私のつまらぬひがみであったろうか？　然し、この淋しい解釈は明らかに私を一種の苦渋と圧迫感へ誘い込んだ。仕方なしに私は立ち上って、其の場を去ろうと試みた。けれど、それを見て取るとウラスマル君の顔面には可成り烈しい困惑と憐愍《れんびん》に似た表情とが起った。彼れは之《これ》から手風琴を弾いて聞かせるから、もう少しこの座に居て呉れと、さも私を慰撫《いぶ》するように囁《ささや》いて呉れた。

褐色をした手風琴のごく古いものが直ぐ其処へ持ち出された。ウラスマルは不器用な手でそれを弾こうとし初めたが、何故か其の楽器からは寒そうな風の音ばかりが発して、本統の快い響が出て来なかった。女は素早い眼で、風琴の一部に破れた穴の大きなのを見出すと、誇張的な声で軽侮の笑いを吐きつつ斯う云った――

「では好い？　私が親指でこの穴をおさえていて上げるから、出来るだけ、そっと弾くのよ。」

この悲む可《べ》き簡素を私は黙ってじっと見詰めた。と、手風琴は極く珍妙な節廻しで鳴り出した。女も興に乗って来ると何かしら男へ向って新らしい歌を弾くように註文し、さて、自身もあまり高くない声で、楽に合せつつ歌い出した。その歌曲には馬のひづめの音や、いななきを真似た音楽が仕組まれていて、可成りに興の深いものであった。

其処へ、いきなり声をかけたのは、同居者のシャンダーラム夫人であった。彼の女は半白の髪を平らに撫でつけ、白いレースで胸を蔽《おお》い、恐ろしく大きい出眼を早く動かしながら、三人を一瞬の内に見廻して這入って来た。

彼の女は直ぐウラスマルへ斯う呟いたのである――

「お約束のカシミヤブーケは之だけしか上げられませんよ。」そして、前へ出した彼の女の黒い手には、二三滴の香水をひそませた一個の罎《びん》が握られていた。すると、例の若い女は急に頓狂《とんきょう》な声で笑い出し、そして、口早に軽侮の言葉を射放った――

「この野暮な人が香水ですって？」

三

それ程深い交際にと入り込んでいる訳でない私は、其の後ウラスマルの新鮮な恋が何う進んでいるかを実際に知る事が出来なかったのも道理であるが、そのため、不思議にも、私の空想力は却って敏活に働くものの如く、実に次のような断定へと急いで行った――

「彼れは貧困のため、女の歓心を充分に買う事が出来ないで今や非常に悩んでいる。女は彼れよりも上段に立って、むしろ、彼れを軽蔑さえしている。所で、ウラスマルはあの野暮な、何の取り柄もない体を飾る唯一のものとして、カシミヤブーケを選んだとは何たる気の毒な分別だろう。然も、それを自身の金銭で買い得ず、同居人から僅かに一二滴を貰うと云うのは充分悲惨で、憐愍す可き事ではあるまいか。」

私は以上の断定を真実なものとして堅く信じ初めたのである。

私がウラスマル及びその高慢な恋人に会った日から四日後の事である。私は勉学に労《つか》れた頭を休めるため、桜の若葉を見ようとして、横浜公園の内部へと這入って行った。そして偶然にも、其処の或るベンチに、深く考え込んでうなだれているウラスマルを見出したのだった。私は若《も》しや例の女性も来合しているのではないかとあたりへ眼をくばった。然し、似よりの影も見当らぬので、私は直ぐ、ウラスマル君のうしろへと近づいて行った。その時、突然、私の鼻を打ったものは、若葉の匂いから明確に分離している、あのカシミヤブーケの高い香りであった。その香りは又しても私の心底へ「恋の奴《やっこ》の哀れさ」を想起せしめるに充分であった。

私は彼れの肩をうしろからそっと叩いた。彼れは驚いて、彎曲にしていた背骨を急に反《そ》りかえらせた。見ると、彼れの眼は心持ちうるおうて、その深さを一層濃いものにしているようだった。そこで私は彼れの率直な挙動を哀れがりつつ、慰め顔に斯う云って見た――

「話して下さいよ。貴方の恋の事を……」

「恋？」と異国人は黒い眼を奥底から光らした。

「だって、貴方の香水がそれを語っていますよ。」

「ああ、それは大変ちがう……あの若い女は最近本国から浮浪して来た乞食の一種なんです。彼の女の腕環《うでわ》なぞも、高利をはらって、或る印度商人から借りているものに過ぎぬ。私は彼の女と二人きりで同席する事を恥じたからこそ、風琴迄持出して貴方を引きとめたのです。」と、彼れは悲しげな声でささやいた。

四

私は大きな悔いを以って、自分の誤解と錯覚とを顧みた。何故であろう？　その答えを簡単に語るなら、斯うなのである。

――四ヶ月以前、ウラスマルは、本国に唯だ一人残されていた母親を、横浜へ呼び寄せようとして、自分の儲けた可成り大きい金子《きんす》を故郷へと送ったのであった。母は直ぐ旅に立った。彼の女の乗り込んだ船はS・S・Y・丸であった。けれども、途中、その汽船は他の非常に大きい汽船の船首へと、右舷を打ちつけた。約十尺ばかりの大穴が船腹に開くと見るまに、傷附いた船は高い浪の中に沈んで了ったのである。その時はまだ非常に寒い季節の中にあった。云う迄もなく、母親は悲惨な死を遂げ屍骸《しがい》の行衛《ゆくえ》さえも不明となったのである。

——その母親が生前、儀式の時に限り、好んで身へつけたのがカシミヤブーケであった。毎日をひどい悲しみで送り迎えていた孤児のウラスマルは、偶然にも、一日、シャンダーラム夫人が母のと同じ香水をつけているのを嗅《か》ぎ、深い感動の内に、彼れは亡き母の姿を幻覚した。彼れは懐かしさの余り、その香水を所有したいと云う欲望にかられ、ほんの一二滴をシャンダーラム夫人へ乞うた訳なのである。

——今日、彼れは自身の体へその香水を振り撒《ま》いた。それは元より恋するものの身だしなみとしてではなく、母の姿を追う孤児の、せめてもの思いやりとしてであった。——

以上の告白を、とだえがちに語り終った時、孤独な異国人のうるおうた眼は一層そのうるおいを増し初めた。苦痛の色は彼れの厳粛な前頭部を一層淋しく変化せしめた。

深い——然し極く単純な感動が私の胸をも打たずには居なかった。私はどもりつつ、自分の早計な独断を重ね重ね詫びた。

闇のおそい初めた街路を一人で帰って行く途中、私の心の中には異常に凄壮《せいそう》な大きい青海原《あおうなばら》が見え初めた。その冷却した透明な波の上に、少しも腐蝕する事なき四肢《しし》を形ちよくそろえた老婆の屍体は、仰臥《ぎょうが》の姿で唯だ一人不定の方向へとただよっていた。

私の眼は急に涙の湧き上る熱を感じた。私は思わず立ちどまり、もう一度、ウラスマルの居宅の方を顧みて詫び入りたい心持ちになった。今ことごとく想起する事が出来るではないか？　ウラスマルが曾て窓から闇をのぞいて、二十分間もその体を静止したままでいたのも、結局は、恋の思いに打たれてではなく、彼れの不幸なる母の死を、ただ一人で悲しんでの事であったに相違なかった。

私はウラスマルが曾て不図《ふと》口走った次の如き言葉の断片を懐かしい感じの内に想起し得る。――「闇は際限もなく広大なものではあるが、然もそれを見ようとすると、きわめて小さい部分しか目に写って来ない。」

恐らく、この言葉には何の特別な意味も理由もないに相違ない。けれども、一個の人間が折にふれてその心底に感じた通りを口に上せた言葉は、別に何の深い意味がなくとも、それ自身で充分愛するに足るものではなかろうか？　いや、強いて考えをめぐらすなら、この言葉はやはり「死」と何等かの関連を持ったものとも云われるだろう。死は確かに一つの深淵であり、我れ等の誰れもが未だかつて、その全様相を見きわめたと云う話を聞かぬからである。

（大正十五年二月）

葛西善蔵　哀しき父

葛西善蔵《かさいぜんぞう》　明治二十—昭和三年（一八八七—一九二八）

青森県出身。徳田秋声に師事。同人誌『奇蹟』に発表した「哀しき父」が評判となり、作家としてデビュー。寡作なことでも知られ、破滅型文士の典型ともいえる生涯を送った。

明治二十年、津軽の弘前で生育し、かぞえ十六歳で初上京、のちに谷崎精二、広津和郎らと同人雑誌『奇蹟』を創刊、同誌発表の「哀しき父」の好評をきっかけに一躍大正文壇に登場した葛西のその酒豪ぶりと寡作癖は早くから広くに知られていたが、当人は「一つの作が出来、更に心境が深まらなければ次の作を書く気にはならない」とうそぶき、こと創作に関してだけは厳しく自らを律していた。事実その執筆スタイルは酒と酒との切れ間にようやくペンを握っても、二枚も書き進めば〝書けた〟ことに有頂天となって、それ以上の深追いにより文章が感興に流された薄手のものになるのを恐れ、そこで手を止めるや、また貧乏徳利の燗をつけさせると云った塩梅式のものだった。ひとたび飲み出すと、決まって長酒になるタイプでもあった。

＊＊＊

一

彼はまたいつとなくだんだんと場末へ追い込まれていた。

四月の末であった。空にはもやもやと靄《もや》のような雲がつまって、日光がチカチカ桜の青葉に降りそそいで、雀《すずめ》の子がヂュクヂュク啼《な》きくさっていた。どこかで朝から晩まで地形《じぎょう》ならしのヤートコセが始まっていた……。

彼は疲れて、青い顔をして、眼色は病んだ獣のように鈍く光っている。不眠の夜が続く。じっとしていても動悸がひどく感じられて鎮めようとすると、尚お襲われたように激しくなって行くのであった。

今度の下宿は、小官吏の後家さんでもあろうと思われる四十五六の上《かみ》さんが、いなか者の女中相手につましくやっているのであった。樹木の多い場末の、軒の低い平家建の薄暗くじめじめした小さな家であった。彼の所有物と云っては、夜具と、机と、何にもはいってない桐の小箪笥《こだんす》だけである。桐の小箪笥だけが、彼の永い貧乏な生活の間に売残された、たったひとつの哀しい思い出の物なのであった。

彼は剝げた一閑張《いっかんばり》の小机を、竹垣ごしに狭い通りに向いた窓際に据えた。その低い、朽《くさ》って白く黴《かび》の生えた窓庇《まどびさし》とすれすれに、育ちのわるい梧桐《あおぎり》がひょろひょろと植っている。そして黒い毛虫がひとつ、毎日その幹をはい下りたり、まだ延び切らない葉裏を歩いたりしているのであったが、孤独な引込み勝な彼はいつかその毛虫に注意させられるようになっていた。そして常にこまかい物事に対しても、ある宿命的な暗示をおもうことに慣らされて居る彼には、その毛虫の動静で自然と天候の変化が予想されるようにも思われて行くのであった。

孤独な彼の生活はどこへ行っても変りなく、淋しく、なやましくあった。そしてまた彼はひとりの哀しき父なのであった。哀しき父――彼は斯《こ》う自分を呼んでいる。


彼にはこれから入梅へかけての間が、一年中での一番堪《た》え難い季節になっていた。彼は此頃《このごろ》の気候の圧迫を軽くしよう為めに、例年のように、午後からそこらを出歩くことにしようと思った。けれども、それを続ける事はつらいことでもある。カーキ色の兵隊を載せた板橋火薬庫の汚ない自動車がガタガタと乱暴な音を立てて続いて来るのに会うこともあった。吊台《つりだい》の中の病人の延びた頭髪《かみのけ》が眼に入ることもあった。欅《けやき》の若葉をそよがす軟《やわらか》い風、輝く空気の波、ほしいままな小鳥の啼声……しかし彼は、それらのものに慄《ふる》えあがり、めまいを感じ、身うちをうずかせられる苦しさよりも、尚《なお》堪え難く思われることは町で金魚を見ねばならぬことであった。

金魚と子供とは、いつか彼には離して考えることの出来ないものになっていた。

二

彼はまだ若いのであった。けれども彼の子供は四つになっているのである。そして遠い彼の郷里に、彼の年よったひとりの母に護《まも》られて成長して居るのであった。

彼等は――彼と、子と、子の母との三人で――昨年の夏前までは郊外に小さな家を持っていっしょに棲んでいたのである。世の中からまったく隠遁したような、貧しい、しかし静かな生活であった。子供は丁度ラシャの靴をはいてチョコチョコと駈け歩くようになっていたが、孤独な詩人のためには唯一の友であり兄弟であった。

彼等は縁日で買って来た粗末な胡弓《こきゆう》をひいたり、鉛筆で絵を描いたり、鬼ごっこなぞして遊んだ。棄てられた小犬と、数匹の金魚と亀の子も飼っていた。そして彼等の楽しい日課のひとつとして、晴れた日の午後には子供の手をひいて、小犬をつれて、そこらの田圃の溝に餌《え》をとりに行くことになっていた。けれども丁度彼等のそうした生活も、迫りに迫って来ていたのであった。従順な細君の溜息がだんだんと力無く、深くなって行った。ながく掃除を怠っていた庭には草が延び放題に延びていた。

金魚は亀の子といっしょに、白い洗面器に入れられて縁側に出されてあった。彼等の運命は一日々々と追って来ているのであったが、子供の為めの日課はやはり続けられていた。それが偶《たま》ま訪ねて来たいたずらな酒飲みの友達が、彼等の知らぬ間に亀の子を庭の草なかに放してなくなしてしまった。彼は云いようのない憂鬱な溜息を感じた。「はア、カメない、カメノコない……」子供も幾日もそれを忘れなかった。それからして彼等の日課も自然と廃せられることになり、間もなく、彼等の哀しき離散の日が来ていたのであった。——

三

彼は気の進まない自分を強いて、午後の散歩を続けている。そしていつか、彼は彼の散歩する範囲内では、どこのランプ屋では金魚を置いてる、置いてないかが大概わかるようになっていた。彼は都会から、生活から、朋友から、あらゆる色彩、あらゆる音楽、その種のすべてから執拗に自己を封じて、じっと自分の小さな世界に黙想してるような冷たい暗い詩人なのであった。それが、金魚を見ることは、彼の小さな世界へ焼鏝《やきごて》をさし入れるものであらねばならない。彼は金魚を見ることを恐れた。そして彼はなるべく金魚の見えない通りを通りをと避《よ》けて歩くのであったが、うっかりして、立止って、ガラスの箱なんかにしなしなと泳いでいるのに見入っていることがあった。そして気がついて、日のカンカン照った往来を、涙を呑んで歩いているのであった。けれども、彼もだんだんとそれに慣れては行った。が、彼は今年になってはじめて、どこかの場末の町の木陰《こかげ》に荷を下し休んでいた金魚売を見た時の、その最初の感傷を忘れることが出来ない。……

四

いつか、梅雨前のじめじめした、そして窒息させるように気紛れに照りつけるような、日が来ていた。

彼は此頃《このごろ》午後からきまったように出る不快な熱の為めに、終日閉じこもって、堪え難い気分の腐触と不安とになやまされて居る。寝たり起きたりして、喘ぐような一日々々を送っているのであった。

陰気な、昼も夜も笑声ひとつ聞えないような家である。が、湿っぽい匂いの泌みこんだ同じように汚ならしい六つ七つの室《へや》は、みんなふさがっていた。おとなしい貧乏な学生達と、彼の隣室には、若い夫婦者とむかい合った室には無職の予備士官がはいっていた。そしていつも執拗に子供のことや、暗い瞑想に耽ってぐずぐずと日を送っている彼には、最初この家の陰気で静かなのが却って気安く感じられたのであったが、それもだんだんと暗い、なやましい圧迫に変っているのであった。

予備士官は三十二三の、北国から出て来たばかりの人であった。終日まったく日のささない暗い室にとじこもっていて、何をしてるのとも想像がつかなかった。大きな不格好な髪の薄い頭をして、訛音《なまり》のひどい言葉でブツブツと女中に何か云ってることもあった。時々汚ない服装《なり》の、ひとのおかみさんとも見える若い女が訪ねて来ることがあったが、それが近所の安淫売《やすいんばい》だったと云うことが、後になって無口の女中から漏らされていた。

それがつい……まだ幾日も経っていないのであった。ある朝女中が声をひそめて「腸がねじれたんだそうですよ……」と軍人の三四日床に就《つ》き切りであることを話していた。それから一両日も経った夕方、吊台が玄関前につけられて、そして病院にかつぎこまれて、手術をして、丁度八日目に死んだのである。腸の閉鎖と、悪性の梅毒に脊髄をもおかされていたのであった。

また隣室の若い細君は、力無く見ひらいた眼の美しい、透き通るような青白い顔をして、彼がこの家へ来てから幾《ほと》んど起きていた日がないようであった。細君孝行な若い勤め人の夫は、朝早く出て晩遅く帰るのであったが、朝晩に何かといたわっているのが手に取るように聞こえるのであった。細君の軽い咳音《せきおと》もまじって、コソコソと一晩中語りあかしているようなこともあった。

彼は此頃の自分の健康と思い合わして、払い退《の》けようのない不吉な、不安なかんがえになやまされている。病人の絶えない家のようにも思われるのであった。裏は低い崖になって、その上が墓地の藪になっているが、この家の地所もやはり寺の所有なのであった。ワクの朽《くさ》った赤土の崖下の蓋のない掘井戸から、ガタガタとポンプで汲み揚げられるようになっていて、その上が寺の湯殿になっていた。若い女の笑い声なども漏れていることがあった。そして崖上の暗い藪におっかぶされているこの家では、もう、いやに目まぐるしい手足を動かして襲って来る斑《まだ》らの黒い大きな藪蚊が、朝夕にふえて行くのであった。

彼は飲みつけない強い酒を呷《あお》って、それでようよう不定な睡眠をとることにしている。そして病的に過敏になった彼の神経は、そこらを嗅ぎ廻るように閃《ひら》めき動いて、女中を通して、自分のこの室にも病人がいて、それが彼のはいる少し前に不治の身体になって帰郷したのだと云うことや、この主人も丁度昨年の今頃亡くなったのだと云うことなど、断片的にきき出し得たのであった。

彼は毎晩いやな重苦しい夢になやまされた。

……彼の子供は裸体《はだか》になっていた。ムクムクと堅く肥え太って、腹部が健康そうにゆるやかな線に波打っている。そして彼にはいつか二三人の弟妹が出来ているのであった。室は広くあけ放してあって、青青とした畳は涼しそうに見える。そこには子供の祖父も、祖母も弟妹もいるのだが、みんなはゴロゴロ寝ころんでいる。唯彼ひとりが、ムクムクと堅く肥え太って、ゆるやかに張ったお腹を突き出して、非常に威張った姿勢をして、手を振って大股《おおまた》に室の中を歩いているのであった。ふと、ペラペラな黒紋附を着た若い男がはいって来て、坐って何か云ってるようであった。すると子供は歩くのを止《や》めて、ちょっと突立って、

「そうか。それではお前はおれの抱え医者になるか――」斯《こ》う、万事を呑込んでいるような鷹揚な態度で云うのであった。それを傍《そば》から見ていた父は、わが子のその態度やものの云いぶりに、覚えず微笑させられたのである。……

それが夢なのである。彼には幾日かその夢の場の印象がはっきりと浮かべられていた。それは非常に大きなユーモアのようにも考えられるのである。また子供というものの如何にさかんなる矜《ほこ》りに生きて居るかと云うことを思わしめるのである。それからまた、辛うじて医薬によって支えられていた彼の父の三十幾年と云う短い生涯から彼自身の健康状態から考えて、子供の未来に、暗い運命の陰影を予想しないわけに行かないのであった。

五

久しぶりで郷里の母から手紙があった。母は彼女の孫をつれて、ひと月余り山の温泉に行ってて、帰って来たばかりのところなのである。

彼女は彼女の一粒の子と、一粒の孫とを保護するためにこの世に生れて来、活《い》きているような女であった。そして月に幾度となく彼女の不幸な孫の消息について、こまごまと書き送りもし、またわが子の我ままな手紙を読むことに、慰藉を感じていた。

彼等の行っていた温泉は、汽車から下りて、谷あいの川に沿うて五六里も馬車に揺られて山にはいるのであった。温泉の近くには、彼女の信仰している古い山寺があって、そこの蓴菜《じゅんさい》の生える池の渚《みぎわ》に端銭《はせん》をうかべて、その沈み具合によって今年の作柄や運勢が占われると云うことが、その地方では一般に信じられていた。彼女もまた何十年となく、毎年今頃に参詣することにしていて、その占いを信じているのであった。

母の手紙では今年の占いが思わしくないので気がかりだと云うこと、互いに気をつけるようにせねばならぬと云うこと、孫のたいへん元気であること、そして都合がついたら孫の洋服をひとつ送るようにと云うのであった。孫は洋服を着たいと云ってきかない、そしてお父さんはいやだ、何にも送ってくれないからいやだと云うのであった。彼女はそんなことは云うものでないと孫を叱っている。そして靴と靴下だけは買ってやったが、洋服は都合して送るようにと云うのであった。

それは朝からのひどい雨の日であった。彼は寝衣《ねまき》の乾かしようのないのに困って、ぼんやりと窓外《まどそと》を眺めて居た。梧桐《あおぎり》の毛虫はもうよほど大きくなっているのだが、こんな日にはどこかに隠れていて姿を見せない、彼は早くこの不吉な家を出て海岸へでも行って静養しようと、金の工面を考えていたのであった。

疲れた彼の胸には、母の手紙は重い響であった。彼は兎に角小簞笥を売って、洋服を送ってやることにした。そして、

「……どうか、そんなことを云わさないようにして下さい。私はあれをたいへんえらい人間にしようと思って居るのです。私はいろいろだめなのです……。どうか卑しいことは云わさないようにして下さい。卑しい心を起させないようにして下さい。身体さえ丈夫であれば、今のうちは何もいらないのです……」

彼は子供がいつの間にそんなことを云うまでになったかを信じられないような、また怖ろしいような気持で母への返事を書いた。そして彼がこの正月に苦しい間から書物など売払って送ってやった、毛糸の足袋《たび》や、マントや、玩具《おもちゃ》の自動車や、絵本や、霜やけの薬などを子供はどんなに悦《よろこ》んで「これもお父さんから、これもお父さんから」と云って近所の人達に並べて見せたと云うことや、彼の手紙をお父さんからの手紙と云って持ち歩くと云うことなどを思い合して、別れてわずか一年足らずに過ぎない子供の現在を想像することの困難を感ずるのであった。

霧のような小雨が都会をかなしく降りこめて居る。彼は夜遅くなって、疲れて、草の衾《しとね》にも安息をおもう旅人のやる瀬ない気持になって、電車を下りて暗い場末の下宿へ帰るのであった。

彼は海岸行きの金をつくる為に、図書館通いを始めている。……

彼の胸にも霧のような冷たい悲哀が満ち溢れている。執着と云うことの際限もないと云うこと、世の中にはいかに気に入らぬことの多いかと云うこと、暗い宿命の影のように何処《どこ》まで避けてもつき纏《まと》うて来る生活と云うこと、また大きな黴菌《ばいきん》のように彼の心に喰い入ろうとし、もう喰い入っている子供と云うこと、そう云うことどもが、流れる霧のように、冷たい悲哀を彼の疲れた胸に吹きこむのであった。彼は幾度《いくたび》か子供の許《もと》に帰ろうと、心が動いた。彼は最も高い貴族の心を待って、最も元始の生活を送って、真実なる子供の友となり、兄弟となり、教育者となりたいとも思うのであった。

けれども偉大なる子は、決して直接の父を要しないであろう。彼は寧ろどこまでも自分の道を求めて、追うて、やがて斃《たお》るるべきである。そしてまた彼の子供もやがては彼の年代に達するであろう、そうして彼の死から沢山の真実を学び得るであろう――

六

苦しい図書館通いが四五日も続いた、その朝であった。彼はいつものように、暁方《あけがた》過ぎからうとうとと重苦しい眠りにはいって、十時少し前に気色のわるい寝床を出たのであった。

日が、燻《くす》べられたような色の雨戸の隙間から流れ入って、室の中はむしむししていた。彼は雨戸を開けて、ビショビショの寝衣を窓庇《まどびさし》の釘《くぎ》に下げて、それから洗面器を出そうとして押入れの唐紙《からかみ》を開けた。見なれた洗面器の中のうがいのコップや、石鹸箱《シャボンばこ》や、歯磨の袋が目に入った。

と、彼は軽く咳《せ》き入った、フラフラとなった、しまった！ 斯《こ》う思った時には、もうそれが彼の咽喉《のど》まで押し寄せていた――。

熱は三十七八度の辺を昇降している。堪え難いことではない。彼の精神は却って安静を感じている。

「自分もこれでライフの洗礼も済んだ、これからはすこしおとなになるだろう……」

孤独な彼は、気ままに寝たり起きたりしている。そしていつか、育ちのわるい梧桐の葉も延び切って、黒い毛虫もみえなくなっている。彼の使った氷嚢《ひょうのう》はカラカラになって壁にかかっている。窓際の小机の上には、数疋《すうひき》の金魚がガラスの鉢にしなしな泳いでいる。

彼は静かに詩作を続けようとしている。


（大正元年八月）

嘉村礒多

足相撲

嘉村礒多　かむら いそた　明治三十―昭和八年（一八九七―一九三三）

山口県出身。宗教性と交錯する破滅型私小説の書き手として知られる。葛西善蔵とのかかわりは、新潮社の文芸誌『不同調』の記者を務めていた際、担当編集者になったところから始まる。

〈くそ垂れ！　手前などと酒など飲む男かよ、Ｚ・Ｋともあろう男が！〉
〈へーイ、君なぞ作家になれるもんかよ、俺にさう言はれて口惜しかないか、へーイ〉

嘉村が記すところの、葛西から投げつけられた嘲りの一例である。

しかしながら、そうした葛西の周囲の者から疎まれる横柄な言動は、これ即ちその相手に対する信頼感から生じた、葛西一流の愛情表現であるのは確かなことであった。無論葛西も哀しき愛情乞食の常として、相手をしかと見た上で、かような振る舞いを行ない、毒づいている。

とは云え、そんな幼稚な真情は当の被害者たちに、たとえ理解はできても受け入れるまでには至るわけもない。昨日まで仲良くしていると思ってた者が、突如「もう限界です」との到底編輯者には向かない、無能な言でもって遁走してゆく鬱陶しいさまを、葛西と云う男は或る種の自嘲の笑みを浮かべつつ、幾度となく見送っていた。

そして疫病神を追い払うように憂いの原因を排除した、所詮勝ち馬しか眼中にないそのての被害者たちは、後年、最早絶対に災いのふりかからぬ位置から、或る感懐をこめて葛西の酒とエゴイズムにつき一文を草したりしているのだが、同じ書くのでもこれが嘉村の筆になると、さすがにそれらの類のものとは質の異なる、葛西への屈折した呪詛を盛り込んだ私怨漲《みなぎ》る不気味な作を発表している。

嘉村がそれを書いた動機については種々推測を加えられているが、しかし仮にも師と仰いだ相手——にはともかく、その遺族までにも攻撃の鉾先を向けると云うのは、少々悪辣過ぎる感がなくもない。

＊＊＊

S社の入口の扉を押して私は往來へ出た。狭い路地に入ると一寸佇んで、蝦蟇口《がまぐち》の緩んだ口金を歯で締め合せた。心まちにしていた三宿《みしゅく》のZ・K氏の口述になる小説『狂酔者の遺言』の筆記料を私は貰ったのだ。本来なら直に本郷の崖下の家に帰って、前々からの約束である私の女にセル〔和服地〕を買ってやるのが人情であったがしかし最近或事件で女の仕草をひどく腹に据えかねていた私は、どう考え直しても気乗りがしなくて、ただ漫然と夕暮の神楽坂の方へ歩いて行った。もう都会には秋が訪れていて、白いものを着ている自分の姿が際立った寂しい感じである。ふと坂上の眼鏡屋の飾窓を覗くと、気にいったのがあって余程心が動いたが、でも、おあしをくずす前に、一応Z・K氏にお礼を言う筋合のものだと気が附いて、私はその足で見附から省線に乗った。

私がZ・K氏を知ったのは、私がF雑誌の編輯に入った前年の二月、談話原稿を貰うために三宿を訪ねた日に始まった。

其日は紀元節で、見窄《みすぼ》らしい新開街の家々にも国旗が飜って見えた。そうした商家の軒先に立って私は番地を訪ねなどした。二軒長屋の西側の、壁は落ち障子は破れた二間きりの家の、四畳半の茶呑台の前に坐って、髪の伸びたロイド眼鏡のZ・K氏は、綿の食《は》み出た褞袍《どてら》を着て前踞《まえかが》みにごほんごほん咳き乍ら、私の用談を聞いた。玄関の二畳には、小説で読まされて旧知の感のある、近所の酒屋の爺さんの好意からだと言う、銘酒山盛りの菰冠《こもかぶ》りが一本据えてあって、赤ちゃんをねんねこに負ぶった夫人が、栓をぬいた筒口から酒をじかに受けた燗徳利を鉄瓶につけ、小蕪《こかぶ》の漬物、焼海苔など肴に酒になった。

やがて日が暮れ体中に酒の沁みるのを待って、いよいよこれから談話を始めようとする前、腹こしらえにと言って蕎麦を出されたが、私は半分ほど食べ残した。するとZ・K氏は真赤に怒って、そんな礼儀を知らん人間に談話は出来んと言って叱り出した。私は直様《すぐさま》丼の蓋を取っておつゆ一滴余さず掻込んで謝ったが、Z・K氏の機嫌は直りそうもなく、明日出直して来いと私を突き返した。

翌日も酒で夜を更かし、いざこれから始めようとする所でZ・K氏は、まだ昨夜の君の無礼に対する癇癪玉のとばしりが頭に残っておってやれないから、もう一度来て見ろと言った。仕方なく又次の日に行くと、今度は文句無しに喋舌《しやべ》ってくれた。四方山《よもやま》の話のすえZ・K氏は私の、小説家になれればなりたいという志望を聞いて、断じてなれませんなと、古い銀煙管《ぎせる》の雁首をポンと火鉢の縁に叩きつけて、吐き出すように言った。昔ひとりの小僧さんが鳥の落した熟柿《じゆくし》を拾って来てそれを水で洗って己が師僧さんに与えた。すると師僧さんはそれを二分して小僧さんにくれて、二人はおいしいおいしいと言って食べた——という咄《はなし》をして、それとこれとは凡そ意味が違うけれど、他人の振舞う蕎麦を喰い残すような不謙遜の人間に、どうしてどうして、芸術など出来るものですか、断じて出来っこありませんね、と嶮《けわ》しい目をして底力のある声で言った。さんざ油を取られたが、そんなことが縁になってか、それからは毎日々々談話をしてくれた。するうち酒屋の借金が嵩んで長い小説の必要に迫られ、S社に幾らかの前借をして取懸ったのが『狂酔者の遺言』というわけである。

私は自分の雑誌の用事を早目に片付けて午《ひる》さがりの郊外電車にゆられて毎日通った。口述が渋って来ると逆上して夫人を打つ蹴るは殆ど毎夜のことで、二枚も稿を継げるとすっかり有頂天になって、狭い室内を真っ裸の四つん這いでワンワン吠えながら駈けずり廻り、斯うして片脚を上げて小便するのはおとこ犬、斯うしてお尻を地につけて小便するのはおんな犬、と犬の小便の真似をするかと思うと畳の上に長く垂らした褌《ふんどし》の端を漸《ようや》く歯の生え始めた、ユウ子さんにつかまらしてお山上りを踊り乍ら、K君々々と私を見て、……君は聞いたか、寒山子、拾得《じっとく》つれて二人づれ、ホイホイ、君が責めりゃ、おいら斯うやってユウ子と二人で五老峰に逃げて行くべえ。とそんな出鱈目の馬鹿巫山戯《ふざけ》ばかしやった。或日私は堪りかねて催促がましい口を利くと、明日はS社で二百両借りて来いと命じたので、断じて出来ませんと答えるとZ・K氏は少時《しばらく》私をじっと見据えたが、くそ垂れ！手前などと酒など飲む男かよ、Z・Kともあらう男が！と毒吐《どくづ》き出して、折から夫人が怫然《ふつぜん》と色を為した私に吃驚《びっくり》して、仲裁を頼みに酒屋の爺さんを呼びに行って、小腰をかがめてチョコチョコ遣って来た爺さんが玄関を上るなり、Z・K氏は、爺さん爺さん、僕この小僧っ子に馬鹿にされたよと言った。私はお叩頭《じぎ》ひとつして黙って退いた。C雑誌の若い記者が、この角を曲るとめそめそ泣けて来ると言ったその杉籬《すぎがき》に添った曲り角まで来ると、私も思わず不覚の涙を零《こぼ》した。が私はここで、一簣《いっき》にして止めてはならぬ。

肚《はら》の蟲を殺して翌日は午前に出向くと、Z・K氏は大層喜んで、君昨夜は失敬、僕酔払っていたもので、それにしても好く来てくれましたと丁寧に詫びて、夫人に向って、これこれ、酒屋の爺さんにKさん来てくれたことを伝えて来い、爺さんひどく気遣っていたから、と言付けた。夫人があたふたと出て行くと、Z・K氏は褌を緊め直して真っ裸のまま一閑張《いっかんばり》の机に向い、神妙に膝頭に手を置いて苦吟し出した面貌に接すると、やはり、羸鶴《るいかく》寒木に翹《つまだ》ち、狂猿古台に嘯《うそぶ》く——といった風格、貧苦病苦と闘いながら、朝夕に芸道をいそしむ、このいみじき芸術家に対する尊敬と畏怖との念が、一枚一円の筆記料の欲しさもさること乍ら、まア七十日を、大雨の日も欠かさず通い詰めさせたというものだろう……

あれこれと筆記中、肺を煩うZ・K氏に対して思い遣りなく息巻いた自分の態度が省みられたりしているうち、何時か三宿に着いた。

「そうでしたか、それで安心しました。実はS社のほうからお礼が出ないとすると、僕何処かで借りてもあなたにお礼しようと思ったところなんでした。……あ、あ、そうそう、主幹の方が行き届いた方だから……そうでしたか、僕も安心しました。長々御苦労さん。これからはあなたの勉強が大事。まあ一杯」

独酌の盃を置いてZ・K氏は斯う優しく言ってから、私に盃を呉れた。

「発表は新年号？　そうですか。どうでしょう、失敗だったかな、僕はあれで好いとは思うけれど……君はどう思います？」

世評を気にしてそう言うZ・K氏も、言われる私も、しばし憮然として言葉が無かった。

が、だんだん酔いが廻って来た時、

「K君、君を渋谷まで送って行くべえ、二十円ほど飲もうや……。玉川にしようか」

「また、そんなことを言う、Kさんだって、お帰んなすって奥さんにお見せなさらなければなりませんよ。いつも人さまの懐中を狙う、悪い癖だ！」

と、夫人が血相変えて台所から飛んで来た。

「何んだ、八十円はちと多過ぎらあ、二十円パ飲んだかっていいとも、さあ、着物を出せ」

「お父さん、そんな酷いことどの口で言えますか。Kさんだって、七十日間の電車賃、お小遣、そりゃ少々じゃありませんよ。玉川へでも行ったら八十円は全部お父さん飲んじまいますよ。そんなことをされてKさんどう奥さんに申訳がありますか！」

夫人は起ちかけたZ・K氏を力一ぱい抑えにかかった。

夫人に言われる迄もなく、石垣からの照り返しの強い崖下の荒屋で、筆記のための特別の入費を内職で稼ぎ出した私の女にも、私は不憫と義理とを忘れてはならない。アーン、アンアンと顔に手を当ててじだんだを踏んで泣き喚いても足りない思いをしてる時、途端、ガラッと格子戸が開いて、羽織袴の、S社の出版部のAさんが、玄関に見えた。

私は吻《ほっ》として、この難場の救主に、どうぞどうぞと言って、自分の座蒲団の裏を返してすすめた。

「先生、突然で恐縮ですが、来年の文章日記へ、ひとつご揮毫をお願いしたいんですが、どうか枉《ま》げてひとつ……」

二こと三こと久闊《きゅうかつ》の挨拶が取交わされた後、Aさんは手を揉みながら物馴れた如才ない口調で斯う切り出した。

「我輩、書くべえか……K君、どうしよう、書いてもいいか？」

それは是非お書きになったらいいでしょうと、私はAさんに応援する風を装って話を一切そっちに移すよう上手にZ・K氏に焚き附けた。机辺に戯れるユウ子さんを見て、「われと遊ぶ子」と書こうかとか、いや、「互に憐恤《れんじゆつ》あるべし」に決めようとZ・K氏の言っている、そのバイブルの章句に苦笑を覚えながらも、やれやれ助かったわと安堵の太息を吐き吐き、私は墨をすったり筆を洗ったりした。

感興の機勢で直ぐ筆を揮《ふる》ったZ・K氏は、縦長い鳥子紙の見事な出来栄えにちょっと視入っていたが、くるくる器用に巻いて、では、これを、とAさんの前に差出したかと思うと、瞬間、手を引っ込めて、

「A君、これタダかね？」と、唇を尖らした。

「いやいや、のちほど、どっさり荷物自動車でお届けいたしますから」

「そうですか。たんもり持って来て下さい。ハハハハハ」

Z・K氏は愉快で堪らなかった。とうとう私達を酒屋の爺さんとこへ誘った。

酒屋へは、有本老人、畳屋の吉さん、表具屋の主人、などコップ酒の常連が詰掛けて、足相撲をやっていた。溜った酒代の貸前が入って上機嫌の爺さんが盆に載せて出したコップの冷酒を一気に呷《あお》ったZ・K氏は、「さあ、片っ端から、おれにかかって来い」と、尻をまくって痩脛《やせずね》を出した。

有本老人はじめ「あッ、痛い、先生にはかなわん」と、後につづく二三人もばたばた負けて脹脛《こむら》をさすっているのを、私とAさんとは上框《あがりかまち》に腰掛けて見ていた。最後にZ・K氏は、恰幅の好いAさ

んに頻《しき》りに勝負を挑んだが、温厚で上品なAさんは笑って相手にならなかった。その時、どうした誘惑からか、足相撲などに一度の経験もない私は、

「先生、私とやりましょう」と、座敷へ飛び上った。

「ヘン、君がか、笑わせらあ、老ライオンの巨口に二十日鼠一匹――と言いたいところですなあ。口直しにも何んにもなりやせん。へへへへだ」

二人は相尻《しりい》居して足と足を組み当てた。

「君、しっかり……」

「先生から……」

Z・K氏は、小馬鹿にしてつん出していた頤《あご》を何時の間にか引いて、唇を結んでいきみ出した。痩せ細ったZ・K氏の脛の剃刀《かみそり》のような骨が自分の肉に切れ込んで来て、コリコリと言った骨を削り取られる音が聞えるような気がしたが私は両手で膝坊主を抱いて、火でも噴きそうな眼を閉じて、歯を喰いしばった。

「……おいら、負けた、もう一遍。もう一遍やり直そう……何に、やらん？　卑怯だよ卑怯だよ……待て待て、こら、待たんか……」

その声を聞き棄てて、私は時を移さずAさんと一しょに屋外へ出た。世田ヶ谷中学前の暗い石ころ道を、ピリッピリッと火傷のように痛む足を引きずり乍らAさんの後について夜更の停留場へ急いだが、きたない薄縁《うすべり》の上にぺちゃんこに捩伏せた時の、Z・K氏の強い負け惜しみを苦笑に紛らそうとした顔を思うと、この何年にもない痛快な笑いが哄然と込みあげたが、同時に、そう長くは

此世に生を恵まれないであろうZ・K氏——いや、私がいろいろの意味で弱り勝ちの場合、あの苛烈な高ぶった心魂をば、ひとえに生涯の宗《そう》と願うべきである我が狸洲《りしゅう》先生（かれは狸洲と号した）に、ずいぶん御無礼だったことが軈《やが》て後悔として残るような気がした。

（昭和四年）

田中英光　たなか ひでみつ

大正二―昭和二十四年（一九一三―四九）

東京赤坂出身。昭和七（一九三二）年、ロサンゼルスで開催された第十回オリンピック大会に、ボートの日本代表として参加。のちの「オリンポスの果実」の題材となる。太宰治に師事。アルコール依存、薬物中毒に陥りながら、創作活動に従事。デカダンスな生活を送った末、昭和二十四（一九四九）年十一月三日、三鷹禅林寺の太宰の墓前で自裁。

田中英光

N機関区

少女

しかし、例えば過去のその時期——戦後十年から二十年を経た時期に、英光の共産党活動と脱落を描いた「N機関区」や「少女」、長篇「地下室から」等の、政治と文学の弁証的統一を先駆的に試みた〝無惨な私小説〟が文庫本として普及していたならば、その「オリンポスの果実」で放っていた、眩《まばゆ》い光とのコントラストはもっと多くの読者を魅了していたに違いない。

＊＊＊＊

N機関区

このN機関区には二千人あまりの組合員がいた。ここは東海道線で電気区と蒸気区の境目にあたるところであり、日本の電気機関車の大半がここの機関庫に入るといわれる、日本でも有数の大機関区だった。そうしてこの機関区に労働組合ができたのは一九四五年十月はじめのことで、鉄道としても日本としてもかなり早い結成式をあげたものだった。この組合ができた当時の話を私はしばしば創立以来つづけて、この組合長をしている山本虎三からきかせてもらった。山本虎三は年のころ四十二、三の男ざかりで、二十何年かのながいあいだ機関士の古参として努めてきて、ふつうならとっくに助役になれたひとだったが、もともと上役に楯をついても下の者を可愛がる気性のところにもってきて、十何年か前、例の四・一六〔一九二九年の共産党員大量検挙〕にちょっと関係があったりしたものだから、戦争中ずっと平機関士をやらされていた。その戦争の末期、これをやはり日本人ぜんたいの戦争と思いこむようになっていた山本は、若い機関士たち十何名かと輸送挺身決死隊をつくり、B－二九の爆撃や小型機の機銃掃射などをうけながら、石炭の積み込みにけん命だったこともある。そうして終戦直前にN市が爆撃をうけたとき、山本の家は罹災した。おまけに彼はそのすぐあとで赤痢かチブスにかかったので、八月から九月にかけて、ずっと鉄道を休んでしまった。その病床で彼は敗戦のニュースをききはやくも労働組合のことを考えていたそうだ。そうして十月はじめに出勤できるようになると、一種の虚脱状態におちいっている職場で、彼はすぐ労働組合の趣旨をとき同志をつのってみたが、はじめにはひとりとして彼の言葉に耳をかたむける者がなかった。こうしたことを虎さんはときどき一種の感慨をこめいくらか自慢話のようにして私に話してきかせた。

この薄い髪の毛のちぢれ、顎のしゃくれた精悍な美男子の虎さんは、その人に好かれる容貌の故にも、その若い者を可愛がる気性の故にも、さらにその一通り社会主義理論をマスターしている頭のよさの故にも、多くの組合員からまず絶対的な支持をうけていた。しかしその一方私はこの虎さんのそのような美点の反面にあるいろいろな欠点をきかされもし、見せつけられてもいた。彼の欠点は一般に酒にあるといわれ自分でもそれを認めるのがむしろ嬉しいらしかった。だが彼はこの酒のために、あるとき東鉄〔東京鉄道管理局〕管内のほかの分会長たちといっしょに一度多くの組合員たちを裏切るような羽目におちいりかかった。それは四五年の暮に東労がときの東鉄局長を相手に労働協約をたたかいとるため、ほとんど闘争状態にあったときだ。彼らの組合事務所にあるとき「進駐軍の通訳」と称する、そんな服装をした男がふらりと現われ、皆さんがたのこのたびの闘争については、その方面のキャプテンがひとかたならぬ御心配で、と言葉たくみに、虎さんをはじめそれぞれの組合の幹部たちをだまし、さてその方面のキャプテンと会見のためというので、彼らすべてを一まとめにして熱海のなんとかいう一流旅館につれこんだ。ところでこの「通訳」先生は甚だ愛想がよく、さあまず御召替えをとか、どうかお風呂へなぞと女中も顔まけのサービスぶりを示し、彼ら幹部が温泉にざっとつかって出てくると、そこの大広間には、やれ刺身だとか豚カツだとか山海の珍味をもった膳のうえに、それぞれお銚子がならんでおり、ほうとみんなが恵比須顔でその膳のまえに坐ると、そこに襖があいて、いわゆる美形たちがぞろぞろ、『コンバンアリ』なぞ手をついたお辞儀で入りこんできて、いずれも四十面、五十面をした彼らのまえにぴったりと坐り、「お兄さん、お酒がいいのそれともおビール」なぞときくあんばいに、一同ほうっと溜息をつき、がぶがぶムシャムシャ飲んだり食ったりのあげく、たちまち真赤になったり真蒼になったりして酔っ払い、その某方面のキャプテンの現われぬまえに、おけさ節の合唱まで始まり、さて蛸踊りでも始まろうかという直前、例の「通訳」先生がしかつめらしい顔で、さて皆さん、いよいよキャプテンがお目にかかるそうですというから、一同がさっと緊張して坐りなおすと、そこにまえの金襖がぱっとひらかれたと思うや、その向う側には、ときの局長、次長、管理部長なぞの面々が、笑いをふくんで坐っていたので、組合の幹部たちはアアとかヤッとか奇声を発し、まもなく局長たちの首っ玉にだきついたり握手したりしたという、これが有名な熱海事件というやつで、私はこの話を組合の青年部の委員たちからも、いや虎さん自身の口からも大失敗の巻としてきかされていた。

けれどもそんな虎さんでも自分が四・一六にすこし関係のあったためか、その小学校以来の莫迦の友だちの芝田の銀ちゃんという男が、私たちの党のオルグとしてC県で活躍している、その友情にからんでのためだろうか、それよりも虎さん自身が、その自分の組合の事務所に、「革命的理論なくしては革命的実践なし」というようなレーニンの言葉をいくつか書いて壁にはってある、それだけに共産主義を正しいとおもっているためであろうか、またその点だけを過大評価して虎さんに近づいてゆくと私はピシリとやられたこともあるのだが、しかしともかくその地区内の労働組合のなかで、はじめて自由法曹団の０弁護士をまねいて労働組合法の講義をしてもらったのも、産業労働調査所や東京の各大学の進歩的な先生たちをまねいて労働学校をもつようになったのも、虎さんの首唱によるものだったし、私たちの党の書記長をよんで数百の組合員にその話をきかせたのも、さらにその組合部の青年たちが私たちの党入党を決意して相談にいったとき、かえってそれを支持し激励したのも、すべて私たちの党にたいする虎さんの好意があったからだ。けれどもそれだからといって、虎さんを百パーセントに信頼することは私にはできなかった。

それはまず第一に私は虎さんに入党を勧めて失敗したことがあるからだ。そうしてそのうちでいちばん苦い思い出は、その機関区組合の青年部のひとたちが四、五人、入党したあとで、週に二度ずつ研究会をもっていたのだが、ある日、その研究会のあとで、みんなで虎さんの家におしかけてゆき、彼に入党を勧めてみようということがあった折のことだ。

それはたしか、一九四六年七月はじめのよく晴れた風のないおだやかな晩だった。党の地区の事務所の二階で、それまで私といっしょにエンゲルスの「空想より科学への社会主義の発展」を勉強していた、五人の青年のうち、組合の役員でないため、虎さんと親しくないふたりの青年はそれぞれ近くの家にかえったあと、芦田、岩上、小野という、いわば虎さん子飼いの機関士なり機関士助手たちが、私といっしょに虎さんを入党させるというつよい意気ごみで虎さんの家に訪ねていった。岩上はそれから一月ばかりまえ、いちばん初めに入党した、そのころの組合の青年部長だった。彼は頭がよくみんなのなかでいちばん広く本もよんでいたが、それだけに生活もはでで、すべてにつけていくらかうわっ調子なところがあった。しかし二十一の彼が戦災をうけたあげくのいま、年老いた母親とふたり暮らしでその生活は彼が鉄道からもらってくる僅か三百円ばかりの給料に支えられており、それだけに彼の生活に若い娘の色どりがあったり多少の闇がまざるデカダンなものになっているのを私はやむをえまいという気持でながめていることもあった。岩上は戦争中しばらく応召していたために、機関士助手だったが、ずっと鉄道につとめていた芦田や小野はふたりとも同じ二十一でもずっとまえに機関士になっていた。しかし、芦田はダイヤの編成の係りで、小野は組合の委員の関係でそれぞれ汽車にはのっていなかった。芦田はやはり戦争中に罹災して一家の末っ子だったが、父や兄たちがそれぞれしっかり働いているせいだろう、まるで坊やのように子供じみていて、それだけに純真だとはいえるが、とてもこわがりで気が弱く、いざというときにはなにか頼りない気がした。小野は三人のうちでいちばんしっかりしているようにみえた。しかしそんなしっかりしているようにみえる彼でも、自分にどもる癖があるのが恥かしいといって、人前に出たり、話をするのをイヤがるときがあるのだから、二十一という彼ら三人も私にとって呆れるほど子供だなとおもわれることがあった。

さてその夜、私はこの三人といっしょに、虎さんの家を訪れると、それはたぶんに虎さんの感化を受けたためだろうが、私たちにいつも親切でやさしい奥さんがでてきて、ちょっと顔をしかめながら、「きょうもまだ帰ってこないんですよ、ほんとにすみませんねえ」といった。それは組合の用事でおそくなることも多いそうなので、奥さんはたぶんまだ組合にいることと思っていたかもしれないが、その夜はとにかく組合の役員をしている小野たちがいたから、その虎さんの戦災バラックから挨拶をして離れると、青年たちは舌うちをして、「親父また飲んでいるな」というのだったが、しかし虎さんの酒の飲み方は、酒だけをなんでも安く飲みたがるといったきれいなものだから、青年たちはそれで虎さんを憎んだり嫌ったりする様子はなかった。さてどうしましょう、と青年たちに相談されて、私は時の勢いでどうしても虎さんをさがしだし、青年たちといっしょに虎さんに一心に説いてみたいと思った。それで彼らに虎さんのいつも行く店がわかっているかときくとわかっているというので、それならと私はまた彼らといっしょに町に出かけていった。この終戦直前にやきつくされた町にも、いまは日本中のいろいろな戦災都市と同様に、まず映画館、飲食店、銘酒屋のようないわゆる本能満足業だけが、一般市民の住宅難をよそに、しきりにその店をふやしつつあった。そうして頭を安油で光らせた闇屋と与太者の青年たちや、唇を真赤にぬりつぶした無知な少女たちがなにか大威張りで歩いているみじめな哀れな光景も、全国に共通したものらしい。この夜、いつも虎さんの腰巾着で歩いている岩上がいちばん虎さんの穴をしっているというので、また彼は近所で借りてきた自転車をもっていったので、私たちが本町通りというメインストリートを浜からガードのほうにむいて歩いているあいだに、なんどとなく虎さんが行きつけのおでん屋やら屋台店やらに自転車をとばせては、ここにもいない、あそこにもいなかったと帰ってきて報告するのだった。

それで私たちはその通りの終わりのガードの近くまでいったが虎さんのはまりこんでいる店はわからなかった。さらにそのガード裏には鉄道官舎があり、そこの真中へんの社宅に、虎さんのいい飲み相手の、組合書記の能圭が、それはヨシカドと読むのだそうだが、みんなでノウケさんと呼んでいる男が住んでいたので、岩上にそこまで自転車をとばしていってきて貰ったが、ここにも虎さんの姿はみえず、ただ夕方からこのふたりがそろって家を出たことだけがわかった。しかしそれがわかったので捜索範囲はもっと狭くなり、ふたりでいつもゆくところというので、さらに岩上が駅前の飲み屋にひととおり自転車をとばしたが、ここにも虎さんたちの姿はみえなかった。そこで私たちはその夜はもう諦めようということになり、また本町通りの真中へんまでゆきそこで袂を分とうとしたとき、岩上がもう一軒だけいってみましょうと叫んで自転車を走らせていった。ところが、その麗という名前の特殊喫茶の女のいる店に、ふたりともとぐろをまいているのが見つかった。それで私たちは自転車をおした岩上のうしろから、ぞろぞろとその店におしかけていった。明るく電燈はついていたが、狭い店で座敷と腰かけとにわかれており、その座敷の奥に、闇屋らしいはでな恰好の青年たちが一組のんでいるほかは、虎さんたちふたりがいるだけだった。ふたりとももうかなり酔っているらしく、虎さんは腰かけのまえの机にべったり頭をおしつけていたが、能圭さんは座敷の上りがまちに腰をかけ、両腕をうしろについて、首をふりたてながら、しきりになにか気焔をあげているところだった。まさにこれ酔払いの陶酔境でもうなにかまじめな話をしてもムダなのに違いなかったが、私はそのときの勢で、私たちの熱でおしとおせばなんとかなるような気がし、いくらかの芝居気さえあって、青年たちとその店のなかに入っていった。

はじめ虎さんはそんな私たちをみるとうるさそうに、ただおうおう怒鳴っていたが、やがて私にからみはじめた能圭といっしょになって、やはりなにか私たちの党の悪口をいいだした。能圭は私にむかって共産主義は人間らしくないからイヤだといい、虎さんは今の党はいやに小児病だから面白くねえ、なぞといった。青年たちはしきりに憤慨してそんなことはない、といい、これらの酔払いの批判を笑いながらきいている私を歯がゆがるのだったが、しかし私はこんな場所で、そんなまじめな話を大声でやりあい、酔払いを怒らせてもつまらないと思い、それよりもこの人たちをあとから浜につれだし、そこでしんみり話しあうつもりで、そのときは酔漢たちの威勢のいい気焔をただいい加減にはぐらかしていた。すると能圭はいい気持になったらしく、とつぜん大声で、「勝ってくるぞと勇ましく」というむかしはやった露営の歌をうたいだし、私に向って、どうだ俺はこんな歌をうたっても涙の出てくるような軍国主義者なんだぞ、それでも俺に入党をすすめるか、なぞ啖呵を切ったり、虎さんはそこにあったカクテルグラスに氷をわった清酒をなみなみとつがせて、私に飲むように勧めたりした。しかし昔は大酒飲みだった私も、そのときは酒がなにか堪らなく不潔にみえて一口も飲む気がしなかった。そのときの私はむしろ虎さんたちがこんな時世にこんなに酒をのむことで、身体をこわしたり経済的にも行きづまってしまい、しまいに組合の金でも使いこむような自殺的行為におち入らぬように心配していたのだった。

それで私はこのときもっといつまでも管をまいていたそうにみえる虎さんたちを、青年たちといっしょにせかしたて、表にひっぱりだすと浜辺にいってみないかと彼らに勧めてみた。酔っていた彼らはやはりむやみに歩きたかったのだろう、よっしゃ浜にいって一晩談じあかそうなぞと能圭は叫んで私の腕をかかえ、虎さんは青年たちにかこまれてそれぞれ、もう人通りの少なくなった通りを浜辺のほうにむいて歩きだした。そのとき私が気がつくと頭上には紫紺のすみわたった夜空の中央にぽかっと一輪の銀月が浮かんでいて、その色がなんともいえずきれいにみえた。「ああいい月だ」と私が思わず溜息をつくと能圭がふしぎそうに、「おやおや共産主義者でも月をきれいに思うのかね」なぞひやかすようにいった。そうして浜にでるまえに酔漢たちはしきりに私や青年たちをひやかしたが、私たちはこの人たちを動かすことでN機関区労組をもっと強く民主化の方向に押し進めることができるとおもい、さらにこの人たちも一応シンパサイザア〔支持者〕的な言葉をいつでも洩らす以上、もう一押し押せば入党してくれるものと思い、そのひやかしを我慢しながら、彼らを千本松原の公園のなかに連れこんだ。そこは海もみえず、ただ亭々とそびえた老松が枝をまじえて空を覆っている薄暗い場所だし、じっと坐っているとどこからともなく藪蚊のやってきては食いつくイヤなところだったが、酔漢たちがそこでもう動かなくなってしまったから仕方がなかった。

そこで私は青年たちといっしょに砂の上に胡坐をかき、そこに寝転がってしまった虎さんたちにまじめな気持で、現在の日本の危機をとき、その危機の打開は労働者を始めとする勤労者階級の団結よりほかにないこと、その団結を強く広くしてゆくものは、私たちの党よりほかにないこと、だから虎さんたちがほんとうに働く人たちの立場に身をおくと自覚しているなら、ぜひ入党してくれと説いた。けれども酔払いたちはなんといってもだいたい糠に釘だった。能圭は青年たちが頭から一度ガンとおどかしなさいよ、そうしたら気がいいからなんでもいうことをきくと私に勧めるので、血まよった私が、やにわにムキになって能圭にむかい、ノウケさん、あんたはそれでも労働組合の書記なのか、あんたの組合員のなかにこうして大酒をのめる男がいったい何人いるのか、少しは恥しいと思いなさい、と怒鳴りつけてやると、彼はハッと坐り直して、いちじは私のいうことを神妙にきいていてくれたが、そのあとで公園のブランコにのりたがったり、岩上の自転車にのりたがったりしたあげくに、とうとう岩上に送らせてかえってしまった。あとで考えれば二人とも共産主義理論は一通りよく知っており、その理論を一応正しいと思っているだけに、誰の説く理論もみんな自分の知っている理論と同じだと思いこんでいて、理論ではなんとしても動くまいとするところがあった。この晩の二人の私への返事はいつも次のようなものだった。共産主義の正しいのは百も承知だ、しかし俺たちはもう君たちのように純情ではないからね。ことに虎さんはときどき毒舌をふるって私を怒らそうとした。あんたはあんがい口説くのが下手だね、徳球〔徳田球一〕さんとか静岡のOさんはもっとしんみりと上手にひとを口説くぜ。しかし私は怒っては負けだし、それにこれは虎さんのいうのが本当に違いないから、その下手なことは認めた。認めたけれどもそれと同時に、この虎さんが徳球さんを始め芝田の銀ちゃんから、産労のY氏、静岡地方委員会のOといろいろなひとからいろいろに口説かれ、すこし天狗になっているのではないかという気がした。そんならいくら口説いてもムダだと思って、私はその夜は失望したらしい青年たちに詫びをいい、みんなでまだ足取りの危ない虎さんを自宅まで送ってから別れたけれども、この夜の虎さんの思い出はいつまでも苦い印象を私の心に残していた。

　この虎さんと私はもういちど激しくいい合ったことがある。それは食糧獲得市民委員会の件のことだったが、虎さんはその委員長をしていた。私はその委員をしていて、虎さんがそのころの市長が市会議員たちといっしょにやっていた食糧改善委員会に参加し、応援しようというのを、私はそんな単なる大仕掛けの闇屋の集団で、おまけに政権という汚ない野心をもっている当局の委員会に合流することは間違いだといって、それで虎さんといい合ったのだった。そのとき虎さんはこの改善委員会が市民に南瓜を一貫目十五円で特配しようとしているのを例として、さきのことはともあれ、いま眼前に餓死しようとしている人たちのためには、どんな腐敗した南瓜でも食わせるのが大切だといい、それを私が否定すると私たちの党を薄情だといって血相かえて怒ったのだったが、この南瓜はあとで結局配給不可能になり、まあ私のほうで実際的にも勝った形になったが、しかし私はこのこともそれとなく虎さんに思い知らせることにして、虎さんを怒らせることは極力さけた。これは便宜主義で正しくないかもしれないが、私は虎さんからもっとまちがったことで手ひどく叱られることがあっても、決して虎さんには怒らないようにしていた。なぜなら虎さんはすこし組合主義者みたいなところがあり日和見《ひよりみ》主義みたいなところがあっても、とにかく二十何年、平機関士をしてきた老労働者だし、傘下二千幾人かの組合員を当局に売るようなダラ幹ではなかった。虎さんがその家庭でいい親父として愛され、その組合でやはりいい親父として信望をもっている限り、私もその虎さんのもっている皆に好かれる性質が好きだった。それは私の気持のなかに虎さんを怒らせてしまうことで、N市地区でいちばん大きな強い組合をすこしの間でも手放すことになるのが惜しいという功利的な気持も動いていたかもしれない。しかし私はあとからなにかにつけて私たちの党にも好意的に出てくれる虎さんを、ただ品物みたいに利用しようなぞという気持はなかった。どこまでも人間的に信頼しあって、そうしてできればこんどは虎さんが自分から進んで入党してくれるようになればいいと思っていた。

ところでそれにはむろんその地区の党の責任者としての私ひとりの力なぞではダメだから、その機関区のなかにできた細胞の力を強くすることで虎さんたちを動かしたいと思い、その細胞を強くすることにあせっているうち、人数も十人ばかりになり、定期的な集会もどうにか持てるようになったが、けれどもその人たちがまだ自分から進んでアカハタを売ったり、アカハタをよく読もうという気にならぬうち、私はこれがなによりも党員の意識水準のバロメーターだと思うのだが、とにかく私の指導も悪くて、細胞の力がそんなに弱いうちに、例の一九四六年九月十五日の第一回国鉄ゼネストの闘争がやってきてしまった。ところで作家としても未熟なために政治家としてはまるで一年生以下の私は、この闘争の重大さを、やっと八月の二十日頃になってそれも人から教えられた。

たしか、このゼネスト宣言やら下交渉は、それから一月も前からはじまっていたように思うが、ぜんたいとしての国鉄総連合がどんなに御用組合になっているかを、鉄道内部の人たちからいつもきかされた私は、その交渉も宣言もなにか馴合いのお芝居のような気がどこかでしていて、なあにそのうちに妥協してしまうに違いないと、他人事のように思っていた。しかしじっさいに自分の地区の労働者のなかから何百人かの犠牲者を出すかもしれぬ。この闘争をそうして他人事みたいに思っていた私は大馬鹿野郎で、そのバカさ加減を八月の二十日頃にあったO市のある会合ではっきりと思い知らされた。

もっともいくら私が阿呆でも、また当局の宣伝からある人たちが誤解しているように、ゼネストをおこすように党から指令があるわけではなく、そうした気運になってから、つまり火事がみえて半鐘をならすように、そのゼネストを支持する指令が党からあるわけだが、このときはその指令がとても遅れて、たしか八月の終りごろになってから私たちの地区には正式にあったと思うが、しかしそんな指令がなくても地区の細胞の人たちから、そろそろこの闘争の重要さもきかされていたので、それでそのとき静岡にあった地方委員会を休んで、同じ日にあったO市の連絡会議のような会合にいくらかの報告を用意して出席したのだった。その会合にははじめ徳球も顔を見せた。このときで私の徳球の顔をみ、じかに話をきくのは二度目だったが、しかしこのひとの誠実な勇気の一ぱいにこもった話をきくと、きいた当座は私が妙に元気になって、地区の若い人たちに熱をふきこむと私は若い人たちから笑われるほど元気づくのだった。だからこのときは私は、いくらか悲観的に徳球をきいてみた。すると徳球はあの切長のこわいくらい美しい眼をかがやかせ、なにをいうんでい、民主主義の原則にしたがって正々堂々と行動するならばちっとも恐ろしいことはないじゃないか、と凄まじい勢いで私の質問に答えはじめてくれました。まったくこのひとに怒鳴りまくられると、まるで愛情のこもった清冽な激流にうたれているような壮快な息づまる気があって、あとではなにか自分が元気づき成長したような気持になるのだった。このときも徳球は私たちに、長いものには巻かれろという日本人の土下座根性をどんなに軽蔑しているかについて、また自分たちがかりにも民主主義の原則にもとづいて行動している以上、それはポツダム宣言によって保障されているものだ、とよくわかるように、同時に勇気もわき上るように話してくれた。

このとき、この徳球はじめ、二、三人の幹部たちのひとの話や、つよい鉄道細胞のキャップの人たちの話で、私はこの鉄道ゼネストがそのときやはり戦われようとしていた海員ゼネストと同様に、どんなに日本民族の再建にとって大切な前哨戦かをよく認識することができた。いったいに当局の宣伝にだまされている人たちは、ゼネストをもって労働者が自分勝手な要求を出し、仕事をサボルことだと思っているようだが、ほんとうは大産業のゼネストは一般勤労階級の生活をまもるために戦われているのだ。だいいち、ゼネストをやらないで当局のいうままに、どしどし首切りをさせたらどうなるか。いまでさえ勤労階級のほとんどが失業状態におかれているのに、そこに一千万人、二千万人と失業者が町にあふれたなら、いまでさえ地獄のような世相がいっそう地獄じみてきて、殺人強盗売春から小さな闇屋がやたらにふえ、もっともっと暮しにくくなることは、ちょっと落着いて考えてみればよくわかることだ。それからもう一つ、当局や資本家たちのいうように、いつまでも高い生活費より遥かに下廻った賃銀でごむりごもっともで働かされていたらどうなるか。竹の子の生活はいつまでも続くものではない。やはり内職に闇をやったり、ひどいのは泥棒になる。淫売になる。しまいには働く気力や体力をみんながなくしていって、ほとんどがルンペン根性になり、奴隷になろうとなんになろうと、なんでも食っていければいいというデカダンな気持につき落とされるのにきまっている。だいいち汗水たらして働いた賃銀で食ってゆけないというバカなことを、それが一般人民のためだから我慢しろといわれて、ヘイときいているなら、この戦争が一億国民のためだときかされ、なるほどと思いこんでいた戦争中のバカな思いをもう一度するだけだ。だから人民のなかにもうこれ以上、失業者をふやさないためにも、みんなで食ってゆける賃銀をもらうためにも、どうしてもゼネストをやる必要がある。それにいまは仕事をサボっているのは労働者や農民ではなくて、むしろ当局だし資本家だ。たとえばこれを書いている今でも、いまは四七年一月だが、鉄道当局はとうとう旅客列車ぜんぶをとめるとかいう噂がある。また電産ゼネストのさいにも五分間停電はあったが、それより近くのトランスの故障のせいのほうがよっぽど多かった。いまは当局の役人たちはみんな自分たちの権力温存と内職かせぎに夢中になっており、資本家たちは資材の闇の値上りを待っているから、品物をつくることなぞまじめに考えはしない。中小工場がばらばらにストライキをやるときなぞ、相手側の資本家はああストライキ結構、ありがとうと喜んだという話がたくさんある。だからいまのような時世では絆創膏で手に負えぬ病人には切開手術をする必要があるようにゼネストがどうしても必要なのだ。またマルクスがいったように、ほんとうに働く人たちが幸福になるためには、万国の労働者が団結すればいい、つまり日本中の働く人たち、国民の九〇％以上をしめる人民を主とした民主政治をつくるためには、武器も策略も、ある場合には議会でさえ、だから逆説的にいえばゼネストでさえ必要でなく、ただ働らく人たちがいつまでも全部いちどに手を握りあえることが、いやいつでも手を握りあっていることが大切なのだ。ところが理論教育だけでそんなふうに人民の意識を改良してゆこうとするならいったい何年かかるかわかりやしない。ことにいまのように本当の民主的な勢力には教育や宣伝の自由や力がとても貧しいときにそれはほとんど絶望だ。だからそのためにはゼネストが働く人たちが自分たちの唯一無上の武器としての団結の力を使うためにも、知るためにもとても有効なのだ。だいたいこの日、私は徳球さんたちの話をきいて、貧弱ながら自分の頭をこんなふうにまとめた。

またその国鉄ゼネストの闘争手段として大切なことが共同闘争なことを、また宣伝闘争なることを学んだ。つまり汽車がぴったりとまれば全国どこの工場もじっさいにはゼネストに入ったのと同様な状態になる。そんなとき要求をもっている各工場の労働組合は、またたいていの工場が要求をもっているのだが、このとき国鉄と共同闘争をすることによって自分たちの工場の要求をも通すことができるようになる。また国鉄も全国数百万の労働者の共同闘争があってこそ、始めて力強い闘争となることができる。それからこのゼネストは労働者ばかりでなく、一般市民や農民にまでふかい影響があるものだ。

そこでこの一般市民や農民の人たちにも、このゼネストが、失業やインフレ阻止の役割をする点で、経済的にも、さらに悪税悪法の反動内閣を打倒する点で政治的にも一般勤労人民に必要なことをわからせ、共同闘争に立って貰うことが大切だ。またそんなふうに一般人民をひろく強く立ちあがらせるためには、一にも二にも強力で適切な宣伝戦が大切なことを学んだ。

それやこれをよくわかるように、じっくりと、またかなり熱っぽくO市の会合できかされた私はかなり強い決意をもって、その会合にいっしょにいった若い同志の寺内と自分の地区にかえったのだった。

そのころ地区には百人以上の党員がおり、N市だけでも五十人内外の党員がいたが、正直な話、党費をきちんと払い、会合にも欠かさず出るような同志はあんがい多くなかった。そうして、二、三の経営細胞や五つ六つの居住細胞もできていたが、名実ともに細胞の確立されているところはまあないといっていいほど少なかった。私はその六月の中旬からその地区の責任者になっていたので、そのときはこの大きな闘争を通じて、あるいはこの弱い細胞を強化することができるかもしれないと夢想していた。それでその日、Oからかえるとすぐその会合の様子を電話で地方委員会に連絡してから、その翌々日に地区委員会を召集する準備もした。そうしてそのあとで、その事務所に私といっしょに寝ていた若い常任書記の横谷や関川と、それからOからいっしょに戻ってきた寺内と四人でひと通りの打ち合わせをしたあとで、さっそくビラをたくさん作ることにした。横谷も寺内もそのころともに二一、二歳の無職の青年だった。横谷は浅草の芝居の看板かきの老人の息子だったが、父の死んだあとで、海軍工廠に徴用されてそこで徴用工みんなの不平を代表して当局と交渉したかどで、危険分子とみなされ、戦争中、三年ばかり府中に入獄していた。出獄後、N市にいる伯父をたよって家族といっしょにこの地にやってきて弟といっしょに伯父の店に勤めていたのだが、入党後まもなく彼は伯父の店をやめて地区の常任書記になり、弟は私のまえの地区の責任者が出してくれた資金によって母や妹たちと闇市の食物屋をはじめていた。

寺内はいま鋳かけ屋をしている彼の父がむかし労働農民党の党員であり、いまは社会党のこの地区の顧問をしていて、そうした関係で政治運動に関心があるところから私たちの党に入ってきたが、彼は数年間サナトリューム生活をしていたほど肺が悪くて、いまでも正規の職業にはつけないのだった。

私がこの地区にきたころのこのふたりは、共産主義のパンフレット一つよめないほど、意識が低く、したがって横谷は党をなにか生活の手段に考えており、寺内はちょうど与太者が拳闘クラブに入会するのに似かよった気持のあるようにさえ思えたが、しかしその後O市で開かれた党学校へ、このふたりが続けて一月も通っているうちに、みるみる二人とも見違えるほど理論的にも実践的にもしっかりしてきていた。もう一人の関川はさいきんこの地区に古い同志の友人をたよってやってきたものだった。彼は二十八だったが、潔癖な性格のまま六年も軍隊にいってきていたので、大男のくせにとても年が若くみえた。彼は十八、九のころ、大森のある機械工場の仕上工をしていて、そのとき仲のいい友人何人かと社会主義研究会をもっていた。

そうして、その友人たちとの交わりは今でも続いており、彼らはほとんどいっしょに別々な彼らのそのときいた地区で入党したのだった。

そのとき関川は自分の両親や長兄が住持になって住んでいる故郷の寺に厄介になっていて入党した。それで信徒たちからの不平がおこるし、親や兄からも出てけよがしの扱いをうけると、身のふり方を私たちの地区にいる旧友のひとりに相談して、私たちの地区委員会に常任書記としてくるようになったのだった。ところで関川と横谷はふたりともそれぞれの商売や趣味なぞから、太平洋画会の図案専修科を出ていたから、ポスター書きはいわば本職といってよかった。

それで紙は選挙当時のものがまだ残っていたし、筆も黒や赤のインクも準備してあったので、私たちはふかし南瓜を頬ばってかんたんな夕食をすませると、すぐポスターの製作にかかった。文句は九月十五日汽車がとまる、と書き、その上に赤で首を切るから、と入れたものを多く書いた。そのほか九・一五国鉄ゼネストとだけ書いたものや、国鉄ゼネストは一万五千人首切りの防波堤なぞと書いたものもいろいろ入れて、四人でかれこれ五百枚近くの小さなビラを作った。そうして私たちがおそくまでビラを書いていると、近くに住んでいる国鉄高島機関区の細胞員のHが九時ごろ勤めからの帰りだといって、ぶらりと事務所によった。Hは居留細胞としてこの地区に籍があるだけだったが、いかにも労働者らしい朴とつな誠実な性格をしており、彼は「風雪の碑」とか、「田中大将奏文書」とかいうような本をやたらに買って読むところがあったが、とにかく信頼できる同志のひとりだったので、仕事に夢中になっていた私は、彼にも遠慮なくビラ書きを頼んだ。それでやがて十時ごろになると五百枚ばかりのできあがったビラのうち、三百枚ばかりを今晩のうちにはってしまおうということを相談した。糊は仕方がないから私たちの食料を一合ばかりとって、それを寺内に煮てもらうことにした。

もちろん私にこんなことをいえる資格はないが、このごろの新しい同志たちのなかにはビラはりとかハタ売りがきらいで、人前で演説をしたりなんとか委員になるのが好きな人たちがいる、そうしてそういう悪習をなくすのには理論的にいってきかせるよりも、責任者の私がほんとは手を糊だらけにしたり、大きな図体で駅前に立ち一枚二十五銭の新聞を売ったりしてみせることが大切だとはわかっていたが、それまでにやはり口舌の徒みたいな欠点のある私はいろいろな事情もあって自分で一枚のビラをはる機会もなかった。それでこれを前からすまなく思っていた私は、その夜、病身の寺内がどうしてもいっしょにビラはりに出たいというのを怒るようにして留守番にのこし、横谷、関川、それにHと四人で十一時すぎからビラはりに出た。

背のたかい関川はやはり背のたかい私と組み、背のひくい横谷はやはり中背のHと組んで、それぞれの組に一つずつ糊バケツをもち、二百枚ぐらいずつのビラを小脇にかかえて、ひとがちょうど映画とか飲み屋なぞから、ぞろぞろ連れだって帰ってくるころ、あべこべに賑やかな街のほうに出ていった。仲のよさそうな若い男女のふたりづれや、正体を失なうほど酔っぱらった酔払いたちに出っくわすと、私はなにか心の動くのをかんじたが、しかし自分のしていることは結局こうした人たちやその子供たちにも落ち着いた幸福をあたえることだと思う自負の念が、そうした人たちへの愛情ともなり、私の心の動きをしずめた。さて町についてから、私たちの組は御成橋の通りを駅前まで、横谷たちは本町通りをやはり駅前まではってゆくことになり、そこで一まず左右にわかれた。こうした戦災都市のバラックの商店街にはほんとうにビラをはる余裕のある場所が少なく、いちばん利用できるのはやはり電信柱だが、そこにもたいていは浪花節芝居、パーマネント美粧院、××著生きる宣言、通信英語教授なぞのビラがごたごたにはられてあるので、私たちは他人のビラの上からはるような心ない真似はしたくないと、足場があるときはその足場にのり、足場のないときは、六尺の身長のふたりがお互に馬になりあって、九月十五日汽車がとまる、のビラをほとんど電柱一本ごとに、それもふつうの人では背の届かぬ高さに、それから万一はがされることを心配して、そのビラの裾に上からも糊をつけてはっていった。そうして、時に焼けた銀行の形だけが残り、その鉄扉の上のほうがあいているのをみると、私たちはそんなところには集中的に五枚も十枚もビラをはっていった。夜がおそかったので、ただ明るい月が私たちをみているほかは、時に巡廻のお巡りさんや酔払いが私たちを怪しんで眺めるくらいのものだった。そうして約五百メートルばかりの長さの通りに二三メートルおきにビラをはってゆくと時間にしておよそ二時間ばかりかかり、二百枚のビラではしまいに足りなくなった。私たちはさいごに駅前の交番のまえの電信柱に、「レールも車体も人間もつかれきっている鉄道を救うための国鉄ゼネスト」と大きく書いたビラをはってから、まだ横谷たちの姿が駅前の広場に現われないので、本町通りのほうに引返していったら、そこの銘酒屋の羽目板の壁にふたりが白い影のようにうごめきながらビラをベタベタはっていた。その後姿に私はいつにない親愛感をおぼえながら、関川といっしょに近づいていって御苦労さんと言葉をかけた。そうして彼らがまだはりあましていたビラをいっしょにはってしまうと、四人でN市の町はずれにある片浜の党の事務所のほうに帰っていったが、私はその途中、横谷たちのはったビラが風の出てきたため早くも裾のほうがめくれかけているのをみると、いけないと思いながらもつい横谷に荒い言葉をかけて、神経質にいちいちそのビラをはり直したりした。

　事務所に帰ると、事務所のまえの時計台はもう二時をすぎていた。しかし仕事をしたあとの喜びに浮かされていた私は上機嫌で、Hに向い、Hさんあしたもできればこうして手伝って下さいねと頼むと朴とつなHは返事に困ったように、「わしらは仕事があるもんでね、あんたらみたいに無理できないから」というのがすぐ成程と、胸にきた私はそうそうHさんはあしたも勤めがあるんだっけね、すみませんでしたよ、今晩は、早くかえってお休みなさい、といい、Hに別れて、青年たちふたりと二階の事務所にあがると、そこには寺内が床をしいて、つかれきったような顔でねていたが、そのげっそりとこけた眼の下にくろい隈のできた顔もそんなときには、とても懐しいものにみえた。そこで私たちは下でざっと糊だらけの手を洗ってから寺内がしいておいてくれた床の上にすぐひっくりかえるように横になると、もう二言三言口をききあうゆとりもなくすぐ高いびきでぐうぐう眠りこんでしまった。そうしてその翌朝、いつものように関川は六時ごろに起き、南瓜を小さく短冊形に切って水といっしょに鍋に入れて七輪でにる飯の仕事をしてくれたあと、私と横谷たちは七時ごろ起きると、横谷は近くの家に飯を食いにかえり、私と寺内はそこで関川といっしょに彼の作ってくれた南瓜雑炊をパクついた。そのころの私たちは明けても暮れても南瓜ばかり食っていたので私はもう我慢ができず、町でこっそり意地汚なく焼とり屋なぞに入ることがあった。地区の財政はとても貧弱だったので、私は自分と関川の生活をほとんど自分の稿料でまかなっており、そこに私の大きな不安もあった。とにかく私たちがそうして飯をすませたところに横谷も帰って来たので、私と寺内は昨夜うち合わせしたように、機関区の組合事務所にゆき、関川と横谷はハタの駅売りをやって国鉄ゼネストへの応援資金をいくらか作ることにした。

そこで私と寺内とが九時ごろ、駅のうらの機関庫のうしろにある組合事務所を訪れると、そこはなにか物置きを改造したような掘立小屋ではあったが、その部屋いっぱいに机、腰掛をおき、虎さんはじめ十人あまりの組合の役員たちがいつものように元気よく喋りあったり仕事をしていて、そこに顔をだした私たちをみると親しみのある挨拶を送ってくれた。それで私はみんなに挨拶をかえしてから、すぐ虎さんの机のところにゆき、じつは昨日O市で党の会合があり、鉄道細胞のひとも出ており、こんどの国鉄闘争が私たちすべての人民にふかい影響があることをよく認識させられたことを述べて、そういう訳だからこんどの国鉄の闘争には私たちの党は細胞をふやそうとか、党利をはかろうとかいうそんなけちくさい気持をまるで棄てて、ただこの闘争をすべての人民の共同闘争として勝たせるために、私たちも共同闘争をさせて貰いたいと頼むと、虎さんはその親しみぶかい顔をニコニコさせてから真面目な表情になり、「よくいってくんなすった。じつは私たちもこんどの闘争は非常に重大なので、地区内の各労組から市民団体、勤労者の各政党にいたるまですべて応援を仰ぐことに、この機関区分会の属しているK支部としての方針がきまっている。それで八月一杯は鉄道の内部をかためるための宣伝闘争をやり九月に入ったら対外宣伝をやることになっているので、そのとき社会党とあなたのほうにも応援依頼を出そうと思っていた、しかしそのようにそちらからお申し出のあったのには誠にありがたい、一つよろしくお願いします。なんとか私たちを勝たしてやってくんな」と嬉しそうにいってくれた。それで私もなおさら元気づき、そう虎さんにいって貰えると私たちも張り合いがある。それではこれから私たちのほうの青年行動隊員を毎日のように少なくとも一人か二人はお手伝いによこすし、私も都合のつく限りなるべくやってくる。そこでじつは気づかれたかもしれぬが、昨夜めぼしい通りにずっと宣伝ビラをはり、もっとはりたいつもりでいるし、私のところには本職のポスター書きがふたりも揃っているので、大きな絵も描きたいのだが、それには画用紙がないのですこし寄付してもらいたいと頼むと、虎さんはそれはこっちからお願いしたいところだからといって、何枚も大きな画用紙を出させてくれた。やがてそこにハタを売ってしまった横谷や関川がやってきたので、早速サンプルを描いてみてくれということになり、横谷が車体も機関車も機関士も栄養失調でふらふらになった絵をかくと、関川がもうこんな汽車には乗っていられないという画題で、吉田内閣を大きな蛇とこわれた汽車のように見立てて、その真中にしめ殺されかかっている乗客たちを描くあんばいに、鉄道の青年部の人たちはまわりに黒山のように集ってきて、ひどく感心してくれた。

なおそのとき私は虎さんから八月末から九月の初めにかけ続けて二つの会のあることをきいた。ひとつはそのころ自・進・社の三党で首唱していた食糧増配実現運動の市民大会を、八月の三十日かに読売新聞N支局の主催で、三、四人の代議士をまねいてやることになっているが、これを一新聞の主催でやるのはうまくないから、虎さんが委員長になり私たちも委員になっている例の食糧獲得市民委員会と共同主催にしてくれと読売から相談あり、それに独断だったが虎さんが承諾しておいたとのことだった。もう一つは九月の二日に、このN市から近接の都市一帯を含む地区の労働組合協議会をもつとのことだった。この二つの会は市民や各労組を国鉄と共同闘争に立たせうる、少なくともその闘争を応援または承認させるいい機会だと思ったので、そのことを虎さんに話すと、虎さんはどちらの会とも自分が議長になっているし、また自分の組合の闘争についてそうした会場で自分がたのむのは具合悪いから、私のほうにまかせるから、よろしく頼むという話に、私はそれをその翌日の地区委員会にかければ大丈夫だという気がしたので、それも虎さんに承知しておいた。

　ところがさてその翌日になってみると、地区委員会の集りが、その性質の重大さも横谷が自転車で連絡に廻ってよく伝えておいてくれたはずなのにもかかわらず、たいへん悪かった。しかしそんな集りの悪いのにはそれぞれ原因があってまず隣接のM市の細胞キャップのKは奥さんのお産が近かった。また隣接のH町のキャップの橋本はそれまで自分の経営している鉄工所の収支がうまくゆかぬとのことで、しばらく闘争を休んでいた。さらにN市にいる委員たちも、O螺子《ねじ》会社の須島はそのころ産別金属のこの県の書記長になるとかいうので、毎日のように東京や静岡をとび廻っていて出てこられなかった。K電機の古山はそのころ奥さんが栄養失調から腫物ができ市立病院に入院していたので、あとに小さな子供をかかえこれも出てこられなかった。また三・一五〔一九二八年の共産党員一斉検挙〕以来の古い同志でこの地区の大先輩といわれる田辺も自分の仕事の出版事業に確実性がないとかで、町に古本屋を兼業することになり、そのころ御成橋の橋のたもとに店を建てていて手が離されないとのことで出てこなかった。それで集っていたのは、前の四人の若い同志たちに、そのほか二、三の近くの若い同志たちばかりだった。そんなときまだ考えのなっていなかった私は、ただ出てこない委員たちのかげ口をきいたりしたが、あとから思うとそれはその委員たちをなお出てこらせないことに役立っただけであった。しかしいくらかげ口をきいたとて、それはもちろん、あの男はこの頃あんなふうではまるで組合主義者になってしまったなあ、とかいう程度のものだったが、そんなことをいくらかげでいっていたって、その男の組合主義はなおるものではなかったが、闘争もすまないので、私はその夜、若い同志たちと至急、青共〔青年共産同盟。日本民主青年同盟（民青）の前身〕を中心にして青年行動隊を作ることとか、地区に共同闘争委員会を作ることについての闘争のプログラムをうち合わせると、翌日は私のほうから寺内や横谷をつれて、O螺子製作の副組合長をしている須島の家におしかけていった。

　そうしてこちらから押しかけてゆき相手が家にいれば、向うももともと職場や生活の問題でやむなく集会をサボったのを心苦しく思っているときなので、むしろ話に積極的にのり、すらすらと話がまとまることが多い。この日も私はそんなにして須島とのあいだに寺内たちも入れて話をすすめ、八月三十日の市民大会には、私はまた横浜でひらかれる国鉄闘争の連絡会議に出る予定なので、須島に共同闘争の緊急動議をもって出てもらうように打ち合わせもし、また私はその会議のあとで地区や私の家族の経費をかせぐため、東京の本屋を二、三、集金旅行するつもりだったが、九月二日の地区労協の会議には出られないといけないとおもい、さらにその労協のような席上では党を代表しての私の発言よりも、組合を代表しての須島の発言のほうが有利なので、この闘争を地区のすべての労組との共同闘争にさせることについても、その席上で、須島に発言してもらいたいと、いろいろ打ち合わせておいた。そのほかM市キャップのKにもあとであって、そのM市地区の労組の農組のたち上りについても、いろいろ打ち合わせたほか、田辺や橋本の家なぞにもこちらから出かけていって、こんどの闘争の重大さをよく認識してもらい、積極的にのりだすように依頼してみた。田辺の場合には彼に、地区毎月の財政をいくらか援助してもらっているし、五十近い大先輩という気持がこちらにあり、向うでは生得の頭のよさが長い政治的ブランクの時代に一種のニヒルを生んでいて、実際運動にはとても動員ができそうにもなかった。しかし橋本の場合には、地区の私の前任者が彼の鉄工所にいくらか金をだしているという問題が逆に作用したのか、それとも彼も非合法時代からの党員としての階級意識が、ふけいきな鉄工所のおやじとしての気持よりも強かったのか、ともかく積極的にのりだすことを約束してくれた。

こうして私は地区の勢力をこの闘争のために集結させようとする一方、国鉄の細胞集会をいそいでもつようにいろいろやってみたが、できたばかりの、また私たちの指導もゆき届かないこの経営細胞では、やれみんな乗務しているとか、鉄道の宣伝活動にいそがしいとかいうことで、まごまごしているうち、細胞のキャップの岩上がこちらの組合から闘争中東鉄に派遣されることになったりすると、もう八月三十日の連絡会議までにいちども細胞集会をもつことができなかった。しかしその会議にはほかの地区の国鉄の同志たちもくることになっていたので、私はその前日かに機関区の組合を訪れたとき、小野に誰かいってもらいたいと相談すると、小野はなにしろみんな宣伝隊その他で出てしまっているからと頭をかかえていたが、それでも芦田たちと相談したうえ、そのころ入党したての塙団七という元気のいい青年を私といっしょにやってくれることにした。しかしその塙とも私は三十日の朝になるまで連絡がつかず、その朝早く組合の事務所にいて塙の出勤してくるのを小野といっしょに待ちうけていると、そこに例の宇治山田の大会に代議員として出席したこの組合の副組合長の上川と、車掌区分会の委員のAが帰ってきて、非公式にその大会でのダラ幹たちの意識的な分裂政策をとった醜悪なぞを報告しはじめ、そこにいあわせた委員たちの憤激を買っていた。そのうち塙が出てきたので、小野がすぐ私といっしょに党の会議に出るように話してくれると、塙はどんな報告をしていいかわからぬとはじめはしぶっていたが、車内宣伝に喉をからした小野がしわがれ声で、「かまうことはねえんだよ。ただN機関区労働組合はたとえ総連合がどうあろうと東鉄がどうあろうと九月十五日にともかく断固として汽車をとめます。こういやそれでいいんだが、塙おめえにゃいえるかよ」と塙をバカにしたようにいうと塙はたちまちふんぜんとした様子で、「おらいえなくってよ。ただそういやいいのか」とききかえすに、私も笑いながら、「それだけいえりゃ上等ですよ」といい、塙はそれなら行きましょうということになって、小野さんが虎さんの留守のため副組合長の上川に諒解をえにいってくれた。小野はそのとき正直に共同闘争のけんにかんして私といっしょに党の会議に出るのだと上川にいってしまったらしいが、それこそ政治意識もなにもない人情にあつい下っ端官僚の古手みたいな上川がこのときは山田の大会で御用派の策動がよほど口惜しかったらしく、「もうこうなったらどこにでも行って下さい」と小野や私に答えるのが、私にはなにか感動させられるものがあった。

さて、その横浜の会議にはS管理部内の各地区の党と国鉄の同志たちがたいてい見えていた。なおまた徳球をはじめ二、三の中央委員のひとも見えており、やがて各地区からの報告とそれにたいする質疑討論なぞがあった。そうしていったいに大きな強い地区の人たちの報告が統計とこれからの計画につきていたのにたいし、地区と私たちの地区の報告が少なくともビラ、ポスターをはりめぐらしたという点だけでも、一歩実行に先んじていたことが、徳球たちに認められたのが私にはうれしく、さらに塙団七が私の説明を補ったあと、出がけに小野からいわれたとおり、「ともかくわれわれN機関区の労働組合はたとえ総連合が分裂し、東鉄の腰が砕けようとも、九月十五日にはN駅において一つの列車をも通過させない決意をもっております」と大見得をきって、みんなから万雷の拍手をえたときには、なおさら嬉しく、これはしっかり闘争しなければならぬと、改めて自分の責任の重大さを痛感したのだった。その会議ですっかり元気づけられたらしい塙を私はその夜の市民大会にこちらの力が少しでも強いようにと早めにかえし、私はその会の終わりまでいて、会が終わるとひとりで、偶然その会場の近くにあった、ある世話になっている知人の家に、その夜を泊めてもらおうと歩いていったのだった。その知人というのは、私が学校を出てから敗戦になるまで勤めていたあるゴム会社の私の上役で、文学のわかる、いい意味のリベラリストなので、私は在勤中もずっと世話になり、会社をやめさせられてからも気の弱い愚かな私はもしまた文学で食えなくなったら、このひとの世話になるつもりで、あつかましく入党したこともかくして、ときどきこのひとの家によせて貰っていたのだった。

だから私はひとりになり、夕暮の坂をこのひとの家にむかって歩いていると、心のなかにもう一種の変化がおこっていた。私は自分のほかに四人の子供と妻とその母を養っており、こうして一銭にもならない、むしろ私のほうから毎月少なくない金を出さなければならぬ党の活動をしていて、その片手間にいまはあまり売れぬ左翼文学を書いていて、もしいよいよ食えなくなったらどうしようと思う不安が、いつもしこりのように心にこびりついていた。それを組織のなかにいて同志たちといっしょに戦っているときはそう思い出さないのだが、こうしてひとりになり、戦争中の自分のデカダンな気持を思い出させるひとの家に近づいてゆくときには、その不安がこと新しく私の心をゆさぶった。そうしてその不安といっしょに、自分たちの生活をまず守るのにけん命で、地区の仕事にあまり積極的でなく、なにもかにも責任者の私におしかぶせようとしているような気のするほかの地区委員たちへの不満がふいと湧いてきた。それでまず一通りのお膳立てはああしてやってきたのだから、ここで四、五日、手をぬいてみよう、そうしたらあの人たちも私がいないので仕方なしに積極的に動いてくれるかもしれないとふっとそんな弱い醜くい気持にもなった。ところがそのひとのお宅に世話になり、その一両日を東京にいき、三千円ほどの金を集金してきたあとで、私はそんな気持が身体にひびいたのか、それともそれまでの多少の身体の無理がそうした家の柔らかい布団に寝かしてもらい、おいしい御飯を食べさせてもらうと、やはり一度に出てきたのか、持病のいぼ痔がきゅうにひどくなってきて、意地にも我慢にも歩けないようになってしまった。それで私はいつもやさしく親切にしてくれるそこの主人夫婦のお言葉に甘え、そこの二階に四、五日寝たきりになって、坐薬をおしこんだり、卵の黄身の油をつけたりして、地区のことを気にしながらも帰られなくなってしまった。それでも寝ながら気がかりだったので、速達を一本、地区の横谷と関川あてに出しておき、先日の会議の報告やら自分の病状やらやって貰いたいことなどをそれぞれに知らせておいたが、さて、九月の八日ごろになり、やっと、無花果《いちじく》の汁で痛みをおさえることができ、そこのお宅には心からすまない思いで礼をのべ、地区に帰ってみると、かなしいことに、共同闘争はほとんどまだ具体化していなかった。

寺内たちの報告をきくと、例の市民大会にも地区労協の会にも、須島をはじめ、M市のKや若い同志たちはなかなかよくやってくれたらしかった。しかし彼らはとにかくそのころはなにかにつけ党の名前を公然と出すことを行きすぎとして躊躇したり、党がイニシャティブをとることをどんな場合にも一応遠慮していたので、それがわざわいをなしてか、どちらの会も共同闘争に市民をたたせ、ほかの労組をたたせるのに失敗したようだった。もっとも市民大会の場合には動議を出したのが、一通り代議士たちの演説のすんだあとだったので、主催者側はどんどん電燈をつけはじめ、集った市民たちも帰っていってしまい、そのために須島たちは失敗してしまったらしい。地区労協の場合にはさすがにそんな失敗はなかったが、須島たちの気持にまだまだ共同闘争にたたせるのはとてもムリだという腹があって、そのためみんなで国鉄といっしょに戦おうということが、首切り反対にしろ、五百円のわくをはずせにしろ、悪法悪税の撤廃要求にしろ、共通したスローガンはありながらも切り出せず、とにかく国鉄さんも大世帯だし、この闘争はたいへんだから、みんなで応援しましょうというような生ぬるい決議にしてしまい、その生ぬるさのためにもそれから十日近くたっているのになにひとつ応援闘争がなされていない有様だった。それといっしょに私はもうひとつ寺内からいやな話をきいた。それは横谷が例の国鉄への闘争資金としておくるつもりだったハタの売り上げ金二十五円を国鉄の同志たちといっしょにアイスキャンデー屋に入り、キャンデー代にしてたべてしまったらしいという話だった。書記の手当さえはらっていないのだから、若い連中だから仕方がないと、笑ってきぎずてにできる話でない気もしたが、私は東京から金をもって帰ってもいたし、こちらの教育もわるい気もして、その話はきいておくだけにして、その翌日、国鉄で第二回の地区協の会議があるというので、それに出席するさい、自分の金を三十円ほど包んでもってゆき、虎さんに少ないですが応援資金ですからといって渡した。

するとすぐそのあとで私は能圭から党は貧乏だね、もっともそれだからいいのだろうがと笑われた。なんでもその前日、社会党のN支部長のKが代議士のM・Y女史といっしょにその組合事務所に現われ、陣中御見舞として百円おいていったというのだ。しかしそのことで私はくさる必要はなかった。なぜなら能圭はそんなことを話してきかせるほど、私たち党を信頼しているし、また彼もいまどき百円ばかりの金をもらったってなんにもならない、それよりあなたたちみたいに純真な応援をしてもらったほうがなぞといってくれていたが、それよりもそのとき、O市で早くも結成されていた共同闘争委員会の腕章をまいた青年行動隊の若い男女の同志たちが、激励や宣伝にきましたといって、事務所にぞろぞろ入りこんできた、その姿をみると、私はまた私たちの党の金なぞにはかえられぬ美しさを今更のようにありがたく思うのだった。さてそのとき、もう本館の二階で地区協議会がひらかれているというので、私はその応援にきてくれた青年行動隊の人たちといっしょに階上にのぼっていってみた。すると私はそこに三、四の組合の代表者しかきていないのをみてはなはだしく失望した。Oの若い同志たちもなにか失望した様子で、私とはべつに能圭から虎さんたちに紹介され、それぞれ後席に腰をおろした。

そこでしばらく会議の様子をきいていたが私はなおさら失望した。須島をはじめ、それでもこの地区協のなかに二、三人はいる進歩的な組合の委員たちが誰もきていないせいで、その会は産別化学のこの県の役員になっている、T化工板会社の組合長のKという男がリードしていた。このKはきっと人のいい男には違いないだろうが、とても労働者とも平職員ともみえぬ、あから顔のでっぷり肥った人物で、どんな会にでも自信たっぷりに大声で発言して、相手を声で圧伏してしまう特長があった。地区協に属する約三十の労働組合のうち、三分の二以上がいわゆる御用組合で、残りも日和見的な幹部の人達が多かったから、このKのまとまりをこわしがちな要領をえない大声はそうした人たちにともすれば支持されがちだった。この日もKはきいていれば、「いったいなんだってゼネストをやるんです」とか、「このゼネストをやれば一般大衆の反感を買いはしませんか」などという愚劣な質問を得々顔で虎さんに浴びせかけ、虎さんをくさらせていた。この様子にOの行動隊の男女がとても憤慨しているようにみえたが、そのうちたまりかねたように、ひとりの青年が喉をすっかりつぶしてしまった声で立ちあがり、自分はO市の専売局のものだがと断わって、この国鉄ゼネストの意義について説明をはじめた。皆さんは私たち労働者が賃金値上げをするのでインフレがおこると思いますか、それともあのバカげた戦争のあと、またブルジョアたちが悪どい金儲けをやめないで、それでインフレが高まり、そのためやむをえず賃金値上げ闘争がおこっていると思いますか、なぞ二十才そこそこの青年がその四十になる課長タイプのKに説きはじめると、Kはそんな青年にやさしい理窟をいってきかされる自分を恥しいと思うよりも、他人の闘争に夢中になって喉をつぶしてしまった青年がけんめいな声をふりしぼっているのが、さもおかしいように彼の説明をききながらニヤニヤ笑ってばかりいた。

そしてKはこの青年の全身をふりしぼっての説明がいくらかピンときたのか、さらに虎さんや国鉄の青年部の委員たちの経過報告でもっとその重大さがはっきりわかったのか、あとではふんとうなずいて手をこまねいていたが、なにか急に思いついたように卓をうって、「ねえ山本さん、それにしてももう日時もないことだし、この闘争をわれわれが応援するのにしてもとにかくこんなに三社や四社が集ってきただけでは仕方がない。とにかくこの地区の全労働組合を立たせる必要があるのだが、それにはどうです。このN勤労署の署長はぼくと非常に懇意だから、この署長を説いて管下の全組合を動員させてみましょうか」と虎さんに向い例の自信たっぷりの大声でいいだした。冷静に考えればいかにもとんでもない話なのだが、私はそのとき虎さんがその話をきいて嬉しそうな顔になり、「そりゃ結構なお話ですな、そう願えれば私のほうは申し分なしです」といってから私のほうをみて、私もいっしょに勤労署にいってみてくれと頼むのに、どうにもケチをつけたり断わったり反対することができなくなって、「いいですとも、いっしょに行きましょう」と承知してしまった。これにはO市からきた行動隊の若い人たちも呆れてしまったらしい。そのなかにふたりばかり元気そうな娘さんがまざっていたが、帰りぎわに私をちょっと手まねきして、「Nは強いときいてたけれども、まるでダラしないのね」とか、「なあにあのKさんとかいう反動親父は、あんなのノサばらせておいちゃだめよ」とか、かわるがわる私の耳の痛いことをいった後で、「あした勤労署にゆくのは止めるようにしなさいよ」と忠告してくれたが、私は笑ってうなずきながらも、ひょっとしてそのKのいう通り、勤労署が召集してくれればと思い、その翌日は約束した朝の九時に勤労署まえに出かけていった。

するとあれほどかたい約束をしたのに、その時間にKも虎さんも誰ひとり現われなかった。私はそこで十五分ほどその署のまえで待っているうち、その時間に駅まえのTビルの屋上で、国鉄K支部の青年部婦人部の大会があることを思い出し、ひょっとしたら虎さんたちがそのほうにいっているかと思い、駅前のほうに歩いていった。そのとき私はその前日、会議がすんでから鉄道の蒸気風呂に入れてもらい、ひとりで組合の事務所に、それからM市の国鉄細胞の会議にゆくつもりで、小野たちのやってくるのを待っていると、そこにひょいと入ってきた婦人部長の塩田光枝の顔をふっと思い出した。部長といっても髪をおさげにした二十《はたち》前後の白粉気《おしろいけ》のない少女で、そんなにして私が事務所に坐っているのをみると、いいところにいたと笑いながら、封建制度とはなんのことかと私にたずねた。それで私が封建制度とは農奴経済が中心になっている社会の仕くみだというように説明していってから、いまの資本制度も賃金奴隷がと説明すると、塩田はあらそれでは奴隷制は原始共産制のあとから今までいろいろ形をかえても残っているねとびっくりした顔をするから、そうですよ、ことに女のひとは性的にも二重に奴隷にされている訳ですよ、と説明してあげると、塩田はそれを興味ふかそうにきいていた。

それで私はその塩田が今日の会にも出ているだろう、あの少女はおとなしくて真面目でしっかりしているから、入党すればよい党員になれるだろうなぞ思いながら、そのビルに近づいてゆくと、たちまち頭上に歌声がおこって、屋上に赤色の大旗のひるがえっているのをみた。

そうして私がその屋上に出るとかれこれ三、四百人の青年男女が、それでも行儀よく男は男、女は女にわかれて、ようやく日の照りつけはじめた屋上に坐っており、そのまえに置かれた壇上に、彼や彼女やらがかわるがわるのぼっては元気のいい演説をしていた。みんなの話の内容は単純なものだったが、ある点では、たとえば反動政府を倒せとか、鉄道経営を民主化しろという点では、私たちの意識の低い民衆に気をつかった、選挙演説なぞより過激なものがあった。虎さんがすぐそこにくるはずだとききき、私は行きちがいになるとまずいと思って、その屋上でみんなの話をききつづけていると、やがてその日の大会の副委員長に選ばれたらしい塩田光枝が登壇して元気よく、「皆さん、私たちの心の底にこびりついているドレイ根性を、このさいはっきりと見つめ、それを取りさることに努めましょう」と話をはじめ、その話のなかには昨日、私が彼女に話してあげたことがそのまま出てきたので、私はほほえましい思いがした。そうした理窟を私はどちらかといえば頭でおぼえているのにこうした少女はすぐ自分の皮膚に感じる。それにしても、こんなにして国鉄の労働者たちが元気なのに、私たちの地区の党の低調さはどうかと思うと、私はとても心が苦しかった。やがてそこに能圭がやってきて、いまT化工板のKの代理の若い事務員といっしょに勤労署にいってきたが、てんで駄目さあ、署長さん鼻もひっかけないよ、と私にいった。それで私はそんな地区労協のいわばダラ幹たちを頼りにしていたらついに九月十五日のゼネストにはN地区の国鉄を孤立させてしまうかもしれぬと思い、これは今からでも地区の党の全勢力を動員して、共同闘争の中核を作ろうと心にきめた。

それでまず私はいつでも地区の事務所に来ている例の四人の若い同志と打ち合わせ、さらに虎さんとも打ち合わせ、その翌日の九月十一日に、労組ばかりではなく、農民や市民をも含んだ共同闘争委員会をもつこととし、地区労協の名前で、国鉄から各労組や社会党にまで召集状を出して貰うこととし、私のほうは私のほうで朝鮮人連盟や市民食料委員会から地区内のすべての党員を動員することにした。国鉄や党の若いひとたちのなかには、こんな間ぎわになってから、なんど小田原会議をもったって仕方がないというものもあったが、私はもう共同闘争委員会をできたものとしてみんなを召集し、宣伝警備にそれぞれすぐ配置し動員するのだからといって、それを地方委員会にもK県の共同闘争委員会にも連絡し、それぞれ代表者を送ってもらうことにした。若い同志のなかにはそんなにして党が表面に出るのを怖れるものもいたが、私は主体的な条件の十分熟しているいま、正しいことをするのにかげでこそこそしているのでは、だいいちやりにくくていけない、と思い、かまわず表面に出て各労組や団体、個人のもとを若い同志たちと手分けをして走り廻った。その故か、十一日のその共同闘争委員会はいままでの労協の会議とは比べものにならぬほど多くの組合代表者たちも集ってきたし、社会党からもほかの団体からもそれぞれ代表者がやってきた。もちろんそのなかには私たちの党の同志たちもいたし、地区委員会の名で召集した街頭の同志たちもかなり集ってきてくれたし、またK県や静岡の地方委員会からもそれぞれ人が来てくれたので、もうその日にはなんのためにゼネストをするのかと間ぬけな質問をする労働組合の代表者もなかったし、あってもこのまえのときのようにそれでせっかくできた共同闘争委員会をぶちこわすようなことをいい出すものもなく、報告、質問、賛成なぞの演説もぐんぐん進んで、とうとうその会の終わりにはとにかく、この地区の共同闘争委員会を具体的に作りあげることができるようになり、なかにはうちの工場には人数がないので、とか、帰ってきいてみましょうとなぞ渋くる組合代表者もいたが、とにかくその翌日から、すぐ宣伝に人数をおくることを承知した組合が六組合もでき、その市内宣伝のためのトラックを提供してくれるところもできた。なおK県の共闘の代表できたTは、N地区が東鉄と名鉄〔名古屋鉄道管理局〕――それはゼネストに反対した――の境にある重要さから、当日はそちらの警備隊五十名を援軍として、こちらに送るという約束をしていってくれた。

そこで共闘の司令部、宣伝部、警備部、補給部というかんたんな構成もでき、それぞれの委員も選ばれ、本部を国鉄機関区のなかにおくことにしたのち、その翌日から猛烈な宣伝戦を開始することになった。私はその夜、地区の事務所にかえり、若い同志たちと、二巻の紙芝居をほとんど徹夜でつくったりした。私は非合法時代に賃金局にちょっといたことがあるだけで、こうしたストライキの指導は始めてだったから、そのころから力をたくわえることの必要など思ってもみず、始めから全力を出して夢中になっていた。翌日は朝八時の約束だったので、若い同志たちとでき上った紙芝居をもって、国鉄の事務所にゆくと間もなくほかの労組の青年たちやら朝連やら社会党やらの人たちもみえて、かれこれ五十人ばかりの人数が集った。それに国鉄の二十人ばかりの宣伝隊を加え六十人ばかりの人数が、街頭に出るもの、共闘に加わらぬ工場にゆくもの、映画館に宣伝にゆくもの、紙芝居をやるものと、それぞれに分れて、それぞれ班長をきめ、ポスターでかざりたてたトラックに乗ったり、またはプラカードをもって歩いたりして、町に出ていった。寺内や横谷は私に本部に残っていてくれとの意見だったが、私は演説のできるひとが少なかったし、外に出て、まだ動かぬ工場を動員することのほうが重大な気がしたので、みんなといっしょにトラックにのり、町にも出ていったし、工場にも演説にいった。

はじめ町内会の回覧板にはって市民の人たちに読んでもらうための、ゼネストの趣旨を説明した文書をもって、これは三千枚ほども国鉄が刷り、かなり効果的だろうと私なども思っていたが、あとで調べてみると各町内会長は戦争中から引き続いている反動分子が多く、その文書をわざと意地悪く押さえて自分たちの町内に廻さぬものが多かったが、ともあれ始めそれを頼みに市役所にゆくと、こんど追放を食ったK市長が一応は引き受けてくれたが、それでも、「君、国鉄はあんなに分裂しててもゼネストかい。おかしいじゃないか」などと、それだけの洒落をいいたくてたまらぬようにいってから笑った。その市役所を出てから、御成橋のたもとでトラックをとめ第一回の辻宣伝をやった。私は作家を志望するくらいだから昔からこうした演説をきくのさえだい嫌いだったが、そのときは日蓮の勇気をえらいと思いながら、いくら正しい、みんなに必要なことを喋るのだと思っても、はじめは我ながら悪感を感じた気持で、そこに集ってきた群衆たちに、「皆さん、九月十五日は汽車がとまる、何故、汽車がとまるか」とメガホン片手に叫びはじめた。しかし第一回は気おくれがあり、それまでさんざん車内宣伝をやってきた国鉄の若いひとたちに比べると、自分ながら下手糞におもえるほどだったが、二回三回と喋るうちに、自分が喋っているうちぞろぞろ群衆が集まってくるのをみているうちに進駐軍のひとたちがそんななかにまじり、写真をとってゆくのさえなんとも思わぬほど、落ち着いてきた。そうして目ぬきの通りにいちどトラックをとめるたびに、この人口七、八万の小都市でも、どうかすると百人ばかりの聴衆が集ることがあり、少ないときには五、六人しか集まらなくていや気がさすことがあったが、それでもそのうちの例えひとりでもこのゼネストが市民にめいわくをかけるものではないことがわかったら、そのひとが友達に話し家族に話してくれるだろうと思い、一心に話しつづけていると、それでもすぐ十人二十人とふえてきて、平均してまず五十人たらずの群衆はあった。またそのころ新聞のいわゆる与論をみていると市民のうち十人のうち九人までが、ゼネスト反対を叫んでいるような印象をうけていたが、そうやって市民に直接訴えていると、反感をもった質問なぞはいちどもなく、合点のゆかぬという質問はうけ、またそうした質問者があると、群集はワーッとたかってくるのでそれだけ効果的だったが、そんな質問にも失業者の立場からもこのゼネストを支持しなければならない理由をおだやかに説明してあげると、たいていがいちどで納得してくれた。

何故なら反動的な新聞の論調は、すべて労働者が賃上げ要求をするから物価があがる、党が煽動するから、ゼネストがはじまると、まるで中国や米国がわるいから日本が戦争を売ったという例の戦争と同様の逆宣伝で、市民の反感をあおっているから、私たちはただそれが反対なことだけを説明してあげると、誰だって、半鐘がなったから火事になったと思うひとはいなくて、ははあ、なるほどとわかってくれるのだった。私はそれでもまだ神がかりの気狂いみたいな反動がいて乱暴なぞしやしないかと内心おそれていたが、ところが、あんがい女駅員なぞの演説をきいて、「万歳、しっかりやれっ」と酔払いみたいに叫ぶひとはいても、反対はいちどもなかった。そうして私がのっているトラックにも、演説している最中に、車のうしろから近づいてきて、「これを皆さんが吸って下さい」とピースを三箱ばかりおいてゆく若い奥さんふうの女のひとがあったり、「少ないですが、闘争資金に」といって、十円札を何枚かおいてゆく老紳士のようなひとがあった。だから反動的な新聞の論調におそれ、はじめから市民はゼネスト嫌いときめている人たちもあったが、そう思いこんで宣伝をあきらめることがいちばん悪いのがよくわかった。これはことに工場にのりこんでいったときに痛感されたことだったが、いくら召集をかけても共闘に出てこないような工場を、はじめからあそこは御用組合だからと諦めてしまうのは、いちばんの間違いだった。そんな工場でもトラックを昼休みなぞに乗りつけ、組合幹部の一応の承諾をえて、みんなでアジ演説をやれば、かなりその組合を労働者の面汚しとまで罵倒しても、組合員たちはかえって拍手してくれたりして、そのあとからそこの組合幹部が頭をかきかき、「いやどうもみんなにねじこまれちまってねえ、ぜひ一つその共同闘争委員会に入れて下さい」なぞと本部にやってきて、共闘に参加するようになったりした。もちろんどんな工場でもというわけではなく、なかにはトラックを門内に入れるのも、私たちが入るのも拒むような、東京麻糸のような情けない工場もあり、こうした工場にたいしては、私たちは退出どきを狙い、トラックを門前にとめて出てくる労働者に呼びかけようとしたのだったが、これは日時がなくてダメだったにせよ、とにかく、どんな工場でもやればやるだけの効果があり、そのときはかえって相手を怒らせ失敗したと思っても、こちらが間違ったこと、公式的なこと、党利的なことをいわぬ限りはあとで必ず成果があった。

もう一つ始めは須島や橋本たちのような協力してくれる地区委員たちも、寺内や横谷のような若い同志たちも、私があまり党を頭上にして表面にのりだすのでハラハラして忠告してくれたりして、私も内心そんな危惧をもっていたが、そのうちに闘争がさかんになればなるほど、みんな着物が汚ないとか顔がよごれたとかいうような形式的なことはうっちゃらかしにするように、党について持っていたいわば形式的な嫌悪を忘れてしまい、ただ正しい強い指導についてくるものなので、その日から次の日にかけ、国鉄のひとたちもほかの組合のひとたちも、みんな気持よく、私の頼むように働いてくれるようになった。それで十二日より十三日には宣伝に加わる他の組合員の数もふえ、また十四日から十五日への宣伝警備を申し込んでくる組合もだんだん多くなってきた。それで十三日の朝、その前夜、紙芝居といっしょにホームを歩き、そのうちにスリ事件などというとんだ余興はあったが、それでも黒山のようにひとを集め、紙芝居に効果があったのに気をよくした私が、須島に勧められてかんたんなシュプレッヒ・コールの台本を書いたのを十人ばかりの男女の国鉄宣伝隊に教えこんでいると、はじめはその十人たちが一心に私の振り付けどおりに働いてくれて、十五分ほどでそれを覚えてしまったが、そのあとで私が五分ほど虎さんと打ち合わせてから、その宣伝隊のトラックにのり、そこでもういちどシュプレッヒ・コールの練習をさせようとすると、少女たちは勢いよく立ち上がったが青年たちのうちでひとり私のような大男がなにかすねたように、トラックの箱の板の上にうずくまったまま、下をうつむいて頻りになにかゴチョゴチョいってらちがあかない。これは様子がへんだなと思っていると、その青年たちの誰かがいいつけたとみえ、組合事務所のなかから小野が走ってきて、「なんでもいいから、トラックからおりて下さい」と私の手を引っ張った。そこで私がいったいどうしたの、と小野の口に耳をよせると、小野はいつものくせですこしどもりながら、「ババ…ばれたんですよ」というから、なにがバレたのかと思えば、私の地区の党のキャップなのが、その宣伝隊員たちにばれ、あいにく彼らが保守的な駅分会の人たちなので、俺らはそんな党におどらせられているのではない、私もかえしてしまえ、機関庫のまえの赤旗もおろせと騒ぎだした、と小野がいう。

しかし私はそこでトラックから降りたりすれば、なおその青年たちに党がまるで陰謀をたくらんでいるように思わせるだけだと思ったから、いいえぼくはおりませんよ、といって小野の手をふりきり、さっきからトラックの隅にうずくまっている大男の青年のそばにゆき、私もいっしょにうずくまりながら、ねえ、ぼくは共産党なのをあんた知っているとばかり思っていたから失礼しちまいました。それであんたは共産党がきらいだそうですが、どこが嫌いですときき、その大男がぶつぶつぼそぼそ答えてくるのと話をしているうち、意外にもその大男が社会党員だというのがわかったから、あとはかんたんにその男を説きふせることができ、すこし芝居気たっぷりだったが、そのときは自然に、むしろ瞼のあつい気持で、私はその大男とも、ほかの党を誤解していた青年たちとも車上でそれぞれ握手することができた。その青年たちのいい分は、世間のひと、それはその前日、街で経験したようにほんとは反動新聞紙上での世間のひとが、こんどのゼネストは鉄道の人たちが党におどらせられているというので、そんなとき私からいろいろ指導されるのが気色わるいというだけのことなので、それではあなたたちは自分たちやその兄弟の首を切られるのがイヤで立ちあがったのではなく、ほんとはなにがなんだかわからず私たちの党の陰謀で立ちあがった気がするかときくと、いやそんなことはないというような問答からも、すぐその青年たちの悪い気色を一掃するのができたのだった。

この闘争のはじめには前に書いたようなわけで、地区委員会や国鉄細胞分会をあらかじめ何度となくもって具体的な計画をたてることができず、そのご泥縄式に一度ぐらいそれぞれの会合をもったり、私のほうからも出かけていって、形式だけは闘争計画をなん段がまえかにして、もし不当な弾圧があった場合のそなえさえも、また地方委員会や共同闘争委員会K県本部との連絡をどんな場合にも切れないようにするだけの打合せだけはしておいたが、しかしこのとき積極的に協力してくれる地区委員はまえに書いたようにO螺子の須島とH町の橋本だけで、そのほか例の四人の若い同志をのぞいては、街頭分子たちに協力してくれる同志の少ない、つまり私たちの地区の基盤になる細胞の弱さがこのときいかんなく暴露されて、いったいこのままもし弾圧なぞがきたら、いちどに組織はぺちゃんこになりそうな不安がいつも私たちの胸にあった。また地方委員会からも、そんなふうに闘争がいそがしくなってきた最中、明後日はゼネストだという晩になり、私のところにレポを送り、本部からの指令によって、これからこの闘争にたいする党の闘争委員会を確立するから静岡にやってこいという。それで規律からいえばゆかなくてはなるまいと思ったが、そのときゆけば、こちらのもりあがっている共闘がいちどに力が弱くなる、私の代りに動いてくれるひともいない、それにそのとき静岡は名鉄が不参加で、それをたたせる仕事があるにしろ、とにかく一両日後にゼネストをひかえて、闘争のない場所に、その日の闘争の結集点からのこのこ出かけてゆくのはいかにもおかしな気がしたから、かえってそちらからこちらに出かけてきて、闘争委員会をここに確立して貰いたいと、そのレポーターに話し、間違っていたかもしれぬが、私はゆかないことにしてしまった。そうしてその二、三日でのどをつぶし、ほとんど不眠の夜を送ったまま、私は私と同様に頑張ってくれた四人の若い同志たちと十四日の朝をむかえた。

その日から私は一週間ほど籠城するつもりで、事務所の後始末もし、食料も用意し、関川や横谷たちとうすい毛布や布団をもって、国鉄の機関区事務所の二階にある共闘の本部にいった。その日は宣伝隊のほかに警備隊の人たちにも出てもらう予定だったので、またわずか三、四日まえからそうして動員しはじめたにもかかわらず、すでに主体的な条件は熟しているためか、その日には十四、五の諸組合や団体が動員でき、それらの組合のあるものは、たとえば須島の組合のように全員をあげてこの闘争に参加するようになり、一日ストでもって共同闘争するようにもなり、したがって動員できる人数も午前中に二、三百名、午後には六、七百名に達するはずになっており、その翌日にはこれがもっとふえるように思われた。それで私たちがその二階にのぼると間もなく、その二階をすぐ埋めてしまうほどの人たちが集ってきた。また私がなによりも頼もしく思ったのは、地区の党のしっかりした同志たちがなんといっても、ちらほら顔をみせてくれるようになり、なかには私のところに闘争資金をもってくる同志もいることだし、地方委員会で召集してくれたり、または自発的に、近くの地区のすぐれたオルグたちが四人、五人とやってきてくれたことだった。けれどもそのいっぽうでは、その前夜あたりから、しきりに妥協案が成立したとのデマがラジオや電話でとんで、そのたびにこちらの気の故か、いまでは下がせまいので二階の私たちの大部屋に合流してきている、虎さんたち幹部の顔がほっとゆるむようにみえるのが私には不安でならなかった。なにも私たちはいわゆるゼネストのためのゼネストをやりたいのではないが、かんぜんに首切りを撤回し、ほかの条件も入れ、労働協約も認め、さらに共同闘争しているほかの会員はじめ諸産業の要求もとおってからでなければ、すべての組合員やほかの会員たちにたいして、ほんとにすまないことになると思えたからだった。

それで私は隣りの地区のオルグで、前の国会議員の立候補者で、県の労働委員をしているMが応援にやってきてくれたとき、彼を旧知の虎さんのまえにつれてゆき、ふたりの対話をしばらくだまってきいていたが、そのうち虎さんがなにかの拍子に、「なかなか交渉委員たちも骨でしょうよ。とにかく海員や産別の連中がわきに頑張っていて国鉄をひっぱっているんだから」ともらしたのをきくと、そのかるい言葉がそのときにはどうにもききのがしできない気がして、「しかし山本さん、ひっぱっているはないでしょう、共同闘争ですもの。きっといっしょに頑張っているのでしょう」と思わずそういい直してやった。するとそれまで疲労しきってはいてもにこにこ顔でMと話していた虎さんの顔がさっとかわり、急に深い憎しみにみちた眼で私の顔をじろりと眺め、「おいよけいなことをいわないでくんな。これからいっさいそうした差出口はしないでくんな」と激しくいった。そうしてその虎さんの顔がみるみる紙のように白くなり、そっぽをむいてしまったのといっしょに、Mまでが具合わるそうに黙ってしまったのをみると、私はこれはしまったと思い、自分で気がつくほど顔の血がぱっと冷たくなった気がしたが、自分では正しいことをいったつもりでも、これはやっぱりいいすぎたような気がして、「これはぼくがいいすぎた。虎さん許してくんな」とあやまったが、それでも虎さんは怒ったようにそれからしばらくは私と口をきかなかった。

その失敗のすぐあとで私はまた同志の橋本と口喧嘩をした。橋本はそのときまで地方委員会から誰もやってこないのをカンカンになって怒り、私に誰か迎えにやってくれというのに、私はこのいま一人でも働き手がほしいとき、そんな無意味なレポを送りたくないと、虎さんや橋本が激しい言葉を使うように私も激しくいったので、橋本はまた怒りだし、それなら俺が自分でゆくと身をひるがえすのに、私もこれは怒らせてしまったと思い追いすがって、そんなレポを送らなくてもやがて誰かくるだろうと橋本に言葉のきつかったのをあやまりながらそういうと、これはやはり同志だけに橋本はすぐ機嫌をなおしてくれ、また事実そのあとからIという地方委員会のすぐれた落着いた同志がやってきてくれた。とにかくこうして始めて党の優秀な同志たちもきてくれたので、私はいくらか落ち着き安心することができ、また百人二百人とぞくぞく集ってくる宣伝隊をそのとき動員できた三台のポスターをかざったトラックに分乗させ、あとからあとから街頭におくりだし、私は共闘の本部は落ち着いてほかの組合のひとたちや、党の同志たちや、例の先日から約束のあるK県の共闘からの派遣隊を待ちうけていた。そうしてそこで落ち着いてみていると、はじめて四、五人の新聞記者たちや私服をきた二、三の警部や巡査部長たちが、その二階に入りこんで、あちらこちらをまごまごしているのが眼についた。

ところでやがて小雨が降り出してきて、宣伝に出した人たちの身体を心配しているうち、お昼近くになって、調停案成立のラジオニュースが入ってきた。しかしこのラジオには昨夜もだまされたというので、国鉄の委員たちがK支部と電話で連絡をしているうち総連合から、「ヨウキユウトオツタ、ストトリヤメ」というウナ〔緊急〕電報が入ってきた。その電報をどやどやと取りかこんでの、国鉄の人たちの嬉しそうなニコニコ顔をみていると、その笑い顔には虎さんや小野たちまでの顔もまざっているのをみていると、私はさっきのこともあり、この電報大丈夫でしょうね、とたしかめてみるのにも遠慮しなければならなかった。そりゃあ大丈夫ですよ、とムッとしたらしい上川あたりから私がこういわれているところに、K支部からレポーターがやってきて、例の調停案とスト取り消しの指令をもってきた。それをみて国鉄の委員たちが、小野までいっしょになり万歳を叫ぶ有様に、私はこれは仕方がないと思わざるをえなかった。虎さんたちは他の組合の幹部や警官、新聞記者たちにおめでとう、よかったねなぞといわれると、おかげ様でなぞと不眠不休でどすぐろく汚れた顔に笑顔を浮かべながら、午後一時に、全組合員を機関庫のまえの広場に集める指令を出していた。するとそこに寝具と食料で大きなリュックをせおいながら、K県の共闘の派遣隊員五十名がどやどやと階段をのぼってきたが、この人たちはここでスト中止ときかされると、喜ぶひとはまれで海員はどうなったのかしら、条件は安全かしらとまず心配するのだった。そうしてこの人たちはとにかくK県の共闘本部からの指令のあるまではかえらぬといい、そのいい分ももっともだし、虎さんたちもせっかく来て下さったひとたちを飯も食わさず帰すというわけにはゆかぬから、まずお弁当を使って下さい、お風呂にも入って下さい、といい、二階の一隅に席を与え、それぞれの旅装をとかせ、休息させていた。

やがて小雨も止み、午後一時になったので私たちは虎さんや県の共闘の引率者たちといっしょに、ほかの組合員たちもまぜて広場いっぱいに並んでいる組合員たちのまえにおりていった。私はこのとき、いちばん大事なのはスト態勢をとかぬこと、せっかくできたN地区共同闘争委員会を解消せぬことだと思ったので、そのことを下におりるまえに思い切って虎さんに申し入れると、このときは虎さんもいつもの物わかりのよい柔和な彼になっていて、私のいい分を一応、上川や能主たちに賛成的に説明しながらきいてくれ、下におりて広場の組合員たちにスト中止の報告をしたあとで、それもいっしょに伝えてくれた。さてそうして虎さんの報告がすんでから、地区の共闘を代表して芝浦製作のOと、O螺子の須島がそれぞれ祝辞をのべ、K県の共闘の引率者で、産別の県の書記をやっているMが、祝辞といっしょに今夜の心がまえについて一言のべ、そのあとで社会党のHが政党代表としてやはり祝辞をのべた。すると寺内たち若い同志がHの喋っている間じゅう、しきりに私の尻をつっついて、社会党が出たのなら、党からも私に出ろという。私はそのとき声をまるでつぶしていたし、始めから出ぬつもりでいたが、みんなのいわなかったことで、それはただ共同闘争のこんごの必要さについてぜひいいたいことがあったので、こうして寺内たちにつっつかれると、虎さんのところにいって、社会党のあとでちょっと喋らせてくれと頼んだ。すると虎さんはこわい顔になり、「それは勘弁してくんな」というから、私はべそをかいた表情で、それならと引きさがっていると、Hのあとで虎さんが壇上に立ち、思いもよらず私を日本共産党員として、しかも虎さんの仲のいい親友として、またこんどの争議でいちばん協力した男として、全組合員のまえに紹介し、さて私に壇上にあがって話をするようにといった。虎さんたちと同様、その二日三日前ほとんど不眠で動いていた私は身体がくたびれているように、疲労しきった神経も異常に張っていたので、それに虎さんのこの優しさがそれはそれでなくても虎さんがアカだとか、このゼネストはアカの策動だという噂が意識の低い組合員の一部にあるのを恐れ、はじめ私に喋らすまいとしたのを思い直し、自分の友人だとしてかえって大胆にみんなに紹介してくれた虎さんの心の優しさが、私の心を動かすと、私は壇上にあがったときからもう泣きそうになっていた。それといっしょに、私はその一日二日まえに塩田光枝がK支部にいっていて血を吐いたことを思い出した。国鉄が五人に一人の首切りをとりとめたと喜んでいる一方、海員がまだ五人に四人の首を切られる困難な戦いを戦っているのを思い出した。またその列のうしろのほうで無邪気な、だが無知な若い組合員たちがこのストのすんだのをひとごとのように話しあったり、よそ見したりしているのをみた。すると奇妙なことに、私はどっと涙がわきあがってきて眼のまえに霞がかかったようになり、それでなくてもつぶれた声が涙のためによけいかすれて、私の喋ることばは形をなさなくなってしまった。

それで私はやっとの思いで、まだ戦いは続く、日本中の労働者が農民や一般市民と手を結びあい共同闘争するようにならなければこの戦いには勝てない、という意味のことだけをのべると、そのわああわあと泣きちらす婦女子のような自分の醜態がほんとに恥しくて、早々に壇上をおりた。すると社会党のHや、関東配電の組合長で私の後から祝辞をのべた、県の労働委員でやはり社会党のKが、そうした私の背中を叩いて、「ほんとに――さんはまじめな純真な闘争をしなすったから」といってくれたのが、私には、醜態をみせただけ、ほんとに嬉しかった。そうしてそのあとで虎さんがわざわざ私のところにやってきて、広場の中央に高くかかげられた戦闘旗の赤旗をおろそうかと相談してくれたので、私はおろしてもいいでしょうよ、といい、そのときアカハタの歌をうたって貰いたかったが、さすがにこの意識の低い組合ではむりだと思って、メーデーの歌をうたってもらうことにした。しかもそのメーデー歌さえ十分にしらぬ労働者が多かったが、しかしそんな労働者でもどんどん共同闘争に喜んで参加する世の中になってきたと思うと、ぼんやりしていられない気もするのだった。

さてこれでこのストライキはひとまず中止になったわけだが、そのあとでどうしても書かないわけにゆかぬ次のような出来事がおこった。小野たちにいわせると、この出来事さえなければ、いまの青年部長のHをはじめ、かなり多くの入党者が一度にあったろうというのだが、私にはそれまでこの事件がマイナスになったとは思えぬにしろ、とあれ一時はかなりその各の運動に悪い影響を与えたことはうたがえぬ。それはもう夕方近くなってから、K県の共闘派遣隊の人たちもぼつぼつ荷物をまとめかけていたときだった。さらに党からの情報をまって待機していた私たちのところに、

K県の共闘本部から十五、六の可愛い少年のレポーターがとびこんできた。そうしてそれはその共闘派遣隊といっしょにきていたひとりの娘、彼女たちの同志だとわかっていたし、またそれにふさわしいだけしっかりもしていたが、やはり若い娘だけに落ち着きがないその娘に、このひとが地区の共闘の委員長よ、と私のまえにひっぱってこられると、その少年は緊張した大声で、「伝令です」と叫びながら一通のメモを私に手渡した。そこで私がいそいでそのメモをひらいてみると、それにはこのまえ十一日のここの共闘に出てくれたTのサインで、例の国鉄の調停案は委員七名が監禁されてデッチあげられたもの故、正式なものではない。ゼネストは断乎決行せよ、とそれだけが書いてあった。すると例の娘はそれを横からのぞきこんで、「しめた、きっとこうなると思ってたわ、万歳」と叫ぶし、派遣隊のSという若いキャップもほかの隊員たちと走ってきて、その少年をかこむという大騒ぎになった。それで私もカッと逆上してしまった。本当なら、地方委員会のオルグたちは帰ってしまっても、地区のオルグたちは残っていたのだし、MというK県の党のオルグをかねている共闘の指導者も残っていたのだから、彼らに一応それを相談すればよかったのだが、なにしろ逆上してしまうと、なんでもかんでも虎さんたちにゼネストをしいるのが大切なような気がしたので、そのメモをつかむとすぐ虎さんのところに走ってゆき、こちらの騒ぎにびっくりしている虎さんたちにそのメモをつきつけて、こういう情報が入りましたが、といいかけ、そこで始めてその情報があまり確実性のないのに気づいて、はっとしたが、それでも乗りかけた船だったから、「もしこの情報がほんとだったらゼネストを決行しますか」と念をおすと、虎さんは首をひねりながらも、ええもし本当ならN地区だけでも列車をとめますよ、と確言してくれたので、そのときの私はそれだけの返事だけでも鬼の首をとった気になり、自分たちの机にかえると、さてそこでMやSや地区のオルグたちと、そのメモの善後策について相談した。

しかしそこで私たちが弱ったのは、とにかくそのメモをもってきたのが十六の少年で向うの事情がまるでわからず、またそのメモを指令ととるにはあまりにもニュースの確実性の裏付けがなかった。それで私は主としてMの意見のように、そのメモを指令としてではなくただ情報として受け取ること、それで彼の後からすぐもっと詳しい情報と正式の指令を送って貰いたいことを伝達して、その少年を送りかえした。けれどもなにしろ汽車でかれこれ片道三時間もかかるところを往復するのだから、日が暮れてからも次のレポーターはこなかった。やがてそのうちまた雨が降りだし、ざんざという本降りになってきた。そうして私は四、五人の同志を除いては地区の人たちやほかの組合の人たちにもみんな帰って貰って、ただK県の派遣隊のひとたちといっしょに次の伝令を待っていたのだが、そのあいだに鉄道の連中はまた下の小さい組合事務所に帰ってしまい、もう誰も私たちのところにあがってこなくなった。なお、あがってこないどころではなく、私たちが下においていっても、へんな眼つきで私たちを眺め、派遣隊の夕食の仕度などでなにかと用事を頼んでも、なにかつっけんどんな返事をするようになった。さらにそうして一時間たち二時間たつうち、帰りの汽車の時間もなくなってくるので、MもSも派遣隊はその晩、その二階にとめてほしいといい出したから、私はむりもないと思い、そのふたりをつれ、大雨の降るなかを走って虎さんたちのところにそれを頼みにいくと、二つ返事で承知してくれると思いのほか、虎さんは苦しそうな顔で、この構内には貴重品があるから、多勢のひとのなかにはどんな間違いが、なぞといいだして、それとはなしに出てゆけよがしの扱いをした。

いったいその急にかわった取り扱いのうらになにがあるのか察するほどの余裕もなかった私たちが、なんの気なしになお泊めて貰いたいといい出すと、上川がもう用事がないのだから早くお帰りなさいというし、能主は早く帰ったほうがお互いに無事でしょう、なぞへんなことをいうし、いつも自由党のファンだといっている、それでも私にはそんな無愛想な真似もしないある委員が、「だから共産党の奴らはきらいだ」ととつぜん大声で叫んでこのときは私をムッとさせた。それで私はその部屋の隅に小さくなって、腕に日本映画社の腕章をまいたふたりのニュースカメラマンとなにか話をしていた、小野や塙にいつもの目くばせをして外につれ出し、彼らから様子をきこうと思っても、ふたりとも私と視線があうと急いで眼をそらせる始末に、いちじはまるで狐につままれたような情けない気持になった。しかしこの帰れよがしの取り扱いも、いちじは雨の中でもなんでも私たちを追いたてそうな勢いだったが、そのあとでもういちどK県からの、というよりほんとは党からのレポーターがきて、ゼネスト一時中止を伝えてきたので、これを虎さんに伝えたころから、さらに二階の若い五十人もの連中が退屈しのぎに、「インターナショナル」、「アカハタの歌」から始まって、「富士の白雪」、「佐渡おけさ」から「まっくろけのけ」まで歌いはじめた頃から、その勢いはだんだんゆるんできて、小野たちもあとでほかの若い委員たちと二階にあがり、その合唱に加わったので、私は彼をものかげに呼び、いったい虎さんの無愛想はどうしたことかとたずねると、その日の夕方にK支部から電話があり、今晩は各駅に泊りこんでいる共闘と称する共産党員たちが丸太で機関車をひっくりかえす計画をもっているから、注意してなるべく駅の構内にとめるなとの指令があり、ほかの地区からもそんなニュースがひんぴんと飛びこんできたところに、あとから日本映画社のカメラをもったカメラマンがふたり現われ、今晩N駅でちょっとおもしろい騒ぎがあるとの情報をえて、やってきたという話に、それでは二階の五十名は共産党の陰謀団にきまったといっていたころに、あなたたちが今晩はどうしても帰らないといい出したから、あんな無愛想な取り扱いをうけたのですよ。「しかし――さん、ほんとに今晩は大丈夫でしょうね」と小野が、みんなの歌声をよそに心配そうな顔で私をおそるおそる見あげるのに、私は思わずぷっと吹き出したが、これは計画的なデマで笑いごとではないと思われると、急に真面目な表情になり、小野に次のように話したのだった。共産党は勤労階級の前衛党だからその階級から離れたり浮きあがったりして、そんな陰謀を企てることはぜったいない。しかし支配階級の連中は党を大衆から孤立させるために、火つけ強盗からギャング殺人なぞ、すっかりその挑発者にやらせておいて共産党の仕業だと宣伝する、そのいちばんいい例は、例のナチスがデッチあげた共産党員のドイツ国会放火事件〔一九三三年〕だと、私は話してゆくうち、私はまたしても平和革命への客体的な条件の成熟してゆくのにつれ、党の弱さや私たちの意識の低さがとんでもない障害になっているのを思い、一日も早くいまのすぐれた指導者たちの力で党が強くなり、革命への主体的な条件が成長することを、そうして、真の民主政府が生まれることを心から願うのだった。

少女

そのとき、亭吉《こうきち》が共同闘争委員会の本部にあてられた機関区事務所、二階の窓から、蜘蛛手状にひろがる白いレールや、旧式な流線型、電気機関車の五、六台が秋の曇り陽に輝く向こうをみていると、いまホームに着いた下り列車から、おりたったとみえる、四、五十名の青年たちが、たいてい同じ国防色の作業衣に大きなリュックを背負いバラバラにこちらに近づいてきたが、その先頭に、紅襟の白いセーラー服に紅《くれない》のリボンを垂らした一少女が、これは大きなハンドバック一つをさげたまま、さっそうと立っているのを見て、光るような明るさを感じた。それは、あたかもジャンヌダルクの姿のようにといえば、月並だし、誇張だが、その横に組合旗らしい汚れた赤旗をかかげた青年が並んでいるのも、軍旗のような感じで、薄汚れたカーキ色のなかにその紅の一点は、亭吉の眼下にきたかと思えば青年行動隊員のひとりがあわただしく、二階にかけあがって、「坂本さん、来ましたよ」との大声に、亭吉も窓際から離れ、階段の踊り場まで彼らを出迎えにいくと、入り乱れた足音といっしょに登ってくる、その先頭に、くだんの少女がまっ先に立っていて、亭吉にむかい、

「あなたが坂本さん」といきなり鋭い早口だった。亭吉は彼女が卵形の可愛い顔をしているのを一眼でみた。化粧をしていない素肌も白く、ルージュのない唇もうすあかかった。だが彼女の眼は強く吊しあがっていて亭吉に昔の、ある女の眼を思い出させた。その眼は喫茶店なぞで大学生姿の亭吉と向きあい坐っていても、ときどきキラリと光る油断のない眼つきだった。議論をすると、その眼は知的な感じに燃えあがっても、ときに、モノメニアック〔偏執狂的〕な光りをおびた。いわば非合法の惨虐な鞭におのずから吊しあがった昔の女たちの眼を、亭吉は再びその少女の上にみた。亭吉は少女から、K県の一地方委員の手紙をうけとる前に直感で、その少女は同志と思った。しかしお河童頭にセーラー服の、その小がらな少女は、亭吉にまず十七、八としか思えぬ。してみると彼女に非合法時代はないはずだ。それだのに、どうして、そんな非合法ふうな眼付をしているのだろう。亭吉はできれば、その眼が、生まれつきのものか、それともおそらく、敗戦後、入党して、そんなふうに変化したものか、ふっと彼女にきいてみたいと思った。

それは一九四六年、九月十四日の午後三時ごろだった。それはまた同時に、第一回国鉄ゼネストに、当局側が妥協し、あのように急転直下の解決をみた直後だった。ついさっき、この事務所まえの広場では、機関庫と赤旗を前に、約二千人の組合員が集まり職場大会がひらかれ、闘争委員長の山本から争議解決の報告があり、続いて共同闘争委員側からの挨拶や祝辞もあって、亭吉も党を代表し、闘争につかれた神経から眼に涙をうかべ、演説にしゃがれた声を出し、短かい話をした直後だった。そうして、いま汽車からおり立った一行、ひとりの少女を含む五十人たらずの青年たちは、いずれもK県の共同闘争委員会から、ゼネストの長びき激化する予想のもとに、こちらの共闘に応援に派遣されたものだった。だいたい、このN駅は電気区と蒸気区の境目にあたり、ここに東海道線の機関車が大部分集まる可能性のある重要地区なので、こちらの共闘のまだ弱かったため、亭吉はあらかじめ国鉄の闘争委員長とK県の共闘の諒解をえて、これだけの応援人員をK県に依頼しておいたのだった。しかし、この地区でも、みんなの宣伝やアジがきき、十四日の朝にも、二、三百人、町の工場の労働者たちが応援に集まってきてくれたし、それがその日の昼すぎ、スト解決の頃には五百人ほどにふえ、もしストに入れば、さらに千人ぐらいになる予想はついたので、あとから思えば、応援は辞退したほうがお互によかった。

そして、この応援隊のなかに亭吉の同志のあんがい少ないのがあとでわかった。しかし、国鉄のほうではぜんぶを共産党員と思ったらしく、それがあとでつまらぬいざこざの種になった。おまけに、応援隊のきたときには、もう争議のすんでいたという間ぬけ加減が、そのひとりの少女と五十人足らずの青年たちにひどく、もの足らぬ気持をおこさせ、それも、いざこざの一因となった。少女が亭吉に渡した手紙には、亭吉が連絡をとっていた地方委員からの激励の言葉と、その少女を同志として紹介することが書いてあった。少女の名前は糸崎あや子、T電工の青共の責任者だとある。むろん、歳とか、昔の経歴なぞは書いてない。しかし亭吉は、あや子と、もうひとり、彼女の紹介してくれた、応援隊のリーダーで、同じ職場の同志だという、川口一郎をひどく頼もしく思った。ところで、あや子たちは争議が解決した様子を、亭吉からきくと、急に顔色がさっと青ざめそれはとても信じきれないという苦悩の表情になった。それで川口は、他の隊員にも聞える声で「自分たちはK県の共闘からの命令で応援にきたのだから、そちらからの指令があるまでは帰られない」とはっきりいい、あや子も薄手の朱唇《しゆしん》を重々しく動かし、「もちろんだわ」とそれと同じことを繰り返えして主張した。

亨吉にそんな若いふたりの思いつめたムキな気持は、すぐにピンと響いて嬉しかった。だが、暴力革命でないのに、そのようなブランキイ〔少数精鋭武装革命とプロレタリア独裁を唱えた十九世紀フランスの革命家〕じみた純情さは危険とも思い、結局、帰ってもらったほうが無事という気もしたが、しかしせっかく遠路でむいてきた約五十人の応援隊に、いきなり、「帰れ」ともいい得ないので、いまはほとんど無人になった、その部屋のすみに、一行を案内し、旅装をといて貰うと、彼は、機関庫わきの、組合事務所に走ってゆき、組合長で闘争委員長をかねていた山本に、応援隊がきてくれた次第をそのまま話し、K県の共闘本部から再指令のあるまで帰れぬといっていることも打ち明けた。

この、歳も四十をこえ、酒好きの苦労人といったタイプの山本は、この場合、帰る帰らぬの問題にはなにもふれず、ただ、「それは、それは御苦労さんに」と気軽く、腰をあげると、亨吉といっしょに二階に上ってきて、応援隊のみんなにていねいな挨拶をするのだった。「おかげさまで争議もだいたい、こちらの要求が入れられまして」というその常識的で紋切型の委員長の挨拶を、あや子はテーブルの横につっ立ったまま、邪気なく薄びらきにした唇を尖らせ、例の黒瞳がちの三角眼を吊りあげ可愛いこわい顔できいていた。そして山本の挨拶がすむと川口と共に不服そうな二、三の質問をした。ゼネスト解決条件の一つとして、悪質者に対しては、組合側と当局側が相談のうえ、馘首《かくしゆ》できる、とあったのを、その少年少女ともみえる、若いふたりはいちばん納得できないという口吻《くちぶり》で、山本にむかい、激しく自分たちの意見をのべるのだった。先日、来朝したフラナガン神父も、人間には、悪い環境があるだけで、はじめから悪い人間はないという意味の意見をのべていたが、共産主義者もまたほとんどがそのように考えている。だからこのときのふたりの意見は組合のなかで、鉄道に勤めていて、泥棒や博奕をやる、あるいはほかの犯罪をおかすのは、一面、組合と鉄道の責任でもあるのだから、そのなかで再教育し直さねばならぬ。また犯罪をおかしたというので、どしどし馘《くび》にしてゆけば、その人間は、ただ飢餓とヤミと失業の渦巻いている今の世の中に放りだされ、さらに悪質の犯罪をおかすようになる。だから欧米の進歩的な労働組合では、悪質者はかえって保護するような労働協約を結んでいる。また先天的な犯罪癖のあるものは、一種の病人だから、牢屋とか失業よりも、病院が必要なのだ。さいごに当局の意味する悪質者というのは、進歩的な意見をもった組合員、ことに共産党員を意味するかもしれぬ、その可能性が考えられると、あや子はその血色のいい小さい薄手の唇を休みなく唾にぬらしながら、「そうしたら組合長さんみたいな、戦闘的で立派な組合員はドシドシくびになりますのよ」と皮肉ではなく、心からの賛辞のようにいうと、それまで鳩が豆鉄砲を食ったごとく、眼をパチクリさせ、この自分の子供のような若いふたりの攻撃を受けていた山本が照れ臭そうにニコニコ笑い、「いや、どうも、ぼくは御婦人から、そんなに賞められると、上っちゃうんで」と頭をかくまねをしてから、急に真面目な顔になり、「いや、お説はほんとうにごもっともで。私もこの坂本さんなぞから教えられ、だいたい、そうした考え方でおります。これからもお話を参考にして、できるだけ、組合員の利益を守るようにいたしますから」と首をうなずかせた。だが彼はすぐまた、がらりとくだけた表情になり、「さあ皆さん、お疲れでしょう。下にお風呂が沸いておりますから、ざっとお流し下さい。いま案内させますから」とその二階にいた、行動隊員のひとりを呼び、風呂場へ案内するようにいいつけ、自分はさっさと階下におりていった。

「まあ老巧な方ですわねえ」とあや子が亨吉をふりかえり、こう嘆息するようにいうのがなんとも可憐な感じで、亨吉はふっと微笑してしまうほどおかしかった。ほかの隊員たちは五十人ぐらい一度に入れる大きな風呂ときき、急いで身仕度すると、案内の青年のあとを、ぞろぞろ、どやどやと降りていった。亨吉は川口にも、「入ってきませんか」とすすめるのに、やはり二十《はたち》前後の若さとみえる彼は露骨な不機嫌さで、「どうもわざわざN駅まで風呂に入りにきたみたいで、イヤだなあ」といい、深刻な表情を作ったままどうしても風呂に入ろうとしなかった。そこにまた山本が、給仕の少年に乾パンを盆にもたせ一緒にあがってきて、「皆さん、晩の炊事の道具なぞ私のほうにありますから、遠慮なくお使い下さい。それからこれはほんの僅かですが一つずつでもおつまみ下さい」といって、乾パンをテーブルに置かせたが、そこにあや子がいるのをみると、さっきの仕返しのつもりか、ニコニコ笑い顔で近づき、「お嬢さんどうです。お風呂は」と快活な大声でいった。あや子はこの言葉に打たれでもしたかのように、柔らかい身体を堅くすくめ、眼の下から頬にかけパッと薄あかくなると、「あら、いやだ」と小声でつぶやくのに、亨吉は再びなごやかな微笑がおのずから自分の顔をゆるめるのを感じた。新しいタイプの少女、しかも少し非合法の痕をつけており、小児病じみた感じさえある、あや子が、このような古風なはにかみをみせるのに清新な色気が感じられた。

山本もまたその少女の意外な古風さに涼しい風の吹き通るような感動があったらしい。すぐ真面目な表情にかえり、「なんでも御不自由なことがあれば、御遠慮なく、私までお話し下さい」と、あや子や川口にいいおき、そのときはそのままにおりていったが、彼はあとで亨吉に、「なかなか、しっかりした、それでいて優しいお嬢さんだね」とあや子を本気で賞め、また青年行動隊員たちにも宣伝したので、一時は、彼女を垣間見にくる青年たちが多かった。そのうち、亨吉はその青年たちの中に混り、同志の小林に芦田が、そのころ同志に獲得したがっていた青年部長の長山を引っ張り、あや子を覗きにやってきているのに気づいた。その様子に三十四歳の亨吉も、なにか二十前後の少年じみた気持になり彼もニコニコ笑いながら、彼らのそばに近づくと小林の肩を叩き、「オヤオヤ、なんの御用です」とわざとらしくふざけたいい方をした。すると電気機関士という、勇ましい近代的職業の癖にまた、集会や街頭なぞではかなり心臓の強い大演説をする癖に、女話になると、急に顔を赤くさせ、口をどもらせたりする小林が、このとき、口もとに照れ臭そうな笑いを浮かべ「坂本さん、みんなに紹介して下さいよ」と亨吉に頼むのだった。亨吉はその二十一の小林のまだどこか乳臭の漂う顔を、おかしそうに眺めながら、「おや、誰に」と白ばっくれると、横で、亨吉の顔をのぞきこむようにしていた、これも、丸い眼に、赤ん坊じみて柔らかい皮膚と赤い唇の、童顔の美少年、芦田が、「坂本さん、美人だそうですね」とこれも無邪気に笑った。

亨吉はいつも謹直な青年部長の長山までが、このときは、嬉しそうにニヤついているのをみると、あや子を早く紹介したい気持になり、そのとき、部屋の片隅の衝立のかげに、向うむきで、川口となにか話しあっていた、あや子を大声でよんだ。すると小林が急に真赤になり、「坂本さん、よ、よっよしなさい。冗談ですよ。冗談…。」とあわてていうのも面白く、よけい大声であや子を呼ぶのだった。あや子は呼んでいる亭吉に気づくと、そこに青年たちが好奇心にみちた顔で、彼女を見ているのに、一向、気のつかぬ無心な顔で、さっさと亭吉たちの傍にやってきた。「糸崎さん」と亭吉は、そんなすました顔の彼女にふざけた口をきく気になれず、まじめに、その若い同志たちに、長山を紹介すると、あや子はこだわりなく、青年たちと挨拶をかわしたが、そのあとすぐ、「あの、こちらの地区の労働組合のあいだに、青年婦人協議会はできておりますの」と小さい眼を大きく見張りながら、こうきいた。青年たちは押され気味に首をふり、まだ出来ていないと答えるのに、あや子は、「それは早くお作りになったほうがいいわ」と、鈴をならすように可憐な声でハキハキと、青年婦人協議会の説明をはじめた。亭吉は彼女の話に有意義なものを認めると自分の地区の青年たちにもこれをきかせたく、まだ二、三人、残っていた青年たちを階上、階下に探しだし鉄道の青年と一緒に、あや子の話をきくといいとすすめた。亭吉の地区にも、若い女性の同志はいたが、あや子のように、かなり立派な理論と、少女の優しさに美しさを合わせて持ち、しかも人前でグニャリと羞《はに》かまず、テキパキと喋れるひとは珍しかった。亭吉がほかに用事もあり、しばらくして、二階にかえってみると、さっきまで共闘委員の席になっており、一時からっぽになっていた、部屋の中央の、机に腰かけが方形におかれた場所に、あや子を囲み、十人ばかりの青年男女が、顔つき合わせ、熱心になにか討議していた。男のほうは、右の同志たち以外に、鉄道の行動隊員も、共闘の委員できていた、ほかの工場の青年も混っていたが、女のひとたちは、あや子を除くと、三人ばかり加わっているのが、みんな鉄道の女事務員たちだった。このひとたちも行動隊員で、亭吉は一緒に街頭宣伝に出たことがあるが、そのときは、演説をするのもイヤがり、いつもプラカードのかげに、シンネリムッツリ、頭をうなだれているといった、煮えきらぬ娘にみえたのが、このときは、あや子のリンリンと張り切って、しかも優しい話しかたに誘われてか、それぞれ自分の緊張しすぎたのがおかしくて、ときどき失笑というほどの緊張ぶりで自分の意見を出しているのがよそから見ていてもたのしそうだった。

亨吉はその様子を嬉しく眺め、自分もちょっと席の端に、腰をかけさせて貰った。すると、そのときはもう、みんながあや子の説明に納得し、近く、この地区の各組合の青年部、婦人部によびかけ、国鉄労組が中心になり、青年婦人協議会の準備会をもとうというところまで、話が進んでいるらしかった。誰もがあや子を共産党員と知っていると思われたが、大人の政治屋の集まりなぞにみられる、共産党だから、陰謀や暴動の下準備に違いないというような悪くカンぐって、自分たちのためにする偏見は、その席上には見られなかった。党をよく知らない、駅の女事務員にしても、積極的に、あや子から話をきいて、いちいち興味ふかそうに首をうなずかせ、もったいぶった愉快そうな表情だった。そこには、共産党は公式論で階級対立論だから、頭からダメだときめてしまう、愚かな、またはずるい大人たちはいなくて、誰もが納得のゆく合理的な意見にはうなずきあい、彼らの理論の範囲で、徹底的な討論がされていた。それでも、亨吉は、この青年たちが、小林や芦田でさえも、あるときはまるでヒステリー女のごとく、自分の感情にだけ左右され、そのカッとたかぶった気持をどうにも出来ないことのあるのを知っていた。それは彼らの今日までの理性的なものの鍛錬の不足の故と、亨吉には、自分も同じようなものなので、よくわかる気がするのだ。しかし、このときいつもの集会のように高い声が出ず、なごやかに話し合えるのは、ゼネストの一応、勝利の直後で、初対面のものが大部分の故もあり、また若い男女が一緒にいる親和力もあるだろうが、亭吉にはやはり、あや子の肉体から春の泉のように、青年男女をひきつける、一種の動物磁気の、こんこんと湧きあがり、周囲に流れてゆくためと思われた。

あや子は亭吉がきいていると、いかにも開花期の少女らしく甘い、生活力に溢れた声でこんなふうな話をしていた。「この協議会ができるまでは、うちの組合なんかでも、男のひとたちと、どうも、うまくゆかないところもあったんです。口の先でだけ、男女同権だなんていっていても、女はいつも、組合のなかで、煙草買いやお掃除やお茶くみばかりさせられていて、形式的にだけ、委員が出ている程度だったんです。そして、女にとって大切な、生理休暇にしろ、育児の問題にしろ、また全然おなじ仕事をしていて、男のひとと賃金が違うというような問題にしろ、また家族手当なぞでも、同じ扶養家族を持っていて男のひととハッキリ差別されるなんていう事にしろ、どうかすると、組合の男のひとは、それは婦人部の問題だから、ぼくたちは知らないよって、顔をしているひとたちが多かったんです。また風紀のことでもこれまでは男のひとたちが、表面では、女を、さもきたないものうるさいお喋りの出しゃばりもの扱いに、軽蔑していてその癖、裏では、私たちを珍しい玩具のようにこっそりヘンに遊びたがったり、または淫売婦のひとと同じつもりでお金で遊ぼうとするようなことも多かったんです。ところが、協議会がもたれ、一週間に一度なり、二度きまって、組合の青年男女が顔を合わせ、仲よく相談するという事になると、だんだん、こんなお互いの隔てがなくなり、胸に一物もって異性に接するというようなことが出来なくなったんです。それは女は、まだ男のひとにくらべると、バカなところも、すぐカッとなって、合理的にものの考えられないところも、ヘンにお洒落でお気取のところも、多いのですが、こうやって、女だけでなく、男のひととといっしょにお話をしていると、自分たちのどんなところがいちばんバカかも、ケバケバしいお洒落がどんなにつまらないかも、だんだんわかってゆき、また男のひとたちにみっともないので、カッとすることや、お澄ましも少なくなっちゃったんです。それから男のひとのほうも、今までのように、女をその頭の中だけでしか知らず、女神扱いにするかと思えば、獣扱いにしたりしていたのが、だんだん、ほんとの現実の女の姿がわかってくると、かえって、人間同志としての親しみや理解が生まれてきたんです。風紀のことでもお互がそう珍しくなくなってくると、かえって前よりイヤなことが少なくなってきましたし、その反面に、私なんか見ていても、とても羨ましくなっちゃう理想的な結婚をちゃんとしちゃったひともいるんです」

こうして、あや子がむしろあどけない感じで薄い唇をそらして喋り続けている間に、幾度も、微笑がみんなの唇のへんに浮かぶのだった。そのうち、応援隊のひとたちは、すっかり入浴をすませたようだったが、すると、川口が、亨吉を部屋の片すみに招き、「さっきレポをかえしたから、間もなく、指令がくると思うが、それまで待機していたいので、夕飯の仕度をさせてくれ」といった。そこで亨吉は、事務所におり、山本にこのことを諒解して貰い、まもなく、応援隊の人たちは、鉄道側から、釜や鍋や、薪なぞを借り、ほとんど総がかりの、炊事を始めた。どの青年たちも乏しい食生活の中から大きな無理をし、主食を整えてきたのだろう、米をもってきている者は少なく、たまに持ってきていてもそれに麦や高粱《こうりやん》なぞが混っており、あとはたいてい、小麦や玉蜀黍《とうもろこし》や、配給の食用粉という白い壁土に似た、味のない粉などももってきているものが多かった。

亭吉も一緒に昨夜からこちらに泊りにきている、地区委員会の若い書記といっしょに、階下におりてゆき、水飲場の近くで、飯盒炊事の仕度をしていると、あや子が、その後ろを、涼しい風の通るように白いスカートをひるがえし、小走りに行きかきした。

その様子をみていると、彼女はやはり、ただひとりの女性として、粉のとき方や、水加減や、野菜を細く刻むのなぞに、ときどき男たちの相談をうけているようだった。それに彼女は川口たち、自分の会社の青年たちの共同炊事をも、炊事主任のような形で引き受け、釜場に入りこんでいるので、胸をふくらまし、息まで忙しそうだった。亭吉は、その釜場の前を通りすぎながら、釜の横にかがみこみ、しきりに火をいじっている、あや子の白い卵形の横顔を眺めた。その華奢《きゃしゃ》な姿に似合わぬ骨太の手にもカールした黒髪の乱れほつれた額にも、ところどころに真黒な煤がついたのにもかまわす、ちんまりした小鼻に汗をかき、懸命な姿が哀れなほど可憐だった。さっき、「女はいつも掃除やお茶汲みばかりさせられる」と、少し不満そうにいっていた彼女が、ここではやはり、炊事は女の天職といった不動の面がまえになっていた。古い考えのひとたちは、それが当然で、それだけが過去から未来にかけ、女の動かない美しさというかもしれない。しかし、亭吉には、これが矛盾をふくんだ現実のひとつの姿とみえ、その現実を頭のなかだけで否定しないで、ちゃんと喜んで愛情的に受け入れながら、しかも、その矛盾をなくすため、働いている、この少女の姿が、それ故に、動いている未来にひろがってゆく美しさだと思えた。つまり沢山の無駄な時間や人手のかかる炊事も、それ以外に方法がなければ、誰かがやらなければならない。それをこの少女は一方ではだまって犠牲的に引き受けながら、一方では、その無駄をなくすため、苦痛や辛労も多い、政治運動と労働運動にたゆまぬ努力を続けている。その両面の姿がその瞬間の亨吉に、二重写真の立体像のようなはっきりとした映像を与え、眺めて通りすぎるのに、強い感動と喜びをひき起した。しかし亨吉は、その後で食事のとき、男たちが「お茶が欲しいな」といっただけで、あや子がスッと腰をあげいそいそ走ってゆく姿をみて、思わず苦笑した。炊事していたあや子の姿もただ一概に、美しいとのみいわれぬ気もした。お茶といわれただけで、女のひとの腰が無意識にスッとあがるのを喜ぶのは、やはり男の伝統的なエゴイズムとも、人間の生活感情が、理論意識より一足ずつ遅れているる故ともおもわれた。

食事のすんだあと、亨吉は、川口やあや子と、部屋の一隅で、いろいろお互の地区の事情なぞ、話しあった。その頃、亨吉の地区では、経営細胞が多くて十人内外という弱さだったので、百人前後の経営細胞がざらだという、川口たちの強い地区の話をきくのが、とても参考になった。また亨吉は十七、八にみえた、お河童頭のあや子が二十二歳ときき、少し驚いた。あや子は戦争中、その母校の女学校から、熱心な学徒挺身隊員として、当時、軍需工場だった、いまの会社に派遣され、戦争末期に卒業したが、そのとき、会社側から望まれ正式に原価計算係としていまの会社に入社し、終戦後、党が再建されてから間もなく入党した。平凡な勤め人の中流家庭に育った彼女ははじめは理論的になにもわからなかったし、川口たちから笑われるほど、恥しがり屋の少女だったが、三月ほど党学校に通ってから、また半年ほど青共班の責任者になってから、見違えるほど立派になった。しかしその本質はごく平凡な娘さんですというのが、あや子にときどきにらまれながら、川口の亨吉に語った、あや子の略歴だった。

こうして、亭吉たちが笑声を混えながら、仲よく話しあっているときもう真暗になった戸外から、あわただしく靴音を響かせ、階段を駆けあがってきたものがあった。「伝令、伝令です」という、そのかん高い少年らしい声は、K県の共闘からのレポがきてくれたものと思われたが、あまりにも戦争ごっこじみた異常さがあるので、亭吉は一瞬、背筋に冷たいものを感じた。しかし、あや子は躍り上ってかけだしてゆき、その十五、六の少年工と思われるレポーターを、「この方が、共闘の委員長さんよ」といいながら、亭吉のまえに連れてきた。そのとき、あや子もまたソプラノのかん高い声をだしたので、その二階にい合わせた、応援隊も、鉄道員も、地区共闘も、同志たちも、みんなが黒山のように、その場に集まってきて亭吉と少年をとりかこんだ。亭吉はその少年が、「これがレポです」と肩をぜいぜい上げ下げしながら差しだした、一通の封書を、考える余裕もなく、その場ですぐに封を切った。中の紙片《かみきれ》には、前にあや子に手紙をことづけた、例の地方委員のサインがしてあり、「今日の争議の解決は、鉄道側の委員たちの一部が、監禁されたうえ、デッチあげられたものだから、正式なものとは認められぬ。断乎ゼネストを決行せよ」という意味のことが書いてあった。亭吉はこの手紙にも、不自然なものを感じ、一種の悪感を覚えたが、横からのぞきこんでいたあや子は、「しめた。皆さん、ゼネスト決行よ」とかん高く叫び「キッと、こうなると思っていたわ。あァ嬉しい。万歳だわ」と歌うようにいったので、黒山のように亭吉たちをとりまいていた人々の顔に、さっと不安な色の流れたのもあれば、思わず嬉しそうな表情が浮かんだのもあって、それぞれが亭吉に、「どうしたんです」とか「もっと大声でレポを読んで下さい」とか呼びかけてきた。

亨吉には、さっき、職場大会のとき、山本をはじめ、演壇にあがった、亨吉を除く指導者たちから、「争議は勝った、おめでとう」ときかされ、嬉しそうに拍手していた、従業員の顔が思い浮かんだ。その人たちを、この紙片一枚で動かすことはとても困難な気がする。しかし、あの協定が正式のものでなければ、争議は断行せねばならぬ、それがその人たちの利益を守ることにもなる。だがこのレポの内容は、党の陰謀と、誤解されそうなものもあると、一瞬、亨吉が明確な判断をかき、すこぶる躊躇している間に、あや子はまた勇ましく、それこそジャンヌ・ダルクの如く、亨吉の先に立ち「坂本さん、早く、さあ早く、闘争本部にゆきましょう」とお河童頭をふりたて颯爽と叫ぶから、亨吉もそのヴィタフォスともいえる強烈なアクセントに、ずるずると幻惑され（とにかく戦うことが大切だという）後先かまわぬ一本鎗の気持になり、あや子といっしょに、下の組合事務所まで駆けつけていった。

　とくに、あや子のような花やかな少女が、威勢よく飛びこんでいったから、事務所で、ゼネスト解決後の善後策を協議していた、山本や委員たちはびっくりしたらしい。亨吉は自分でも少しキツい顔になっているのを意識しながら、山本の机のそばにゆき、そのレポの内容を伝えた。あや子もそのとき、例の非合法風な眼を、いっそう、鋭く、きゅっと吊りあげ、山本をにらむような表情で亨吉の横にたっていた。その時ほかの委員たちが近づいてきて、亨吉の手にしたK県共闘のレポをのぞきこみながら「ほんとかな、これは」と不安そうな声でささやきあうと、あや子は、亨吉もひやりとした程の冷たい表情に堅い声で、「向こうの共闘の責任者のサインがありますもの、確実ですわ」といい放った。だが亨吉には、それが混乱のなかに、挑発者《プロボカートル》のふりまいたデマの一種に利用されたのかもしれぬ、という気もした。大衆の要求や納得なしに、共産党員だけが、ゼネストを強制すれば、それはかえって、反動政府や、保守勢力の思うままになることだという気もした。それで亨吉は、彼の前に、急におびやかされ幾らか青い顔になり、呆然と、あや子をみている山本に向い「私もこの情報だけでは確実といいきれませんから、もう一度こっちからレポを出します。そして、これがいよいよ確実ときまったら、どうします」とあや子に対するジェスチュアから、こう問い質すと、芯のしっかりした感じの山本は「そうなったら、この機関区だけでも汽車をとめます」とその青い顔のままではっきりいった。

そこで、亨吉は、あや子を連れ、二階の共闘本部に戻りながら「もっと確実な情報がくるまで、あまり騒がないように」と彼女に注意した。亨吉は、その少女が小さな朱唇をぽっと丸くあけ、むしろ頼りなげに素直にうなずくのをみながら、空想的なフェミニストの自分があまりこの少女に好意をもち、信頼しすぎ、彼女の気持にひきずられて、大きな失敗をしたように思った。その少年のもってきた短かい不確実な情報は握りつぶしておいてもっと確実な詳細な情報を送れ、といってやればよかったと思った。それで亨吉は二階にあがってから、川口やあや子と相談し、K県共斗への手紙を書き、それには簡単にこちらの様子を知らせ（あれだけの情報では一度きまったこちらの大勢を再び動かすのは困難だから、もっと具体的で確実詳細な情報を送ってくれ）と依頼し、レポの少年にそれをすぐ持たせ、帰って貰った。そのとき、時間は七時ごろで、レポがいくら早く往復しても、帰ってくるのは、九時すぎになるだろうと思われた。その間に亨吉は、こちらの同志たちの考えをまとめておきたいと思い、応援隊の同志や、こちらの地区の同志たち、十人ばかりと、部屋の片隅にゆき、臨時のフラクション〔小グループ〕会議を開いた。その席上で、あや子は考えが混乱しているらしく、ほとんど喋らなかったが、それでいて一度決意したごとく、その小さい紅唇をひらくと「共産党員であるためには、どんな中間的立場も妥協も許されない。どこまでもゼネストを断行させ、明後日にでも、権力を握れば、その翌日から共産主義が実施されるだろう」というような、あの一八七四年に、エンゲルスから「それは自分の待ち遠しさを理論的確証として持ちだす、子供らしさ」と笑われた、コンミュンブランキストじみた意見を、例のかわいらしいこわい顔でのべ立てるのだった。さすがに川口は亨吉と一緒に、そのあや子の極左的な理論を間違っているとしきりに訂正していた。亨吉は、「まず、いまの客観的情勢に、共産主義を指針として判断することが大切だ、自分の希望をそのまま闘争にあてはめてはいけない。ことに平和革命への路を、党が選ぼうとしているとき、党が暴動とか、陰謀をたくらんでいるような感じを、一般大衆に印象づけることは、絶対にいけないと思う」といった。亨吉には、さっき自分のレポの受けとり方が、あや子の美しい激情に幻惑され、そんな点で、大きな失敗をしたと思われた。

ところで、亨吉はそのあとで、再びそんな会議を、党員たちだけが、そうした場所で秘密っぽく持ったことも、自分の失敗だと思い知らされることになった。それは、その会議のさいちゅう、用事があって階下におりていった地区の同志のひとりが、帰りしなに、階段ののぼり口で、応援隊の党員でない、普通の青年たちが、次のようなこそこそ話をしていたと、亨吉に告げたことからだった。「だから、俺は共産党の野郎どもが気に食わねえ。もう、あんなところで、秘密会議をしていやがる」とひとりがいえば、もうひとりが合槌をうち、「奴らはなんだ。一揆《いっき》でも起すつもりでいるんじゃねぇか」といったそうだ。その話を亨吉に伝えた若い同志は、「まだまだ、大衆の意識は低いですねえ」と嘆くようにいったが、亨吉には（大衆の意識の低いのはむしろ当然で、それを責める前に、そんなふうに秘密っぽく会議をもった自分たちこそ責められなければならぬ）と思われた。その会議には、大衆に秘密にしなければならぬ問題はなにもなかった。亨吉たちは、その日の調停案をお互にもう一度、検討してみて、あや子なぞの異論もあったが、それがいまの情勢では、一応の勝利だということを認め、その勝利を永続させ、確かなものにするためには、共同闘争委員会をもっと拡大強化してゆけばよい、という結論をもっただけだった。だから、その会議は一般のひとに公開しても少しも都合の悪いことはなかった。そうした会議をこそこそやったりするために、無知な人たちから、共産党はロシヤの手先、暴力革命の陰謀団、というような誤解をうける、これは、やっぱり自分たちに非合法の殻が、堅くこびりついている故だろう、と亨吉は自分を情けなく思った。

それからまた、しばらくすると、小林が妙な表情をして、亨吉のもとにやってきた。「坂本さん、がっかりしちゃった。あの情報、本当なんですか」「さあ、レポがまだ帰ってこないんで、よくわからないけれど」と亨吉が苦しく答えるのに「とにかくね、あの情報は下の事務所じゃ、だいぶ評判が悪いよ。委員のオッさんたちも、ぼくたちを警戒しだしたしね、さっきは青年部長の長山君も、糸崎さんの話に感心して、明日にも入党したいような事をいっていたのが、あれからすっかり考えこんじゃってね、ぼくたちが話しかけてもろくに返事さえしないんです。がっかりしちゃった」とさも落胆したようにいう。「それなら、君たちでなんとか、その事務所の空気をなごやかにできないかな」「ダメ、ダメ、とんでもない。かえって知らん顔をしていたほうがいいんですよ。オッさん委員たちは、とっても神経過敏になっているから。さっきもおめえは共産党員ずら、あっちへ行ってろ、なんて、どなられちまった。だから、あんまり、うろうろしていないで、事務所のすみにじっとしていますよ」とそれでも、小林は快活に笑ってみせてから、急いで階下におりていった。

ひとしきりすると、まっくらな戸外は音高い、土砂ぶりの雨にかわった。やがて、八時ごろ、一本、下り列車が入ってきたが、レポーターのきた模様もないので、亭吉は下の事務所に、そのごの様子をききに雨の中を走った。すると今の汽車できたものか、事務所には、腕に日東ニュースの白い腕章をまき、傍にカメラと、フィルムを納めたまるく平たいブリキ罐を置いた、新しい客がふたりだけ見えていた。そこに亭吉が入ってゆくと、鉄道の委員たちはいっせいに彼の顔を眺め、気まずい表情で、眼をそらした。亭吉は小林のさっきこぼしたのは、ここだなと思い、事務所の片すみをみると、そこには小林や芦田なぞの若い同志たちが四人ばかり、みんな借りてこられた猫のようなおとなしさで、じっと肩をすぼめ座っているので、亭吉は思わず、苦笑してしまった。山本は亭吉が入ってきたのをみると、わざとらしい大声で、その客たちにむかい、「それじゃあ、なんですか、今晩、この機関区でなにか騒ぎがあるって噂さが、東京でひろまっているのですか」とききいつにもない冷たい眼で、亭吉の顔をすっと撫ぜるようにみた。亭吉はドキリとし、どういう噂かと、その党やゼネストに好意的だと想像していた、進歩的なニュース映画社の出張員とみえるふたりの客の顔をけげんそうに眺めた。するとと、無精髭を濃くはやした、髭達磨《ひげだるま》じみた、人のよさそうなひとりの客が、もじゃもじゃの頭髪をかきながら、「いやあ騒ぎというわけでもありませんが、この機関区はなかなか強いから、今晩、この駅だけでも汽車をとめるかもしれないというような話を東京でちらっと聞きこんだものですから、まあ、ニュースカメラマンの第六感というようなもんです」と山本や亭吉に愛想笑いをしてみせた。

しかし、山本は急にこわい顔になり、「この駅だけで汽車をとめるというような、小児病じみたまねは絶対にしない。そのような噂は誰かためにする者があってのことではなかろうか。とにかく外部の者が暴力的にやるというなら、いざ知らず」と山本はまた亭吉をうさん臭そうにちらっと眺めてから、「組合の内部でそうしたことはぜったいにない、まあせっかくいらしたのに残念ですが、そうしたことはないほうがいいので」と山本はニコリともせず、それを繰り返して力説した。それで亭吉は少し腹が立ったが、そんな山本に愛想笑いしながら、「なにか新しいニュースでも入りませんか」とたずねるのに、山本はそっけなく首をふり「さあ、なんにもないね」と横をむいた。なにかとりつく島もない気持になった亭吉が、それで、今度はふたりの新来客のほうを振り向き「どうです。東京の様子は」なぞいろいろ向こうの様子をきき、その間にも、亭吉たちの他意のない気持を山本たちにほのめかそうと、ちょいちょい「そうですか、平穏ですか、それはいい」なぞと無事泰平を喜ぶ合槌をうっていると、山本がふいにその会話を横どりし「お客さんたち、もうそろそろ、のぼりの終列車ですが」という。すると、客たちは、にわかに困ったという顔になり、「じつは私たち、家がずっと郊外なので、もう東京に帰っても、この雨降りですし、ちょっと困るんですが、どこかこの事務所の片すみにでも置いといて貰えないでしょうか」と頼むのに、山本は苦り切った表情になり、周囲の副組合長なぞを顧りみ

「そいつはどうも弱ったね。宿直室は一杯だし、この事務所には、秘密書類もあるし、まあ内規のようなものがあって。よそのお客さんは」といいかけるのを聞いていて、亭吉にはピンときたものがあった。これは、亭吉たちや応援隊を追いだす前ぶれと思うと、亭吉はカメラマンたちの運命も見届けず、挨拶も、そこそこにして、二階に飛んでかえった。

するとそこには、たった今、入った九時の下りできたという、K県共闘のレポーターがやってきていた。こんどはちゃんとした大人の同志で、その持ってきてくれた情報や、指令は、だいたい、亭吉たちがその前、あんなふうに誤解された、例の会議で見透しをたて、こちらの方針と決めたものに、だいたいの根本方針は同じだった。そこで亭吉は、その情報と指令を、川口から、応援隊の人たちに伝えて貰うように頼むと、あとは、その大雨の中をずぶぬれでやってきてくれたレポーターをかこいながらも、できればみなにすぐ最終の上りで帰って貰いたい、と思っていた。すると、そこにまた、階下から小林がこっそり忍ぶように上ってきて、亭吉を部屋の片すみによび、心配そうな顔で「坂本さん大丈夫ですか」ときく。「なにがさ」「だって、だいぶ、ほかの機関区なぞから、そちらに共同闘争委員会の連中が泊っていないかという電話がかかって来ていますよ。その電話だとなんでもその共同闘争の連中は、みんな共産党員で、今晩、零時を期し丸太ん棒をレールにひき、汽車をとめる暴動をおこす計画だから気をつけろ、なんて注意が来ているようです。だからK駅でも百名ほど来ていた応援隊の連中を、無理矢理みんな追い帰してしまったそうです」「バカだな」と亭吉は苦笑し「考えてもごらんよ。武器もなんにもない、五十人、百人で暴動だなんて、なにができるんだい。それにそんな事をしたら、共産党は恥ずかしい、ただの暴徒以下の存在になるじゃないか。党は大衆と一緒にでなければなにもしない。かりに暴力革命の場合だって、党員だけが武器をとるということは絶対にないんだ。それにいまは平和革命じゃないか、党は大衆のなかの一部分として、切っても切り離せない関係の前衛として、平和に、大衆から愛されながら、革命を遂行してゆくんだもの。小林君までが、そんなこと心配したら困るな。それでオッさんたちが、なにか君たちにひどく当るの」「いいえ」と小林は首をふり「ぼくたちには、なにもいいませんけれどね、なにか、白い眼でみて、ぼくたちに内緒でこっそり話しあっているんです。二階のK県の応援隊にもすぐ帰って貰え。とオッさん連中でいきまいているのが、大分、いますよ」「分った。いますぐ応援隊に帰って貰うから、大丈夫だよ」と、亨吉はそれに安心したという顔で下におりてゆく小林を見送ったあと、応援隊員に話しおわった川口のもとにゆき、大略、下の事務所の面白くない空気を話し、すまないが、すぐ終列車で帰って貰えないかと頼んだ。

するとと川口は顔をしかめ「それは弱っちゃったな。ぼくも薄々感づいていたから、いまも帰ろうと、みんなに相談すると、たいていの連中が、Y駅から、私鉄に乗りかえるんでしょう。どうせ、Y駅で夜明しするなら、この二階がいいっていうので、雨は降っているし、それほどデマがきいているとは思わなかったから、それなら頼んでみるって、安請合しちゃったんだが、そいつは弱ったな」すると、その話を聞いていた、あや子がこの時さっと立ち上り、「それじゃあ、わたし、事務所にいってお願いしてくるわ」とあっさりいい、ひとりでどんどん下に降りてゆこうとするから、亨吉があわてて「待った。君ひとりでいっちゃ、ぶちこわしだ。それじゃ、ぼくたちもいって頼んでみよう」と（泊めて貰えぬことで）共同闘争の印象が応援隊の人たちにも悪くなるのをおそれた彼は、川口にあや子をつれ、また雨の中を、事務所に走っていった。すると、その入口にぼんやりした顔の芦田がたっていた。「おや、芦田君」と亨吉がこんな時だけに親愛の気持をよせ、肩を叩こうとするのに、芦田までがこの時は冷たい表情に白い眼で、ちょっと亨吉をみたまま、黙って、雨のなかに走っていったから、亨吉はぞっとするほど淋しい気持になった。

この調子ではおそらくオッさんたちの説得も、駄目かと思いながら、亨吉が三人で、事務所のなかに入ってゆくと、案の定、その人たちの顔色はけわしかった。そして初めに、亨吉や川口がどんなに頼んでも、山本は「坂本さんも御承知のように、映画会社のひとでももっと遠くにゆく人たちでさえいま帰って貰ったのだから」といい、てんで、初めから、受け付けようとはしなかった。山本のいい分だと、建物のなかは火の用心が悪い、事務所には重要物件がある、構内には貴重品があると、応援隊の連中をしまいには泥棒扱いにしかねない様子で、少しでも早く帰ってくれというので、亨吉は困りぬいてしまった。すると横から、川口が「それでは、どこか、このへんに宿屋とか、小学校とか、お寺はありませんか」というのに、この組合でただひとりの自由党員だという或る年輩の男が「なんなら、俺が世話してやろうか」と胸に一物ありげな表情でいいだした。亨吉は、オヤと思いながらも、溺れる者は藁の気持で「すみません、ぜひ」と頼むと、「そのかわり、少し遠いが承知かね」「どのくらい」「さあ、ここから一里はあるかな。大きなお寺だが」川口が「ワア」と驚いた声をだし、「それはちょっと困る。もっと近いところはありませんか」「どのくらい近ければいいんだね」とすぐに、その自由党員の声はけわしかった。川口がそれにも気づかず「傘なしでも、あまりぬれないですむところが」「なんだって」と鸚鵡返しに自由党員は、本気で怒鳴りだしていた。「こんな雨で、ぬれないですむところといえば構内じゃないか。どうして、君たちはそんなに構内に泊りたいんだ。なぜ、そんなに泊りたいか、こっちにゃちゃんとわかっているんだ。だから、おらあ、共産党の奴がでえっ嫌えだ」と額に青筋を立て、眼をとがらせ、怖い声になってゆくのに、みんな無気味にしんと静まり返っていると、ひとしきり、戸外の雨音ばかりが高かったが、そのなかで突然、少女の悲しげにすすりなく声がきこえてきた。ざんざ降りの雨音のなかに、その声はやさしい笛の音のように甘く、しみじみとやるせない調べで、亨吉の胸をうった。あや子はしかし、すぐ顔を押さえていた両掌を放すと、きつく吊りあがった三角眼から、今はホロホロと涙のこぼれおちる、優しい柔軟な表情にかわった眼を、そのまま山本にひたと密着させ、「みんな、同じ労働者のくせに、どうして、こんなに意地悪なんでしょう。わたしたちは、こちらが手不足だときいて、みんなでお手伝いしに来たのよ。それをこの雨のなかに、一里も遠方のところまで、傘もなしに追いやろうなんて、あんまり、ひどいわ。いま二階に来ている応援隊のなかには、共産党のひとは十人もいないのよ。あとはたいてい共産党もよく知らない、こわいものに思っている、意識の低い人たちが多いいんです。そんな人たちでも、今日、皆さんの応援をするんだときいて、とても喜んで遠くから足りない食糧まで掻き集めてやってきたんです。働く人たちの団結を嬉しがっているんです。そんな人たちを今、その方のいわれたように、一里も雨の中をひきずり歩かせるひどい扱いをしたら、もうこれからは、共同闘争なんて、真っ平だっていいだしますよ。いま来ているひとは四、五十人でも、みんながそれを自分たちの会社に帰って喋れば、わたしたちの地区だけでも、共同闘争なんて詰らないという労働者が一杯ふえますわよ。同じ仲間だなんて嘘の皮だ。応援にきた仲間を雨の中に追いだした、ああひどい、労働者の兄弟だ、なんて」とそこであや子は激情に堪りかねたように、また大急ぎで、両手で顔をかくすと、声をあげる幼ない泣き方で、オイオイと泣きだした。

すると、これに瞼の熱くなった亨吉は、山本たちの眼の色がやはりうるんできたのをみたように思った。自由党員もなにか具合悪そうな顔で、下を向いてしまった。山本はそこで思い直したらしく、机に手をついて立ち上ると、きっぱりと、感動に緊張した声で、「いや、よく分りました。これは本当に、私たちが悪かった。なにもおかまいは出来ませんが、どうぞ、今晩はごゆっくりと、あの二階をお使い下さい。あとで私も、一度、みなさんにお礼を申し上げにお伺いしますから」といいきれば、誰ももはやそれに異議をさしはさむものはなかった。すると少女は急に、いま泣いた烏が、もう笑ったという具合で、その涙に汚れた白い顔を上げ、ニコニコ恥かしそうに笑い「すみません。御免なさいね」と腰をあげ、山本に向かい、女学生ふうな素朴なお辞儀をぴょこりとしたから、事務所はたちまち和気藹々の笑い声さえ起った。

亨吉も嬉しく、そこで川口と、鉄道の委員たちに礼をのべてから、また三人で、雨の中を、二階に走って帰った。そして川口はみんなを集め、今晩はそこの二階の机やベンチを利用して寝ることになりましたからと伝えた。すると応援隊の青年たちは、そんないざこざがあったとはちっとも知らない顔で、いまから寝てしまうのはまだ早いといいだし、ベンチを何列にも重ね、方形に並べると、その真中に、ひとり音頭取がとびだし、まずにぎやかな合唱が始まった。亨吉はそのひょうきんな口をきく、コンダクト棒をふる、手つきの鮮やかな音頭取が、さっき会議に加わった無口な同志なのをみて、意外とも、また嬉しいとも思った。始めには、亭吉が下の連中を刺激しないかと内心、心配したほど、元気な大声で、みんなは「アカハタ」や「インターナショナル」を上手に合唱していたが、それがだんだん崩れて「不二の白雪」や「小原節」に代っていった。そのうち、音頭取が交代し、背の低い、エノケンに似たひとりの労働者がとびだすと「ええ、堅い歌ばかりでは面白くありません。ひとつ、ぐうっとくだけて」と握り拳を下からもちあげる、たいへん下品なジェスチュアで、みんなを笑わせてから、いきなり「娘さん、膝をくずして針仕事」という、例の卑猥な歌を先に立ってうたい始めた。

亭吉はそれに顔をしかめるほどの清教徒でもない、みんなと一緒にワアワア笑いながら歌っていたが、ふと、あや子はどんな顔をしているかと気になり、すぐ横に坐っていた彼女を眺めるのに、その「マックロケノケ」という歌の意味がよくわからないらしい笑い顔で、ただそのみんなの雰囲気に溶けあったようにニコニコしていた。そのうちエノケンに似た労働者は、数え唄で、「ひとの娘とどうとかするときは」というような、もっと下品な歌を歌いはじめ、それにかなり露骨なジェスチュアを入れだした。これには亭吉もすこし参って、もう一度、あや子をみると、彼女は、亭吉がびっくりしたほど狼狽した赤い顔になり、「アラ、アラ、アラ」とつぶやきながら、身もだえして、机に顔をおしつけつっ伏してしまった。しかし、みんなはすぐ、下品な歌のしつこく続くのにも倦きた様子で、こんどはひとりひとりのかくし芸が始まった。それには浪花節に流行歌、声色やかけあい万才、と、亭吉がみんなの器用なのに感心してしまう程、いろんな芸がとびだした。そのうち彼はいつの間にか、下の事務所の、鉄道の委員たちもやってきて、その辺のベンチに、いっしょに坐り、面白そうに聞いているのに気づいて、心から嬉しく思った。
そうして、やがて、山本もやってきて、みんなから所望されるまま、いかにも酒のみらしい磊落《らいらく》でおけさ節を歌ったし、すこしどもる癖のある小林も自分からとびだし、見事な美声で、「りんごの気持はよくわかる」という流行歌を歌った。そのうち誰かが、あや子を指名すると彼女も悪びれずに、すぐたちあがり、満場の拍手喝采を浴びながら、「さくら、さくら、弥生の花は」という、ひどく古風な歌を、とても上手に歌った。亨吉は瞼をつむって、その少女の肉感のあまく流れる歌声をきいているうち、またふっと瞼のうちが熱くなるのだった。

その翌朝、雨もあがり、白々と明るく朝の光りのさしてくる窓際で、亨吉は、長い机のうえに、両手を胸の上にくみ、すんなりと伸びた両脚をぴっちりと合わせ、行儀よく眠っている、睫の長い少女の寝顔をつくづくと眺めた。その豊かな胸の幼ない膨みが、健康そうに、息づいているのも、その丸い、心持、紅をさしたような白い頬の生毛が、かすかに朝の光線に光っているのも、限りなく清潔な感動を亨吉の胸に与えるものがあった。その感動は、老いを感じるほど疲れ切っていた亨吉に、ある慰めと力を与えるのだった。世界をたえず明るいほうに押し流してゆくものは、こうした青年少女たちの清新な生命力のようにも思われ、その優しく美しい少女の寝顔に、亨吉はいまの共産党に欠くことのできない一つの象徴のようなものさえ感じた。

北條民雄

いのちの初夜

北條民雄 ほうじょう たみお

大正三―昭和十二年（一九一四―三七）朝鮮京城（現ソウル）出身、徳島で育つ。東村山の全生病院入院後、川端康成に師事。川端の仲介で『文学界』に発表した第二作「いのちの初夜」（一九三六）が評判となる。創作に全身全霊で打ち込む中、結核を病み夭折。川端は北條の死に取材した短篇「寒風」（一九四一―四二）を遺している。

北條民雄の作は、実はその英光が太宰に宛てた書簡中で深い敬意を表しているのを知り、それで手をだしてみたものだ。

『いのちの初夜』については、多分読後の思いや、またその感想を安易に語るに或るためらいを抱くのは誰しも共通する感覚であろう。一方、人間みな必ず死ぬ運命にある基本的なことを思い出せば、この作にちと疑問を持ってしまう点もまた同様である。＊＊＊

駅を出て二十分ほども雑木林の中を歩くともう病院の生垣が見え始めるが、それでもその間には谷のように低まった処や、小高い山のだらだら坂などがあって人家らしいものは一軒も見当たらなかった。東京からわずか二十マイルそこその処であるが、奥山へはいったような静けさと、人里離れた気配があった。

梅雨期にはいるちょっと前で、トランクを提げて歩いている尾田は、十分もたたぬ間にはやじっとり肌が汗ばんで来るのを覚えた。ずいぶん辺鄙《へんぴ》な処なんだなあと思いながら、人気の無いのを幸い、今まで眼深にかぶっていた帽子をずり上げて、木立を透かして遠くを眺めた。見渡す限り青葉で覆われた武蔵野で、その中にぽつんぽつんと蹲《うずくま》っている藁《わら》屋根が何となく原始的な寂寥《せきりょう》を忍ばせていた。まだ蟬の声も聞こえぬ静まった中を、尾田はぽくぽくと歩きながら、これから後自分はいったいどうなって行くのであろうかと、不安でならなかった。真黒い渦巻の中へ、知らず識らず墜ち込んで行くのではあるまいか、今こうして黙々と病院へ向かって歩くのが、自分にとっていちばん適切な方法なのだろうか、それ以外に生きる道はないのであろうか、そういう考えが後から後からと突き上がって来て、彼はちょっと足を停めて林の梢を眺めた。やっぱり今死んだ方が良いのかもしれない。梢には傾き初めた太陽の光線が若葉の上を流れていた。明るい午後であった。

病気の宣告を受けてからもう半年を過ぎるのであるが、その間に、公園を歩いている時でも街路を歩いている時でも、樹木を見ると必ず枝ぶりを気にする習慣がついてしまった。その枝の高さや、太さなどを目算して、この枝は細すぎて自分の体重を支えきれないとか、この枝は高すぎて登るのに大変だなどという風に、時には我を忘れて考えるのだった。木の枝ばかりでなく、薬局の前を通れば幾つも睡眠剤の名前を想い出して、眠っているように安楽往生をしている自分の姿を思い描き、汽車電車を見るとその下で悲惨な死を遂げている自分を思い描くようになっていた。けれどこういう風に日夜死を考え、それがひどくなって行けば行くほど、ますます死にきれなくなって行く自分を発見するばかりだった。今も尾田は林の梢を見上げて枝の具合を眺めたのだったが、すぐ貌《かお》をしかめて黙々と歩き出した。いったい俺は死にたいのだろうか、生きたいのだろうか、俺に死ぬ気が本当にあるのだろうか、ないのだろうか、と自ら質《ただ》してみるのだったが、結局どっちとも判断のつかないまま、ぐんぐん歩を早めていることだけが明瞭に判るのだった。死のうとしている自分の姿が、一度心の中にはいって来ると、どうしても死にきれない、人間はこういう宿命を有《も》っているのだろうか。

二日前、病院へはいることが定《き》まると、急にもう一度試してみたくなって江の島まで出かけて行った。今度死ねなければどんな処へでも行こう、そう決心すると、うまく死ねそうに思われて、いそいそと出かけて行ったのだったが、岩の上に群がっている小学生の姿や、茫漠と煙った海原に降り注いでいる太陽の明るさなどを見ていると、死などを考えている自分がひどく馬鹿げて来るのだった。これではいけないと思って、両眼を閉じ、なんにも見えない間に飛び込むのがいちばん良いと岩頭に立つと急に助けられそうに思われて仕様がないのだった。助けられたのでは何にもならない、けれど今の自分はとにかく飛び込むという事実がいちばん大切なのだ、と思い返して波の方へ体を曲げかけると、「今」俺は死ぬのだろうかと思い出した。「今」どうして俺は死なねばならんのだろう、「今」がどうして俺の死ぬ時なんだろう、すると「今」死ななくても良いような気がして来るのだった。そこで買って来たウイスキーを一本、やけにたいらげたが少しも酔いが廻って来ず、なんとなく滑稽な気がし出してからからと笑ったが、赤い蟹が足もとに這って来るのを滅茶に踏み殺すと急にどっと瞼が熱くなって来たのだった。非常に真剣な瞬間でありながら、油が水の中へはいったように、その真剣さと心が遊離してしまうのだった。そして東京に向かって電車が動き出すと、また絶望と自嘲が蘇えって来て、暗憺たる気持になったのであるが、もうすでに時は遅かった。どうしても死にきれない、この事実の前に彼は項垂《うなだ》れてしまうよりほかにないのだった。

一時も早く目的地に着いて自分を決定するほかに道はない。尾田はそう考えながら背の高い柊《ひいらぎ》の垣根に沿って歩いて行った。正門まで出るにはこの垣をぐるりと一巡りしなければならなかった。彼はときどき立ち止まって、額を垣に押しつけて院内を覗いた。おそらくは患者たちの手で作られているのであろう、水々しい蔬菜《そさい》類の青葉が眼の届かぬかなたまでも続いていた。患者の住んでいる家はどこに在るのかと注意して見たが、一軒も見当たらなかった。遠くまで続いたその菜園の果てに、森のように深い木立が見え、その木立の中に太い煙突が一本大空に向かって黒煙を吐き出していた。患者の生活もそのあたりにあるのであろう。煙突は一流の工場にでもあるような立派なもので、尾田は、病院にどうしてあんな巨《おお》きな煙突が必要なのか、怪しんだ。あるいは焼き場の煙突かもしれぬと思うと、これから行く先が地獄のように思われて来た。こういう大きな病院のことだから、毎日夥《おびただ》しい死人があるのであろう、それであんな煙突も必要なのに違いないと思うと、にわかに足の力が抜けて行った。だが歩くに連れて展開して行く院内の風景が、また徐々に彼の気持を明るくして行った。菜園と並んで、四角に区切られた苺畑が見え、その横には模型を見るように整然と組み合わされた葡萄棚が、梨の棚と向かい合って見事に立体的な調和を示していた。これも患者たちが作っているのであろうか、今まで濁ったような東京に住んでいた彼は、思わず素晴らしいものだと呟いて、これは意想外に院内は平和なのかもしれぬと思った。

道は垣根に沿って一間くらいの幅があり、垣根の反対側の雑木林の若葉が、暗いまでに被《かぶ》さっていた。彼が院内を覗きのぞきしながら、ちょうど梨畑の横まで来た時、おおかたこの近所の百姓とも思われる若い男が二人、こっちへ向いて歩いて来るのが見え出した。彼らは尾田と同じように院内を覗いては何か話し合っていた。尾田は嫌な処で人に会ってしまったと思いながら、ずり上げてあった帽子を再び深く被ると、下を向いて歩き出した。尾田は病気のために片方の眉毛がすっかり薄くなっており、代わりに眉墨が塗ってあった。彼らは近くまで来ると急に話をぱたりとやめ、トランクを提げた尾田の姿を、好奇心に充ちた眼差しで眺めて通り過ぎた。尾田は黙々と下を向いていたが、彼らの眼差しを明瞭に心に感じ、この近所の者であるなら、こうして入院する患者の姿をもう幾度も見ているに相違ないと思うと、屈辱にも似たものがひしひしと心に迫って来るのだった。

彼らの姿が見えなくなると、尾田はそこへトランクを置いて腰を下ろした。こんな病院へはいらなければ生を完うすることのできぬ惨めさに、彼の気持は再び曇った。眼を上げると首を吊すに適当な枝は幾本でも眼についた。この機会にやらなければいつになってもやれないに違いない、あたりを一わたり眺めて見たが、人の気配はなかった。彼は眸《ひとみ》を鋭く光らせると、にやりと笑って、よし今だと呟いた。急に心が浮きうきして、こんな所で突然やれそうになって来たのを面白く思った。綱はバンドがあれば充分である。心臓の鼓動が高まって来るのを覚えながら、彼は立ち上がってバンドに手を掛けた。その時突然、激しい笑う声が院内から聞こえて来たので、ぎょっとして声の方を見ると、垣の内側を若い女が二人、何か楽しそうに話し合いながら葡萄棚の方へ行くのだった。見られたかな、と思ったが、始めて見る院内の女だったので、急に好奇心が出て来て、急いでトランクを提げると何喰わぬ顔で歩き出した。横目を使って覗いて見ると、二人とも同じ棒縞の筒袖を着、白い前掛が背後から見る尾田の眼にもひらひらと映った。貌形《かおかたち》の見えぬことに、ちょっと失望したが、後ろ姿はなかなか立派なもので、頭髪も黒々と厚いのが無造作に束ねられてあった。無論患者に相違あるまいが、どこ一つとして患者らしい醜悪さがないのを見ると、何故ともなく尾田はほっと安心した。なお熱心に眺めていると、彼女らはずんずん進んで行って、ときどき棚に腕を伸ばし、房々と実ったころのことでも思っているのか、葡萄を採るような手付をしては、顔を見合せてどっと笑うのだった。やがて葡萄畑を抜けると、彼女らは青々と繁った菜園の中へはいって行ったが、急に一人がさっと駈け出した。後の一人は腰を折って笑い、駈けて行く相手を見ていたが、これもまた後を追ってばたばたと駈け出した。鬼ごっこでもするように二人は、尾田の方へ横貌《よこがお》をちらちら見せながら、小さくなって行くと、やがて煙突の下の深まった木立の中へ消えて行った。

尾田はほっと息を抜いて女の消えた一点から眼を外《そ》らすと、とにかく入院しようと決心した。

すべてが普通の病院と様子が異なっていた。受付で尾田が案内を請うと四十くらいの良く肥えた事務員が出て来て、

「君だな、尾田高雄は、ふうむ」

と言って尾田の貌を上から下から眺め廻すのであった。

「まあ懸命に治療するんだね」

無造作にそう言ってポケットから手帳を取り出し、警察でされるような厳密な身許調査を始めるのだった。そしてトランクの中の書籍の名前まで一つひとつ書き記されると、まだ二十三の尾田は、激しい屈辱を覚えるとともに、全然一般社会と切り離されているこの病院の内部にどんな意外なものが待ち設けているのかと不安でならなかった。それから事務所の横に建っている小さな家へ連れて行かれると、

「ここでしばらく待っていてください」

と言って引きあげてしまった。後になってこの小さな家が外来患者の診察室であると知った時尾田は喫驚《びっくり》したのであったが、そこには別段診察器具が置かれてある訳でもなく、田舎駅の待合室のように、汚れたベンチが一つ置かれてあるきりであった。窓から外を望むと松栗檜欅《ひのきけやき》などが生え繁っており、それらを透して遠くに垣根が眺められた。尾田はしばらく腰を下ろして待っていたが、なんとなくじっとしていられない思いがし、いっそ今の間に逃げ出してしまおうかと幾度も腰を上

げてみたりした。そこへ医者がぶらりとやって来ると、尾田に帽子を取らせ、ちょっと顔を覗いて、

「ははあん」

と一つ頷くと、もうそれで診察はお終《しま》いだった。もちろん尾田自身でも自ら癩に相違ないとは思っていたのであるが、

「お気の毒だったね」

癩に違いないという意を含めてそう言われた時には、さすがにがっかりして一度に全身の力が抜けて行った。そこへ看護手とも思われる白い上衣をつけた男がやって来ると、

「こちらへ来てください」

と言って先に立って歩き出した。男に従って尾田も歩き出したが、院外にいた時のどことなくニヒリスティクな気持が消えて行くとともに、徐々に地獄の中へでも堕ち込んで行くような恐怖と不安を覚え始めた。生涯取り返しのつかないことをやっているように思われてならないのだった。

「ずいぶん大きな病院ですね」

尾田はだんだん黙っていられない思いがしてきだしてそう訊ねると、

「十万坪」

ぽきっと木の枝を折ったように無愛想な答え方で、男はいっそう歩調を早めて歩くのだった。尾田は取りつく島を失った想いであったが、葉と葉の間に見えがくれする垣根を見ると、

「全治する人もあるのでしょうか」

と知らず識らずの中《うち》に哀願的にすらなって来るのを、腹立たしく思いながら、やはり訊かねばお

れなかった。

「まあ一生懸命に治療してごらんなさい」

男はそう言ってにやりと笑うだけだった。あるいは好意を示した微笑であったかもしれなかったが、尾田には無気味なものに思われた。

二人が着いた所は、大きな病棟の裏側にある風呂場で、すでに若い看護婦が二人で尾田の来るのを待っていた。耳まで被さってしまうような大きなマスクを彼女らはかけていて、それを見ると同時に尾田は、思わず自分の病気を振り返って情けなさが突き上がって来た。

風呂場は病棟と廊下続きで、獣を思わせる嗄《しわが》れ声やどすどすと歩く足音などが入り乱れて聞こえてきた。尾田がそこへトランクを置くと、彼女らはちらりと尾田の貌を見たが、すぐ視線を外らして、

「消毒しますから……」

とマスクの中で言った。一人が浴槽の蓋を取って片手を浸しながら、

「良いお湯ですわ」

はいれと言うのであろう、そう言ってちらと尾田の方を見た。尾田はあたりを見廻したが、脱衣籠もなく、ただ、片隅に薄汚ない蓙《ござ》が一枚敷かれてあるきりで、

「この上に脱げと言うのですか」

と思わず口まで出かかるのをようやく押えたが、激しく胸が波立って来た。もはやどん底に一歩を踏み込んでいる自分の姿を、尾田は明瞭に心に描いたのであった。この汚れた蓙の上で、全身

虱《しらみ》だらけの乞食や、浮浪患者が幾人も着物を脱いだのであろうと考え出すと、この看護婦たちの眼にも、もう自分はそれらの行路病者と同一の姿で映っているに違いないと思われて来て、怒りと悲しみが一度に頭に上るのを感じた。逡巡したが、しかしもうどうしようもない、半ば自棄《やけ》気味で覚悟を定めると、彼は裸になり、湯ぶねの蓋を取った。

「何か薬品でもはいっているのですか」

片手を湯の中に入れながら、さっきの消毒という言葉がひどく気がかりだったので訊いてみた。

「いいえ、ただのお湯ですわ」

良く響く、明るい声であったが、彼女らの眼は、さすがに気の毒そうに尾田を見ていた。尾田はしゃがんでまず手桶に一杯を汲んだが、薄白く濁った湯を見るとまた嫌悪が突き出て来そうなので、彼は眼を閉じ、息をつめて一気にどぼんと飛び込んだ。底の見えない洞穴へでも墜落する思いであった。すると、

「あのう、消毒室へ送る用意をさせて戴きますから――」

と看護婦の一人が言うと、他の一人はもうトランクを開いて調べ出した。どうとも自由にしてくれ、裸になった尾田は、そう思うよりほかになかった。胸まで来る深い湯の中で彼は眼を閉じ、ひそひそと何か話し合いながらトランクを掻き廻している彼女らの声を聞いているだけだった。絶え間なく病棟から流れて来る雑音が、彼女らの声と入り乱れて、団塊になると、頭の上をくるくる廻った。その時ふと彼は故郷の蜜柑の木を思い出した。笠のように枝を厚ぼったく繁らせたその下でよく昼寝をしたことがあったが、その時の印象が、今こうして眼を閉じて物音を聞いている気持と

一脈通ずるものがあるのかもしれなかった。また変な時に思い出したものだと思っていると、

「おあがりになったら、これ、着てください」

と看護婦が言って新しい着物を示した。垣根の外から見た女が着ていたのと同じ棒縞の着物であった。

小学生にでも着せるような袖の軽い着物を、風呂からあがって着け終わった時には、なんという見窄《みすぼ》らしくも滑稽な姿になったものかと尾田は幾度も首を曲げて自分を見た。

「それではお荷物消毒室へ送りますから――。お金は十一円八十六銭ございました。二、三日の中に金券と換えて差し上げます」

金券、とは初めて聞いた言葉であったが、おそらくはこの病院のみで定められた特殊な金を使わされるのであろうと尾田はすぐ推察したが、初めて尾田の前に露呈した病院の組織の一端を摑み取ると同時に、監獄へ行く罪人のような戦慄を覚えた。だんだん身動きもできなくなるのではあるまいかと不安でならなくなり、親爪をもぎ取られた蟹のようになって行く自分のみじめさを知った。ただ地面をうろうろと這い廻ってばかりいる蟹を彼は思い浮かべて見るのであった。

その時廊下の向こうでどっと挙がる喚声が聞こえて来た。思わず肩を竦《すく》めていると、急にばたばたと駈け出す足音が響いて来た。とたんに風呂場の入口の硝子《ガラス》戸が開くと、腐った梨のような貌がにゅっと出て来た。尾田はあっと小さく叫んで一歩後ずさり、顔からさっと血の引くのを覚えた。奇怪な貌だった。泥のように色艶が全くなく、ちょっとつつけば膿汁《のうじゆう》が飛び出すかと思われるほどぶくぶくと脹らんで、その上に眉毛が一本も生えていないため怪しくも間の抜けたのっぺら棒であ

った。駈け出したためか昂奮した息をふうふう吐きながら、黄色く爛《ただ》れた眼でじろじろと尾田を見るのであった。尾田はますます眉を窄めたが、初めてまざまざと見る同病者だったので、恐る恐るではあるが好奇心を動かせながら、幾度も横目で眺めた。どす黒く腐敗した瓜に鬘《かつら》を被せるとこんな首になろうか、顎にも眉にも毛らしいものは見当たらないのに、頭髪だけは黒々と厚味をもったのが、毎日油をつけるのか、櫛目も正しく左右に分けられていた。顔面とあまり不調和なので、これはひょっとすると狂人かもしれぬと尾田が、無気味なものを覚えつつ注意していると、

「何を騒いでいたの」

と看護婦が訊いた。

「ふふふふふ」

と彼はただ気色の悪い笑い方をしていたが、不意にじろりと尾田を見ると、いきなりぴしゃりと硝子戸を閉めて駈けだしてしまった。

やがてその足音が廊下の果てに消えてしまうと、またこちらへ向かって来るらしい足音がこつこつと聞こえ出した。前のに比べてひどく静かな足音であった。

「佐柄木さんよ」

その音で解るのであろう。彼女らは貌を見合わせて頷き合う風であった。

「ちょっと急がしかったので、遅くなりました」

佐柄木は静かに硝子戸を開けてはいって来ると、まずそう言った。背の高い男で、片方の眼がばかに美しく光っていた。看護手のように白い上衣をつけていたが、一目で患者だと解るほど、病気

は顔面を冒していて、眼も片方は濁っており、そのため美しい方の眼がひどく不調和な感じを尾田に与えた。

「当直なの？」

看護婦が彼の貌を見上げながら訊くと、

「ああ、そう」

と簡単に応えて、

「お疲れになったでしょう」

と尾田の方を眺めた。貌形で年齢の判断は困難だったが、その言葉の中には若々しいものが満ちていて、横柄だと思えるほど自信ありげな物の言いぶりであった。

「どうでした、お湯熱くなかったですか」

初めて病院の着物を纏《まと》うた尾田のどことなくちぐはぐな様子を微笑して眺めていた。

「ちょうどよかったわね、尾田さん」

看護婦がそう引き取って尾田を見た。

「ええ」

「病室の方、用意できましたの？」

「ああ、すっかりできました」

と佐柄木が応えると、看護婦は尾田に、

「この方佐柄木さん、あなたがはいる病室の附添いさんですの。解らないことあったら、この方にお訊きなさいね」

　と言って尾田の荷物をぶら提げ、

「では佐柄木さん、よろしくお願いしますわ」

　と言い残して出て行ってしまった。

「僕尾田高雄です、よろしく――」

　と挨拶すると、

「ええ、もう前から存じております。事務所の方から通知がありましたものですから」

　そして、

「まだ大変お軽いようですね、なあに癩病恐れる必要ありませんよ。ははは、ではこちらへいらしてください」

　と廊下の方へ歩き出した。


　木立を透して寮舎や病棟の電燈が見えた。もう十時近い時刻であろう。尾田はさっきから松林の中に佇立《ちょりつ》してそれらの灯《ひ》を眺めていた。悲しいのか不安なのか恐ろしいのか、彼自身でも識別できぬ異常な心の状態だった。佐柄木に連れられて初めてはいった重病室の光景がぐるぐると頭の中を廻転して、鼻の潰れた男や口の歪んだ女や骸骨のように目玉のない男などが眼先にちらついてならなかった。自分もやがてはああ成り果てて行くであろう、膿汁の悪臭にすっかり鈍くなった頭でそういうことを考えた。半ば信じられない、信じることの恐ろしい思いであった。――膿《うみ》がしみ込んで黄色くなった繃帯《ほうたい》やガーゼが散らばった中で黙々と重病人の世話をしている佐柄木の姿が浮かんで来ると、尾田は首を振って歩き出した。五年間もこの病院で暮らしたと尾田に語った彼は、いったい何を考えて生き続けているのであろう。

尾田を病室の寝台に就かせてからも、佐柄木は急がしく室内を行ったり来たりして立ち働いた。手足の不自由なものには繃帯を巻いてやり便をとってやり、食事の世話すらもしてやるのであった。けれどもその様子を静かに眺めていると、彼がそれらを真剣にやって病人たちをいたわっているのではないと察せられるふしが多かった。それかと言ってつらく当たっているとはもちろん思えないのであるが、何となく傲然《ごうぜん》としているように見受けられた。崩れかかった重病者の股間に首を突っ込んで絆創膏《ばんそうこう》を貼っているような時でも、決していやな貌を見せない彼は、いやな貌になるのを忘れているらしいのであった。初めて見る尾田の眼に異常な姿として映っても、佐柄木にとっては、おそらくは日常事の小さな波の上下であろう。仕事が暇になると尾田の寝室へ来て話すのであったが、彼は決して尾田を慰めようとはしなかった。病院の制度や患者の日常生活について訊くと、静かな調子で説明した。一語も無駄を言うまいと気を配っているような説明の仕方だったが、そのまま文章に移して良いと思われるほど適切な表現で尾田は一つひとつ納得できた。しかし尾田の過去についても病気の具合についても、何一つとして尋ねなかった。また尾田の方から彼の過去を尋ねてみても、彼は笑うばかりで決して語ろうとはしなかった。それでも尾田が、発病するまで学校にいたことを話してからは、急に好意を深めて来たように見えた。

「今まで話相手が少なくて困っておりました」

と言った佐柄木の貌には明らかによろこびが見え、青年同志としての親しみが自ずと芽生えたのであった。だがそれと同時に、今こうして癩者佐柄木と親しくなって行く自分を思い浮かべると尾田は、いうべからざる嫌悪を覚えた。これではいけないと思いつつ本能的に嫌悪が突き上がって来てならないのであった。

佐柄木を思い病室を思い浮かべながら、尾田は暗い松林の中を歩き続けた。どこへ行こうという的《あて》がある訳ではなかった。眼をそ向ける場所すらない病室が耐えられなかったから飛び出して来たのだった。

林を抜けるとすぐ柊の垣にぶつかってしまった。ほとんど無意識的に垣根に縋《すが》ると、力を入れてゆすぶってみた。金を奪われてしまった今はもう逃走することすら許されていないのだった。しかし彼は注意深く垣を乗り越え始めた。どんなことがあってもこの院内から出なければならない。この院内で死んではならないと強く思われたのだった。外に出るとほっと安心し、あたりをいっそう注意しながら雑木林の中へはいって行くと、そろそろと帯を解いた。俺は自殺するのでは決してない。ただ、今死なねばならぬように決定されてしまったのだ、何者が決定したのかそれは知らぬ、がとにかくそうすべて定まってしまったのだと口走るように呟いて、頭上の栗の枝に帯をかけた。風呂場で貰った病院の帯は、縄のようによれよれとなっていて、じっくりと首が締まりそうであった。すると、病院で貰った帯で死ぬことがひどく情けなくなってき出した。しかし帯のことなどどうでも良いではないかと思いかえして、二、三度試みに引っ張ってみると、ぽってりと青葉を着けた枝がゆさゆさと涼しい音をたてた。まだ本気に死ぬ気ではなかったが、とにかく端を結わえてまず首を引っかけてみると、ちょうど具合良くしっくりと頸にかかって、今度は顎を動かせて枝を揺ってみた。枝がかなり太かったので顎ではなかなか揺れず、痛かった。もちろんこれでは低すぎるのであるが、それならどれくらいの高さが良かろうかと考えた。縊死体《いしたい》というのはたいてい一尺くらいも頸が長くなっているものだともう幾度も聞かされたことがあったので、嘘かほんとか解らなかったが、もう一つ上の枝に帯を掛ければ申し分はあるまいと考えた。しかし一尺も頸が長々と伸びてぶら下がっている自分の死状《しにざま》はずいぶん怪しげなものに違いないと思いだすと、浅ましいような気もして来た。どうせここは病院だから、そのうちに手ごろな薬品でもこっそり手に入れてそれからにした方がよほどよいような気がして来た。しかし、と首を掛けたまま、いつでもこういうつまらぬようなことを考え出しては、それに邪魔されて死ねなかったのだと思い、そのつまらぬことこそ自分をここまでずるずると引きずって来た正体なのだと気付いた。それでは——と帯に頸を載せたまま考え込んだ。

その時かさかさと落ち葉を踏んで歩く人の足音が聞こえて来た。これはいけないと頸を引っ込めようとしたとたんに、穿《は》いていた下駄がひっくり返ってしまった。

「しまった」

さすがに仰天して小さく叫んだ。ぐぐッと帯が頸部に食い込んで来た。呼吸もできない。頭に血が上ってガーンと鳴り出した。

死ぬ、死ぬ。

無我夢中で足を藻掻《もが》いた。と、こつり下駄が足先に触れた。

「ああびっくりした」
ようやくゆるんだ帯から首をはずしてほっとしたが、腋《わき》の下や背筋には冷たい汗が出てどきんどきんと心臓が激しかった。いくら不覚のこととはいえ、自殺しようとしている者が、これくらいのことにどうしてびっくりするのだ、この絶好の機会に、と口惜しがりながら、しかしもう一度首を引っ掛けてみる気持は起こって来なかった。

再び垣を乗り越すと、彼は黙々と病棟へ向かって歩き出した。——心と肉体がどうしてこうも分裂するのだろう。だが、俺は、いったい何を考えていたのだろう。俺には心が二つあるのだろうか、俺の気付かないもう一つの心とはいったい何ものだ。二つの心は常に相反するものなのか、ああ、俺はもう永遠に死ねないのではあるまいか、何万年でも、俺は生きていなければならないのか、死というものは、俺には与えられていないのか、俺は、もうどうしたら良いんだ。

だが病棟の間近くまで来ると、悪夢のような室内の光景が蘇って自然と足が停ってしまった。激しい嫌悪が突き上がって来て、どうしても足を動かす気がしないのだった。仕方なく踵《きびす》を返して歩き出したが、再び林の中へはいって行く気にはなれなかった。それでは昼間垣の外から見た果樹園の方へでも行ってみようと二、三歩足を動かせ始めたが、それもまたすぐいやになってしまった。やっぱり病室へ帰る方がいちばん良いように思われて来て、再び踵を返したのだったが、するともうむんむんと膿の臭いが鼻を圧して来て、そこへ立ち停るより仕方がなかった。さてどこへ行ったら良いものかと途方にくれ、とにかくどこかへ行かねばならぬのだが、と心が焦立《いらだ》って来た。あたりは暗く、すぐ近くの病棟の長い廊下の硝子戸が明るく浮き出ているのが見えた。彼はぼんやり佇立したまま森《しん》としたその明るさを眺めていたが、その明るさが妙に白々しく見え出して、だんだん背すじに水を注がれるような凄味を覚え始めた。これはどうしたことだろうと思って大きく眼を瞠《みは》って見たが、ぞくぞくと鬼気は迫って来るいっぽうだった。体が小刻みに顫え出して、全身が凍りついてしまうような寒気がしてき出した。じっとしていられなくなって急いでまた踵を返したが、はたと当惑してしまった。全体俺はどこへ行くつもりなんだ。どこへ行ったら良いんだ、林や果樹園や菜園が俺の行き場でないことだけは明瞭に判っている、そして必然どこかへ行かねばならぬ、それもまた明瞭に判っているのだ。それだのに、

「俺は、どこへ、行きたいんだ」

ただ、漠然とした焦慮に心が煎《い》るるばかりであった。——行き場がないどこへも行き場がない。広野に迷った旅人のように、孤独と不安が犇々《ひしひし》と全身をつつんで来た。熱いものの塊《かたまり》がこみ上げて来て、ひくひくと胸が嗚咽し出したが、不思議に一滴の涙も出ないのだった。

「尾田さん」

不意に呼ぶ佐柄木の声に尾田はどきんと一つ大きな鼓動が打って、ふらふらッと眩暈《めまい》がした。危うく転びそうになる体を、やっと支えたが、咽喉が枯れてしまったように声が出なかった。

「どうしたんですか」

笑っているらしい声で佐柄木は言いながら近寄って来ると、

「どうかしたのですか」

と訊いた。その声で尾田はようやく平常な気持を取り戻し、

「いえちょっとめまいがしまして」

しかし自分でもびっくりするほど、ひっつるように乾いた声だった。

「そうですか」

佐柄木は言葉を切り、何か考える様子だったが、

「とにかく、もう遅いですから、病室へ帰りましょう」

と言って歩きだした。佐柄木のしっかりした足どりに尾田も、何となく安心して従った。


駱駝《らくだ》の背中のように凹凸のひどい寝台で、その上に布団を敷いて患者たちは眠るのだった。尾田が与えられた寝台の端に腰をかけると、佐柄木も黙って尾田の横に腰を下ろした。病人たちはみな寝静まって、ときどき廊下を便所へ歩む人の足音が大きかった。ずらりと並んだ寝台に眠っている病人たちの状《さま》ざまな姿体を、尾田は眺める気力がなく、下を向いたまま、一時も早く布団の中にもぐり込んでしまいたい思いでいっぱいだった。どれもこれも癩《くず》れかかった人々ばかりで人間というよりは呼吸のある泥人形であった。頭や腕に巻いている繃帯も、電光のためか、黒黄色く膿汁がしみ出ているように見えた。佐柄木はあたりを一わたり見廻していたが、

「尾田さん、あなたはこの病人たちを見て、何か不思議な気がしませんか」

と訊くのであった。

「不思議って?」

と尾田は佐柄木の貌を見上げたが、瞬間、あっと叫ぶところであった。佐柄木の美しい方の眼が

いつの間にか抜け去っていて、骸骨のようにそこがぺこんと凹んでいるのだった。あまり不意だったので言葉もなく尾田が混乱していると、

「つまりこの人たちも、そして僕自身をも含めて、生きているのです。このことを、あなたは不思議に思いませんか。奇怪な気がしませんか」

急に片目になった佐柄木の貌は、何か勝手の異なった感じがし、尾田は、錯覚しているのではないかと自分を疑いつつ、恐々《こわごわ》であったが注意して佐柄木を見た。佐柄木は尾田の驚きを察したらしく、つと立ち上がって当直寝台——部屋の中央にあって当直の附添いが寝る寝台——へすたすたと歩いて行ったが、すぐ帰って来て、

「ははは。目玉を入れるのを忘れていました。驚いたですか。さっき洗ったものですから——」

そう言って尾田に掌手《てのひら》に載せた義眼を示した。

「面倒ですよ。目玉の洗濯までせねばならんのでね」

そして佐柄木はまた笑うのであったが、尾田は溜まった唾液《つば》を呑み込むばかりだった。義眼は二枚貝の片方と同じ恰好で、丸まった表面に眼の模様がはいっていた。

「この目玉はこれで三代目なんですよ。初代のやつも二代目も、大きな嚔《くさめ》をした時飛び出しましてね、運悪く石の上だったものですから割れちゃいました」

そんなことを言いながらそれを眼窩へあててもぐもぐとしていたが、

「どうです、生きてるようでしょう」

と言った時には、もうちゃんと元の位置に納まっていた。尾田は物凄い手品でも見ているような

塩梅であっけに取られつつ、もう一度唾液を呑み込んで返事もできなかった。

「尾田さん」

ちょっとの間黙っていたが、今度は何か鋭いものを含めた調子で呼びかけ、

「こうなっても、まだ生きているのですからね、自分ながら、不思議な気がしますよ」

言い終わると急に調子をゆるめて微笑していたが、

「僕、失礼ですけれど、すっかり見ましたよ」と言った。

「ええ？」瞬間解《げ》せぬという風に尾田が反問すると、

「さっきね。林の中でね」

相変わらず微笑して言うのであるが、尾田は、こいつ油断のならぬやつだと思った。

「じゃあすっかり？」

「ええ、すっかり拝見しました。やっぱり死にきれないらしいですね。ははは」

「……………」

「十時が過ぎてもあなたの姿が見えないのでひょっとすると――と思いましたので出かけてみたのです。初めてこの病室へはいった人はたいていそういう気持になりますからね。もう幾人もそういう人にぶつかって来ましたが、まず大部分の人が失敗しますね。そのうちインテリ青年、と言いますか、そういう人は定まってやり損いますね。どういう訳かその説明は何とでもつきましょうが――。すると、林の中にあなたの姿が見えるのでしょう。もちろん大変暗くて良く見えませんでしたが。やっぱりそうかと思って見ていますと、垣を越え出しましたね。さては院外《そと》でやりたいのだ

なと思ったのですが、やはり止《と》める気がしませんのでじっと見ていました。もっとも他人がとめなければ死んでしまうような人は結局死んだ方がいちばん良いし、それに再び起ち上がるものを内部に蓄えているような人は、定まって失敗しますね。蓄えているものに邪魔されて死にきれないらしいのですね。僕思うんですが、意志の大いさは絶望の大いさに正比する、とね。意志のないものに絶望などあろうはずがないじゃありませんか。生きる意志こそ絶望の源泉だと常に思っているのです。しかし下駄がひっくり返ったのですか、あの時はちょっとびっくりしましたよ。あなたはどんな気持がしたですか」

尾田は真面目なのか笑いごとなのか判断がつきかねたが、その太ぶとしい言葉を聞いているうちに、だんだん激しい忿怒《ふんぬ》が湧き出て来て、

「うまく死ねるぞ、と思って安心しました」

と反撥してみたが、

「同時に心臓がどきどきしました」

と正直に白状してしまった。

「ふうむ」

と佐柄木は考え込んだ。

「尾田さん。死ねると安心する心と、心臓がどきどきするというこの矛盾の中間、ギャップの底に、何か意外なものが潜んでいるとは思いませんか」

「まだ一度も探ってみません」

「そうですか」

そこで話を打ち切りにしようと思ったらしく佐柄木は立ち上がったが、また腰を下ろし、

「あなたと初めてお会いした今日、こんなこと言って大変失礼ですけれど」

と優しみを含めた声で前置きをすると、

「尾田さん、僕には、あなたの気持が良く解る気がします。昼間お話しましたが、僕がここへ来たのは五年前です。五年以前のその時の僕の気持を、いや、それ以上の苦悩を、あなたは今味わっていられるのです。ほんとにあなたの気持、良く、解ります。でも、尾田さんきっと生きられますよ。きっと生きる道はありますよ。どこまで行っても人生にはきっと抜け道があると思うのです。もっともっと自己に対して、自らの生命に対して謙虚になりましょう」

意外なことを言い出したので尾田はびっくりして佐柄木の顔を見上げた。半分潰れかかって、それがまたかたまったような佐柄木の顔は、話に力を入れるとひっつったように痙攣《けいれん》して、仄《ほの》暗い電光を受けていっそう凹凸がひどく見えた。佐柄木はしばらく何ごとか深く考え耽っていたが、

「とにかく、癩病に成りきることが何より大切だと思います」

と言った。不敵な面魂《つらだましい》が、その短い言葉に覗かれた。

「まだ入院されたばかりのあなたに大変無慈悲な言葉かもしれません。今の言葉。でも同情するよりは、同情のある慰めよりは、あなたにとっても良いと思うのです。実際、同情ほど愛情から遠いものはありませんからね。それに、こんな潰れかけた同病者の僕がいったいどう慰めたら良いのです。慰めのすぐそこから嘘がばれて行くに定まっているじゃありませんか」

「良く解りました、あなたのおっしゃること」

続けて尾田は言おうとしたが、その時、

「どうじょぐざん」

と嗄れた声が向こう端の寝台から聞こえて来たので口をつぐんだ。佐柄木はさっと立ち上がると、その男の方へ歩んだ。「当直さん」と佐柄木を呼んだのだと初めて尾田は解した。

「なんだい用は」

とぶっきら棒に佐柄木が言った。

「じょうべんがじたい」

「小便だなよしよし。便所へ行くか、シービンにするか、どっちが良いんだ」

「べんじょさいぐ」

佐柄木は馴れきった調子で男を背負い、廊下へ出て行った。背後から見ると、負われた男は二本とも足が無く、膝小僧のあたりに繃帯らしい白いものが覗いていた。

「なんというもの凄い世界だろう。この中で佐柄木は生きると言うのだ。だが、自分はどう生きる態度を定めたら良いのだろう」

発病以来、初めて尾田の心に来た疑問だった。尾田は、しみじみと自分の掌を見、足を見、そして胸に掌をあててまさぐってみるのだった。何もかも奪われてしまって、ただ一つ、生命だけが取り残されたのだった。今さらのようにあたりを眺めて見た。膿汁に煙った空間があり、ずらりと並んだベッドがある。死にかかった重症者がその上に横たわって、他は繃帯でありガーゼであり、義足であり松葉杖であった。山積するそれらの中に今自分は腰かけている。――じっとそれらを眺めているうちに、尾田は、ぬるぬると全身にまつわりついて来る生命を感じるのであった。逃れようとしても逃れられない、それは、鳥黐《とりもち》のようなねばり強さであった。

便所から帰って来た佐柄木は、男を以前のように寝かせてやり、

「ほかに何か用はないか」

と訊きながら布団をかけてやった。もう用はないと男が答えると、佐柄木はまた尾田の寝台に来て、

「ね、尾田さん。新しい出発をしましょう。それには、まず癩に成りきることが必要だと思います」

と言うのであった。便所へ連れて行ってやった男のことなど、もうすっかり忘れているらしく、それが強く尾田の心を打った。佐柄木の心には癩も病院も患者もないのであろう。この崩れかかった男の内部は、我々と全然異なった組織ででき上がっているのであろうか、尾田には少しずつ佐柄木の姿が大きく見え始めるのだった。

「死にきれない、という事実の前に、僕もだんだん屈伏して行きそうです」

と尾田が言うと、

「そうでしょう」

と佐柄木は尾田の顔を注意深く眺め、

「でもあなたは、まだ癩に屈伏していられないでしょう。まだ大変お軽いのですし、実際に言って、

癩に屈伏するのは容易じゃありませんからねえ。けれど一度は屈伏して、しっかりと癩者の眼を持たねばならないと思います。そうでなかったら、新しい勝負は始まりませんからね」

「真剣勝負ですね」

「そうですとも、果し合いのようなものですよ」


月夜のように蒼白く透明である。けれどどこにも月は出ていない、夜なのか昼なのかそれすら解らぬ。ただ蒼白く透明な原野である。その中を尾田は逃げた、逃げた。胸が弾んで呼吸が困難である。だがへたばっては殺される。必死で逃げねばならぬのだ。追手はぐんぐん迫って来る。迫って来る。心臓の響きが頭にまで伝わって来る、足がもつれる。幾度も転びそうになるのだ。追手の鯨波《とき》はもう間近まで寄せて来た。早くどこかへ隠れてしまおう。前を見てあっと棒立ちに竦んでしまう。柊の垣があるのだ。進退全く谷《きわ》まった、喚声はもう耳もとで聞こえる。ふと見ると小さな小川が足もとにある、水のない堀割りだ、夢中で飛び込むと足がずるずると吸い込まれる。しまったと足を抜こうとするとまたずるりと吸い入れられる。はや腰までは沼の中だ。藻掻く、引っ掻く、だが沼は腰から腹、腹から胸へと上って来る一方だ。底のない泥沼だ、身動きもできなくなる。しびれたように足が利かない。眼を白くろさせて喘《あえ》ぐばかりだ。うわああと喚声が頭上でする。あの野郎死んでるくせに逃げ出しやがった。畜生もう逃さんぞ。逃すものか。火炙《あぶ》りだ。捕まえろ。捕まえろ。入り乱れて聞こえて来るのだ。どすどすと凄い足音が地鳴りのように響いて来る。ぞうんと身の毛がよだって脊髄までが凍ってしまうようである。——殺される、殺される。熱い塊が胸の中でごろごろ転がるが一滴の涙も枯れ果ててしまっている。ふと気付くと蜜柑の木の下に立っている。見覚えのある蜜柑の木だ。蕭条《しょうじょう》と雨の降る夕暮れである。いつの間にか菅笠《すげがさ》を被っている。白い着物を着て脚絆《きゃはん》をつけて草鞋《ぞうり》を穿いているのだ。追っ手は遠くで鯨波をあげている。また近寄って来るらしいのだ。蜜柑の根もとに踞《かが》んで息を殺す、とたんに頭上でげらげらと笑う声がする。はっと見上げると佐柄木がいる。恐ろしく巨きな佐柄木だ。いつもの二倍もあるようだ。樹から見下している。癩病が治ってばかに美しい貌なのだ。二本の眉毛も逞《たくま》しく濃い。尾田は思わず自分の眉毛に触ってはっとする。残っているはずの片方も今は無いのだ。驚いて幾度も撫でてみるがやっぱり無い。つるつるになっているのだ。どっと悲しみが突き出て来てぼろぼろと涙が出る。佐柄木はにたりにたりと笑っている。

「お前はまだ癩病だな」

樹上から彼は言うのだ。

「佐柄木さんは、もう癩病がお癒りになられたのですか」

恐る怖る聴いてみる。

「癒ったさ、癩病なんかいつでも癒るね」

「それでは私も癒りましょうか」

「癒らんね。君は。癒らんね。お気の毒じゃよ」

「どうしたら癒るのでしょうか。佐柄木さん。お願いですから、どうか教えてください」

太い眉毛をくねくねと歪めて佐柄木は笑う。

「ね、お願いです。どうか、教えてください。ほんとうにこのとおりです」

両掌を合わせ、腰を折り、お祈りのような文句を口の中で呟く。

「ふん、教えるもんか、教えるもんか。貴様はもう死んでしまったんだからな。死んでしまったんだからな」

そして佐柄木はにたりと笑い、突如、耳の裂けるような声で大喝《だいかつ》した。

「まだ生きてやがるな、まだ、貴、貴様は生きてやがるな」

そしてぎろりと眼をむいた。恐ろしい眼だ。義眼よりも恐ろしいと尾田は思う。逃げようと身構えるがもう遅い。さっと佐柄木が樹上から飛びついて来た。巨人佐柄木に易々《やすやす》と小腋《こわき》に抱えられてしまったのだ。手を振り足を振るが巨人は知らん顔をしている。

「さあ火炙りだ」

と歩き出す。すぐ眼前に物凄い火柱が立っているのだ。炎々たる焔の渦がごおうっと音をたてている。あの火の中へ投げ込まれる。身も世もあらぬ思いでもがく。が及ばない。どうしよう、どうしよう、灼熱した風が吹いて来て貌を撫でる。全身にだらだらと冷汗が流れ出る。佐柄木はゆったりと火柱に進んで行く。投げられまいと佐柄木の胴体にしがみつく。佐柄木は身構えて調子をとり、ゆさりゆさりと揺すぶる。体がゆらいで火炎に近づくたびに焼けた空気が貌を撫でるのだ。尾田は必死で叫ぶのだ。

「ころされるう。こ　ろ　さ　れ　るうー。他人《ひと》にころされるうー」

血の出るような声を搾り出すと、夢の中の尾田の声が、ベッドの上の尾田の耳へはっきり聞こえた。奇妙な瞬間だった。

「ああ夢だった」

全身に冷たい汗をぐっしょりかいて、胸の鼓動が激しかった。他人《ひと》にころされるうーと叫んだ声がまだ耳殻《じかく》にこびりついていた。心は脅えきっていて、布団の中に深く首を押し込んで眼を閉じたままでいると、火柱が眼先にちらついた。再び悪夢の中へ惹きずり込まれて行くような気がし出して眼を開いた。もう幾時ころであろう、病室内は依然として悪臭に満ち、空気はどろんと濁ったまま穴倉のように無気味な静けさであった。胸から股のあたりへかけて、汗がぬるぬるしてい、気色の悪いこと一とおりではなかったが、起き上がることができなかった。しばらく、彼は体をちぢめて蝦《えび》のようにじっとしていた。小便を催しているが、朝まで辛棒しようと思った。とどこからか歔欷《すすりな》きが聞こえて来るので、おやと耳を澄ませると、時に高まり、時に低まりして、袋の中からでも聞こえて来るような声で断続した。唸《うめ》くようなせつなさで、締め殺されるような声であった。高まった時はすぐ枕もとで聞こえるようだったが、低まった時は隣室からでも聞こえるように遠のいた。尾田はそろそろ首をもち上げてみた。ちょっとの間はどこで泣いているのか判らなかったが、それは、彼の真向かいのベッドだった。頭からすっぽり布団を被って、それが幽《かす》かに揺れていた。泣き声を他人に聞かれまいとして、なお激しくしゃくり上げて来るらしかった。

「あっ、ちちちい」

泣き声ばかりではなく、何か激烈な痛みを訴える声が混じっているのに尾田は気付いた。さっきの夢にまだ心は慄《おの》のき続けていたが、泣き声があまりひどいので怪しみながら寝台の上に坐った。

どうしたのか訊いてみようと思って立ち上がったが、当直の佐柄木もいるはずだと思いついたので、再び坐った。首をのばして当直寝台を見ると佐柄木は、腹ばって何か懸命に書き物をしているのだった。泣き声に気付かないのであろうか、尾田は一度声を掛けてみようかと思ったが、当直者が泣き声に気付かぬということはあるまいと思われるとともに、熱心に書いている邪魔をしては悪いとも思ったので、彼は黙って寝衣《ねまき》を更えた。寝衣はもちろん病院からくれたもので、経帷子《かたびら》とそっくりのものだった。

二列の寝台には見るに堪えない重症患者が、文字どおり気息奄々《えんえん》と眠っていた。誰も彼も大きく口を開いて眠っているのは、鼻を冒されて呼吸が困難なためであろう。尾田は心中に寒気を覚えながら、それでもここへ来て初めて彼らの姿を静かに眺めることができた。赤黒くなった坊主頭が弱い電光に鈍く光っていると、次にはてっぺんに大きな絆創膏を貼りつけているのだった。絆創膏の下には大きな穴でもあいているのだろう。そんな頭がずらりと並んでいる恰好は奇妙に滑稽な物凄さだった。尾田のすぐ左隣の男は、擂子木《すりこぎ》のように先の丸まった手をだらりと寝台から垂らしてい、その向かいは若い女で、仰向いている貌は無数の結節で荒れ果てていた。頭髪もほとんど抜け散って、後頭部にちょっとと、左右の側に毛虫でも這っている恰好でちょびちょびと生えているだけで、男なのか女なのか、なかなかに判断が困難だった。暑いのか彼女は足を布団の上にあげ、病的にむっちりと白い腕も袖がまくれて露《あら》わに布団の上に投げていた。惨《むご》たらしくも情慾的な姿だった。

そのうち尾田の注意を惹いたのは、泣いている男の隣で、眉毛と頭髪はついているが、顎はぐいとひん曲がって、仰向いているのに口だけは横向きで、閉じることもできぬのであろう、だらしなく涎《よだれ》が白い糸になって垂れているのだった。年は四十を越えているらしい。寝台の下には義足が二本転がっていた。義足と言ってもトタン板の筒っぽで、先が細まり端に小さな足型がくっついているだけで、玩具のようなものだった。がその次の男に眼を移した時には、さすがに貌を外向《そむ》けねばいられなかった。頭から貌、手足、その他全身が繃帯でぐるぐる巻きにされ、むし暑いのか布団はすっかり踏み落とされて、かろうじて端がベッドにしがみついていた。尾田は息をつめて恐る怖る眼を移すのだったが、全身がぞっと冷たくなって来た。これでも人間と信じて良いのか、陰部まで電光の下にさらして、そこにまで無数の結節が、黒い虫のように点々とできているのだった。もちろん一本の陰毛すらも散り果てているのだ。あそこまで癩菌は容赦なく食い荒らして行くのかと、尾田は身顫いした。こうなってまで、死にきれないのか、と尾田は吐息を初めて抜き、生命の醜悪な根強さが呪わしく思われた。

生きることの恐ろしさを切々と覚えながら、寝台を下りると便所へ出かけた。どうして自分はさっき首を縊《つ》らなかったのか、どうして江ノ島で海へ飛び込んでしまわなかったのか――便所へはいり、強烈な消毒薬を嗅ぐと、ふらふらと目眩《めまい》がした。危うく扉にしがみついた、間髪だった。

「たかお！　高雄」

と呼ぶ声がはっきり聞こえた。はっとあたりを見廻したがもちろん誰もいない。幼い時から聞き覚えのある、誰かの声に相違なかったが誰の声か解らなかった。何かの錯覚に違いないと、尾田は気を静めたが、再びその声が飛びついて来そうでならなかった。小便までが凍ってしまうようで、なかなか出ず、焦りながら用を足すと急いで廊下へ出た。と隣室から来る盲人にばったり出会い、繃帯を巻いた掌ですうっと貌を撫でられた。あっと叫ぶところをかろうじて呑み込んだが、生きた心地はなかった。

「こんばんは」

親しそうな声で盲人はそう言うと、また空間を探りながら便所の中へ消えて行った。

「今晩は」

と尾田も仕方なく挨拶したのだったが、声が顫えてならなかった。

「これこそまさしく化物屋敷だ」

と胸を沈めながら思った。

佐柄木は、まだ書きものに余念もない風であった。こんな真夜中に何を書いているのであろうと尾田は好奇心を興したが、声をかけるのもためらわれて、そのまま寝台に上った。すると、

「尾田さん」

と佐柄木が呼ぶのであった。

「はあ」

と尾田は返して、再びベッドを下りると佐柄木の方へ歩いて行った。

「眠られませんか」

「ええ、変な夢を見まして」

佐柄木の前には部厚なノォトが一冊置いてあり、それに今まで書いていたのであろう、かなり大

きな文字であったが、ぎっしり書き込まれてあった。

「御勉強ですか」

「いえ、つまらないものなんですよ」

歔欷《すすりな》きは相変わらず、高まったり低まったりしながら、止むこともなく聞こえていた。

「あの方どうなさったのですか」

「神経痛なんです。そりゃあひどいですよ。大の男が一晩中泣き明かすのですからね」

「手当てはしないのですか」

「そうですねえ。手当てと言っても、まあ麻酔剤でも注射して一時をしのぐだけですよ。菌が神経に食い込んで炎症を起こすので、どうしようもないらしいんです。何しろ癩が今のところ不治ですからね」

そして、

「初めの間は薬も利きますが、ひどくなって来れば利きませんね。ナルコポンなんかやりますが、利いても二、三時間。そしてすぐ利かなくなりますので」

「黙って痛むのを見ているのですか」

「まあそうです。ほったらかして置けばそのうちにとまるだろう、それ以外にないのですよ。もっともモヒをやればもっと利きますが、この病院では許されていないのです」

尾田は黙って泣き声の方へ眼をやった。泣き声というよりは、もう唸り声にそれは近かった。

「当直をしていても、手の付けようがないのには、ほんとに困りますよ」

と佐柄木は言った。

「失礼します」

と尾田は言って佐柄木の横へ腰をかけた。

「ね尾田さん。どんなに痛んでも死なない、どんなに外面が崩れても死なない。癩の特徴ですね」

佐柄木はバットを取り出して尾田に奨めながら、

「あなたが見られた癩者の生活は、まだまだほんの表面なんですよ。この病院の内部には、一般社会の人の到底想像すらも及ばない異常な人間の姿が、生活が描かれ築かれているのですよ」

と言葉を切ると、佐柄木もバットを一本抜き火をつけるのだった。潰れた鼻の孔から、佐柄木はもくもくと煙を出しながら、

「あれをあなたはどう思いますか」

指さす方を眺めると同時に、はっと胸を打って来る何ものかを尾田は強く感じた。彼の気付かぬうちに右端に寝ていた男が起き上がって、じいっと端坐しているのだった。もちろん全身に繃帯を巻いているのだったが、どんよりと曇った室内に浮き出た姿は、何故とはなく心打つ厳粛さがあった。男はしばらく身動きもしなかったが、やがて静かにだがひどく嗄《しやが》れた声で、南無阿弥陀仏南無阿弥陀仏と唱えるのであった。

「あの人の咽喉《のど》をごらんなさい」 見ると、二、三歳の小児のような涎掛けが頸部にぶら下がって、男は片手をあげてそれを押えているのだった。

「あの人の咽喉には穴が空いているのですよ。その穴から呼吸をしているのです。喉頭癩と言いま

すか、あそこへ穴を空けて、それでもう五年も生き伸びているのです」

尾田はじっと眺めるのみだった。男はしばらく題目を唱えていたが、やがてそれをやめると、二つ三つその穴で吐息をするらしかったが、ぐったりと全身の力を抜いて、

「ああ、ああ、なんとかして死ねんものかいなあー」

すっかり嗄れた声でこの世の人とは思われず、それだけにまた真に迫る力がこもっていた。男は二十分ほども静かに坐っていたが、また以前のように横になった。

「尾田さん、あなたは、あの人たちを人間だと思いますか」

佐柄木は静かに、だがひどく重大なものを含めた声で言った。尾田は佐柄木の意が解しかねて、黙って考えた。

「ね尾田さん。あの人たちは、もう人間じゃあないんですよ」

尾田はますます佐柄木の心が解らず彼の貌を眺めると、

「人間じゃありません。尾田さん、決して人間じゃありません」

佐柄木の思想の中核に近づいたためか、幾分の昂奮すらも浮かべて言うのだった。

「人間ではありませんよ。生命です。生命そのもの、いのちそのものなんです。僕の言うこと、解ってくれますか、尾田さん。あの人たちの『人間』はもう死んで亡びてしまったんです。ただ、生命だけがびくびくと生きているのです。なんという根強さでしょう。誰でも癩になった刹那に、その人の人間は亡びるのです。死ぬのです。社会的人間として亡びるだけではありません。そんな浅はかな亡び方では決してないのです。廃兵ではなく、廃人なんです。けれど、尾田さん、僕らは不

死鳥です。新しい思想、新しい眼を持つ時、全然癩者の生活を獲得する時、再び人間として生き復《かえ》るのです。復活そう復活です。びくびくと生きている生命が肉体を獲得するのです。新しい人間生活はそれから始まるのです。尾田さん、あなたは今死んでいるのです。死んでいますとも、あなたは人間じゃあないんです。あなたの苦悩や絶望、それがどこから来るか、考えてみてください。一たび死んだ過去の人間を捜し求めているからではないでしょうか」

だんだん激して来る佐柄木の言葉を、尾田は熱心に訊くのだったが、潰れかかった彼の貌が大きく眼に映って来ると、この男は狂っているのではないかと、言葉の強さに圧《お》されながらも怪しむのだった。尾田に向かって説きつめているようでありながら、その実佐柄木自身が自分の心内に突き出して来る何ものかと激しく戦って血みどろとなっているように尾田には見え、それが我を忘れて聞こうとする尾田の心を乱しているように思われるのだった。とはたして佐柄木は急に弱々しく、

「僕に、もう少し文学的な才能があったら、と歯ぎしりするのですよ」

その声には、今まで見て来た佐柄木とも思われない、意外な苦悩の影がつきまとっていた。

「ね尾田さん、僕に天才があったら、この新しい人間を、今までかつて無かった人間像を築き上げるのですが——及びません」

そう言って枕もとのノォトを尾田に示すのであった。

「小説をお書きなんですか」

「書けないのです」

ノォトをぱたんと閉じてまた言った。

「せめて自由な時間と、満足な眼があったらと思うのです。いつ盲目になるかわからない、この苦しさはあなたにはお解りにならないでしょう。御承知のように片方は義眼ですし、片方は近いうちに見えなくなるでしょう、それは自分でもわかりきったことなんです」

さっきまで緊張していたのが急にゆるんだためか、佐柄木の言葉は顚倒《てんとう》しきって、感傷的にすらなっているのだった。尾田は言うべき言葉もすぐには見つからず、佐柄木の眼を見上げて、初めてその眼が赤黒く充血しているのを知った。

「これでも、ここ二、三日は良い方なんです。悪い時にはほとんど見えないくらいです。考えてもみてください。絶え間なく眼の先に黒い粉が飛びまわる焦立《いらだ》たしさをね。あなたは水の中で眼を開いたことがありますか、悪い時の私の眼はその水中で眼を開けた時とほとんど同じなんです。何もかもぼうっと爛れて見えるのですよ。良い時でも砂煙の中に坐っているようなものです。物を書いていても、読書していても一度この砂煙が気になり出したら最後ほんとに、気が狂ってしまうようです」

ついさっき佐柄木が、尾田に向かって慰めようがないと言ったが、今は尾田にも慰めようがなかった。

「こんな暗いところでは――」

それでもようやくそう言いかけると、

「もちろん良くありません。それは僕にも解っているのですが、でも当直の夜にでも書かなければ、書く時がないのです。共同生活ですからねえ」

「でも、そんなにお焦りにならないで、治療をされてから――」

「焦らないではいられませんよ。良くならないのが解りきっているのですから。毎日毎日波のように上下しながら、それでも潮が満ちて来るように悪くなって行くんです。ほんとに不可抗力なんですよ」

尾田は黙った。佐柄木も黙った。歔欷《すすりな》きがまた聞こえて来た。

「ああ、もう夜が明けかけましたね」

外を見ながら佐柄木が言った。黝《くろ》ずんだ林のかなたが、白く明るんでいた。

「ここ二、三日調子が良くて、あの白さが見えますよ。珍しいことなんです」

「一緒に散歩でもしましょうか」

尾田が話題を更《か》えて持ち出すと、

「そうしましょう」

とすぐ佐柄木は立ち上がった。

冷たい外気に触れると、二人は生き復ったように自ずと気持が若やいで来た。並んで歩きながら尾田は、ときどき背後を振り返って病棟を眺めずにはいられなかった。生涯忘れることのできない記憶となるであろう一夜を振り返る思いであった。

「盲目になるのはわかりきっていても、尾田さん、やはり僕は書きますよ。盲目になればなったで、またきっと生きる道はあるはずです。あなたも新しい生活を始めてください。癩者に成りきって、さらに進む道を発見してください。僕は書けなくなるまで努力します」

その言葉には、初めて会った時の不敵な佐柄木に復っていた。

「苦悩、それは死ぬまでつきまとって来るでしょう。でも誰かが言ったではありませんか、苦しむためには才能が要るって。苦しみ得ないものもあるのです」

そして佐柄木は一つ大きく呼吸すると、足どりまでも一歩一歩大地を踏みしめて行く、ゆるぎのない若々しさに満ちていた。

あたりの暗がりが徐々に大地にしみ込んで行くと、やがて燦然《さんぜん》たる太陽が林のかなたに現われ、縞目を作って梢を流れて行く光線が、強靭な樹幹へもさし込み始めた。佐柄木の世界へ到達し得るかどうか、尾田にはまだ不安が色濃く残っていたが、やはり生きてみることだ、と強く思いながら、光の縞目を眺め続けた。

山本周五郎　須磨寺附近

山本周五郎　やまもと しゅうごろう
明治三十六―昭和四十二年（一九〇三―六七）
山梨県出身。苦労の末、大衆小説家としての地位を不動のものとした。他者を容易に近づけることなく、禁欲的に創作に打ち込む生活を送ったが、大衆に寄り添った作風でも知られる。代表作に『樅ノ木は残った』（一九五八）等。

だがそこに、周五郎の処女作と目される短篇の「須磨寺附近」が所載されているのは誠に拾いものと云うべきで、何気なくそれを読んでオヤと目をそばだてたのである。

後年、数々の長篇で発揮するところの、あの硬質でキレのある文体が、すでにこの処女作でハッキリと確立されていたのだ。

それは同号創作欄の、泉鏡花や正宗白鳥、近松秋江、里見弴《とん》、或いは新進の川端康成や牧野信一ら錚々たる名文家の中にあって、小面憎い程の存在感を放っていた。　*****

一

清三は青木に迎えられて須磨に来た。

青木は須磨寺の近くに、嫂《あによめ》と二人で、米国の支店詰になって出張している兄の留守を預っていた、で、精神的にかなり手甚《てひど》い打撃を受けていた清三は、その静かな友の生活の蔭に慰を求めたのであった。

須磨は秋であった。

青木の嫂の康子はひじょうに優れて美貌だった。彼女については青木がまだ東京にいた時分よく彼によって語られていたのでおおかたのことを清三は識《し》っていた。

「君なら一眼で恋着するだろうなあ」

青木は話の出るたびにかならずそう云ったものである、従って打明けて云えば、青木の暗示的な言葉は、彼女の写真を見たり性情を聞いたりすることに救けられて清三の心の中でいつのまにか育っていた。

月見山の家に着いた夜、清三のために風呂が焚《た》かれ、食膳には康子の手料理が並べられた。

「東京の人には何を差上げても不味《まず》いのでね」

康子が云った。

「でも牛肉だけは自慢できますわ」

清三は微笑しながら肉の煮えたつ鍋を見下ろしていた。今晩だけは特別だと云って、康子の手で麦酒《ビール》が開けられた、清三も青木も顔の赫《あか》くなるほど飲んだ、清三はまたかねがね聞かされていた神戸の牛肉の美味《うま》さに頻繁に箸を鍋に運んだ。

「遠慮なぞしないで、ゆっくり遊んで行ってくださいね、二人きりで寂しいんですから」

飯が終ると康子は女にしては鋭い瞳を動かせながら云った、清三はその瞳に威圧されるような気がした。康子は林檎をむいてくれた、清三は白い長い指が巧みに働くのと、果実の肌と刃物の触れ合う微妙な音を聞きながら、温い幸福な気持にひたっていた。

茶がすんでから、康子が月が佳《い》いから浜へ行こうと云い出した。麦酒でぼうとなっていた清三はすぐ応じた、青木も立った。

浜には波がなく、淡い霧が下りて寂然としていた、三人の息は月の光を含んで白く氷《こお》った、青木は、月見頃になるとこの浜一面に藻潮を焚いて酒の宴を開く習慣があると話した、ことにそうしたとき、男たちよりも、女たちのほうがよけい騒ぐので、かなり婉《なま》めいた月見の戯が浜いっぱいに開かれるのだそうである、藻潮を焚いて月を待つという、歌めいた習慣に清三はなにか雅致のある懐しさを感じさせられた。

「おい相撲をとろう」

足の甲までさらさら没してしまう深い砂地に出たとき、清三はそう云って青木の手を取った、二人は踏応えのない砂の上で揉み合った、康子は微笑しながら見て立っていた、二人は勝負のつかぬ先に労《つか》れてしまった。

「おい離せ離せ、息が切れて耐《たま》らん」

青木はそう云うと砂の上に腰をおとした。

「弱い人たち」

康子が月を背にして清三の顔を見下ろしていた、清三は手を腋《わき》の下にやった、そこが大きく綻《ほころ》びていた。

「ひどいやつだなあ」

青木も腋の下を視《み》たが異常はなかった。二人は大きな声を立てて笑った。静かに淀んでいた夜霧が、二人の笑声でゆらゆらと揺れて流れた、康子もやがて二人のあいだに坐って足を投出した。

「御覧なさい、淡路島の灯が見えます」

康子の指示した遠い海の夜の帷《とばり》のかなたに、ほとんど見えるか見えぬか分からないほどの灯がちらちらと揺れている、清三はほのかな気持で、ひっそりした海の上を見やった。青木はふいと立って、黙って汀《なぎさ》のほうへ歩いて行った、清三も康子も無言のままその後を見送る、間もなく水の鳴る音がし始めた、青木が石を投げるのであった。清三は眼を閉じて、佗しい水の音をじっと耳で味った。

「いつごろまでいてくだすって」

呟《つぶや》くような康子の声が起った、清三は眼を開いて康子を見た、康子の面は月光を浴びて彫像のように崇高に見えた。そのときの彼女の顔から人間のものを求めたら、きらきら輝く瞳だけであったろう。——清三はふっと顔の熱くなるのを覚えながら、さあと云ったまま返辞に窮して眼の前にある康子の白い足袋を履いた小柄な足を見ていた。

「お正月まで？」

康子が云った、清三はただ笑って答えた。康子の表情が月光の下でちょっと変った、が清三はその変化の解釈がつかなかった。

青木が汀で野蛮な声を張上げて詩を吟じ始めた、それを合図のように康子はすっと立上った、清三も続いて砂から尻をあげた。

清三は温い幸福なものを抱いて寝た、夜晩《おそ》くまで階下で康子の咳《せ》く声がしていた。

清三はじゅうぶんこの新しい家に満足できた、そして当分この温い情的な（云い得べくんば）家に慰まぬ心を隠しておこうと思った。

二三日してから大阪に来ている先輩を訪ねて為事《しごと》を求めてみた。その男はすぐ引受けてくれた、そして間もなくKという雑誌の為事を見付けてくれた、下らない手伝いに近いものではあったが遊んでいるよりはましだと思ってすぐその日から堂島に近いその会社へ通勤し始めた。

「早く帰ってらっしゃい」

康子はかならず朝、門の裏まで送って来てそう云った、清三はいつもそれに感謝の笑で応じた。帰って来て清三が門を潜るとかならず康子の白い割烹着《かつぽうぎ》姿が玄関の式台に現れた。

「労れたでしょう」

康子はそう云う、清三はやはり感謝の微笑でそれに答えた、そして自分に注がれる鋭い情熱的な冷たい瞳をわくわくしながら味っていた、神戸の新聞社に出ている青木は毎日午《ひる》近くに出て帰るのは夜晩くなった。清三は二人きりの時間を、毎日何か事件でも起こるような気持で過ごした。

雨の降る日、例《いつも》より早く帰って来た清三と茶を飲んでから康子はその辺を歩こうではないかと云い出した。清三はすぐ同じた。二人は家を閉めて雨の細い夕暮の中に歩き出した。

「よい処へ連れてってあげます」

上目使いにちらと悪戯《いたずら》らしく清三の額を見ながら媚《こ》びたような笑を唇に見せて康子が云った、清三は康子の、娘のように豊かな胸元を見た、康子はきれるほどきゅっと帯を締めていた。

康子はときどき何か話しかけた、清三も言葉尠《すく》なくそれに答えた、何を話し何を答えたかはすぐ忘れてしまったが、五つも年の上である彼女が、常に姉のような態度で迫ってきたことだけは覚えている。もちろん清三の態度にはいくらか弟としての甘えたさがあったに相違ない。

清三は大きな池のある広場へ連れて来られた、ここが須磨寺だと康子が云った。池の水には白鳥が群を作って遊んでいた、雨がその上に静かに濺《そそ》いでいた。

池を廻って、高い石段を登ると寺があった。そこには義経や敦盛の名の見える高札が立ててあった、それはどこへ行ってもかならずある、松だの小沼だのに対する伝説が書かれてあるのだ、康子は清三を振返って、この高札に皮肉な瞳を動かして見せた、清三も釣られて蔑《さげす》んだ笑いを洩らした。

寺の前から裏山へかけて、八十八ヶ所の地蔵堂が造られてある、二人はそのほうへ進んだ、がもはや夕闇が拡がり出して、木樹の蔭には物寂しい影が動き始めた。

「ここへ入って少し休みましょう」

朱い小さい山門の下へ来たとき、康子は傘をすぼめてその下に入った。清三もその後に従った、そして康子のために台石の埃《ほこり》を手帛《ハンカチ》で払ってやった、康子は微笑《ほほえみ》ながら清三の手を見ていたが、素直にその上へ腰を休めた。

「静かでしょう」

康子はちょっと耳を澄ませてから、呟くような声で云った。

「地の中で虫が土を掘る音まで聞えそうだ、と云っている人がゲエテの詩の中にありましたね。──雨さえ降っていなかったら、こんな静かさをそう云うのでしょうか」

清三は恐縮して、そうですねと云ったばかりである、康子はその静寂の中から何か聞き出すもののように、しばらく眼を閉じてじっとしていたが、まもなく帰ろうと云いだした。清三はその甘い溶けるような静寂の中にいつまでも二人きりでじっとしていたかったが、康子に添ってすぐ立った。

「清水さん」

康子は傘を拡げようとしながら清三の顔を見て云った。

「あなた、生きている目的が分かりますか」

「目的ですか」

「生活の目的ではなく、生きている目的よ」

清三にはちょっと康子の云う意味が分からなかった。康子は清三の返辞を待つ容子もなく、さっと傘を拡いて雨の中に歩み出た。清三は自分が失敗したと思って顔が熱くなった。――二人は傘を並べて黙って寺の前まで戻り静かに石段を下りた。


凪のない、暖かい日曜日である、青木も社が休みだったので三人は六甲山へ晩い紅葉を見にでかけた。

「嫂《ねえ》さん近ごろ若くなったなあ」

清三も青木も学校時代から歩くのでは負けないほうだったが康子はこの二人のあいだにあって、尠しも勉める容子なく楽々と歩いた、青木は、嫂《あによめ》が活発に裾を蹴る足元を見ながら何度もそう云った。

「これからだんだん若くなるのよ」

康子はそう云って清三の眼を横眼で見た、その瞳が清三にはひじょうに色っぽく思われた。

山ではまったく紅葉は晩すぎた、十王山という懸額のある寺の辺は、盛頃には大変な人出だというのに、その付近の平地には朽ちかかった落葉が佗しく風に飛ぶばかりであった、三人は六甲の頂上へ行くつもりなのだがその道順を訊く人すらない、寺から右へ外《そ》れる小路を青木が先頭に立ってだらだら坂に下った。

「道が分からないってことは興味があるじゃないの」

康子が清三を振返って云った。

「なぜです」

青木が反問した。

「どこへ出るか疑問だから――」

「じゃその興味には不安が伴いますね」

「どうして――」

康子は落着いて思うことを順序よく言葉の上に配列した。

「だって興味というものは不安があるから起こってくるものじゃないの」

清三は、康子が自分の云いたいことを、上手に相手から抽出《ひきだ》させる技巧に思わず微笑した、青木はふと立止まって、

「こりゃいけない、川だ」

と云った、康子は川があればたぶんそれに添って路が山上へ行くに相違ないと云った、三人は川を越した。康子が川の中に露《あらわ》れている岩の頭を飛び飛びに越して来るとき、清三は手を貸そうとした、康子は軽くそれを拒んだ、もちろん清三の親切を拒んだのではない、助けてもらうという弱さを見せたくなかったのだ、康子の笑顔で清三はすぐそれを看てとった、――道は何度も、迂回《うかい》して来る川を横切っていた、従って三人はそのたびに危い川渡りをしなければならなかったが康子はとくにそれに興味があるふうだった。

だんだん道が狭くなって、しかも次第に谿間《たにま》へ入ってゆくので、元気な青木も何度か立止まった。

清三はこの山の奥のほうに無籍者が出没するという話を聞いたことがあるので、女連れがあるだけに急に気になり出した。そのうえ道は六甲の頂上へ行くものでないことがはっきりしてきたから、三人はそれから戻ることにした。

「人間の一生に」青木が谿流《けいりゅう》の中に持っていた杖の先をひたしながら云った、「こうした静かな行楽や、温い散歩が何度あるだろうか」

清三は黙って聞いた、康子は白い雲を見上げていた。

帰りの道は下りなので楽だった。清三は康子と狭い道を並んで歩いた、青木は大股《おおまた》にどんどん急いだ、で、次第に清三たちとのあいだに距離ができた、道が曲がると彼の姿は見えなくなった、急ごうとした清三に二三歩後れた康子が、あっと軽い驚きの声をあげて立止まったので清三は見返った、康子の右足の草履の緒がきれている――立戻った清三はとっさのまに手帛《ハンカチ》を取り出してそれを裂いた、そして康子の足元に跪《ひざまず》いて草履をとりあげた。無器用な手で清三がどうやら緒を継ぎ終るまで康子は微笑しながら見下ろしていた。

「ありがとう」

康子の瞳が情的に動いた、清三は頬の熱くなるのを覚えた、それから青木が流れの端の石に腰かけて待合せているところまで、二人とも事件を待つような気持で黙って歩いた、青木は澄んだ秋の山の空気の中へ、煙草の烟《けむり》を吹き散らせていた。

時間がたつに連れて、清三の胸の中では、康子の働きかけてくる情的な瞳が領域を拡めていった。それが清三にとってはひじょうに幸福だった、で清三はことさらにその中へ溺れていこうとした、ときおり理性がその気持を引戻そうとするが、結局引戻すことはできなかった。

「君は嫂をどう思うか」

青木が清三にそう質問したことがある。

「つまり性質だよ、たいていの人間は規範のなかに篏《は》めることができる、男でもそうだがことに女はそうだ、しかしどうも俺には嫂ばかりは分からん」

清三は自分の胸にある思いをそのまま青木に云われたような気がした、だからそのとき、清三は、もちろん自分にも分からんと答えただけである。

夕飯の膳に三人の顔が合ったとき、こんな問答の交されたことがあった。

「いったい、結婚はどういうふうに考えるべきものだろう」

青木が云った。

「幸福なものとして幸福に没頭すれば破綻を見るし、平凡なものとして平凡にやれば人間が老いるし――」

清三は康子の顔を見た、康子は黙って魚に箸を運んでいた、それから飯が終って茶になったとき、ふいと康子が青木に云った。

「龍さん、あなた私たちの結婚が、幸福か幸福でないか分かりますか」

青木はびくっとしたようだった。清三も少なからず不意を打たれた。康子は静かに笑った。

二

雑誌の為事は月の半頃になると煩わしいほど忙しかった。天王寺にある印刷所まで校正に行って、そこで十時まで朱筆を持たなくてはならない日がすくなくとも四五日は続いた。汽車がなくなって、阪神の終電車に辛うじて間に合うようなことも再三あった。

為事するあいだは熱のあるように妙に怠《だる》い軀《からだ》が乗物で須磨へ近づくと次第に元気を恢復《かいふく》するようだった、朱筆を持って努めて睡気と戦っていた眼が、家の門を入るとはっきり醒める気がした。

その日は朝から独特の暗い冷たい雨が降っていた、前日に印刷所で職工が休んだので、二日分の原稿が校正机の上に重ねてあった、何だか朝家を出るときから少し熱があるようだったのが、時間とともにだんだんひどくなって、ちょうど夕方、再校の出る時分から後頭部が刺されるように痛み始めてきた。清三は耐らなくなって為事を同輩に頼んで印刷所を出た。天王寺の裏町の暗い汚れた、道の上に残っている薄明を十一月の寒い雨が濡らしていた。

汽車はちょうど退《ひ》けどきでひじょうな雑踏だった、清三は混雑している車室の隅にじっと身を竦《すく》めて立っていた、どれもこれも皆知らぬ顔ばかりである、皆親しみのない表情をして、耳障りな発音で野卑な方言を吐き散らしている、清三はまるで別な世界へ抛《ほう》り出されたような、重い淋しい郷愁を感じた、旅にいるという寒い頼りなさが、ひしひしと胸を緊めつけるようだった、この頼りなさ、淋しさは長いあいだ清三の胸の中で荒れ回っていたが、不意にそれが康子の愛に排《は》け口を発見して、強い勢いでそっちに流れ出した、清三は初めて、康子の俤《おもかげ》を恋しいという言葉で貪《むさぼ》るように心の壁に描きつけた。

ずきずきと痛む頭を抱えて清三が家の門を潜ったとき、いつもかならず開かねばならぬ玄関の障子が動かない、物足らぬ心で書生部屋へ上ると、茶の間の襖が開いて、青木が首を出した。

「何だ、今日は晩くなるって云ったそうじゃないか」

青木はすぐ見ていた新聞に眼を戻した。清三は朝康子にそう云いおいたことを想い出した。

「頭痛がしてね。あの人は？」

「嫂かい、ちょっと兄貴の上役の家へね、兄貴から電報がきたもんだから」

清三の胸がびしりと鳴るようだった、青木は手を伸ばして長火鉢の抽出《ひきだし》から、電報紙を取出して清三の前に置いた。清三は何か宣告されるような気持でそれを取上げた。電報は二枚で、一枚が暗号ので片方が会社で翻訳してよこしたものだった、それには、正月に帰るという意味が記されてあった。

水枕を造ってもらって、清三はすぐ寝た、けれど頭の痛むのと電報とがいつまでも眼を閉じさせなかった。軀中が悩ましかった。康子がますます恋しくなった。逢うことが許されなくなった恋人たちのように狂おしく恋しかった。清三は枕の白い帛《きれ》を噛んだ、泪《なみだ》が熱く頬を伝って落ちた。

清三は何かに驚いて眼を覚した。とちょうど仰臥《ぎょうが》した彼の鼻の先に康子の顔が近づいているところだった、康子の表情はやや狼狽を見せたが清三はそんなことを見分けている余裕がなかった、康子が顔を引くのとほとんど同時に、清三の手が本能的に康子の膝へ伸びていった、康子はその手をしっかりと握った——清三は全身がわくわくと波打つのを覚えた。二人はしばらく黙って手を握り合ったままでいた、康子は眼を閉じ、清三は枕に顔を押伏せていた、二十三年の月日が清三の目前で炎のように回転していた。

「我慢なさい」

程経て康子がそう呟いた、そして清三の手を蒲団の下に入れて、立って階下へ去った。清三は干《かわ》き切った唇を嚙みながら、「我慢なさい、我慢なさい」と口の内で呟いた。

明る朝清三は十三弦の音の中で眼を覚した、なにかなしに微笑《ほほえ》まれた。そして長いあいだその琴の音の中に身を溺れさせた。

青木が上って来て、具合はどうだいと云った、これから社へ行くが、喰べたいものがあるなら買って来てやるぞと云った。清三は微笑しながら心からありがとうと答えた。

「おい、ちょっと」

去ろうとする青木を清三は呼び止めた。

「琴はあの人か」

「うん、うるさいだろう」

青木は悪戯らしく笑った。

「頭がすっとする、階下へ行ったら、いつまでも続けてくれるように云ってくれ」

「暢気《のんき》だなあ」

青木は元気に去った、するとすぐ琴の音が止んだ。そして間もなく康子が来た。

「眠れましたか」

康子はそう云いながら含嗽《うがい》茶碗を枕元に置く、清三は康子の顔を正面に見ることができなかった。

「電報が来たのを知ってらっしゃる?」

「ええ知っています」

「そう」

清三は黙って康子の言葉を待っている、が康子はそれきり何も云わなかった。

「さっき弾いていらした琴は何です」

「――千鳥」

清三はそこまできて初めて康子の顔を見た、康子は瞳を動かした。

清三は三日寝て起きた。

清三の心には明かに期待が生まれ始めた、従って家の中の空気がひじょうに緊張して感じられるようになった、そしてそのなかで幸福と不安との入混った落着かない日を送った。

ある日清三は、社で電話を受けた、でてみると康子だった。

「帰りにちょっと松竹座に寄ってちょうだい、二階の正面の五番にいます」

それだけの用件を云うと、電話はきれてしまった、清三は退けまでの時間をすこぶる愉快に過ごした。

神戸の駅に到着《つ》いたのは五時に近かった、あいにく雨が降り出していたので、清三はわずかなところを電車に乗った。電車の中で青木に逢いはしないかという考えがなぜともなしに軽い怖れを感じさせられたのが自ら不愉快でならなかった。

劇場の前はいたずらに明るくして、人の姿は絶えていた、灯の色の華やかなだけ、ひっそりした前庭の雨は佗しかった、茶屋から行けばすぐ案内してくれるのは分かったが、なぜかそうするのが気まずかったので、清三は幾許《いくばく》かの入場料を払って中へ入った。

二階の正面の席が見えるように、東の桟敷に坐った清三はすぐ示された座席から康子の姿を探し出そうとした。康子の姿はすぐ見出せた、康子はちょうど劇眼鏡で舞台を窺っている姿勢だった。見ていると隣にいる中年の男が、康子の耳に顔を寄せて何か私言《ささや》いている、康子は何か答えたらしく、男はちょっと歯を見せて顔を離した。清三は生唾液《なまつば》を呑みこみながら舞台を見た。そこでは冑《よろい》武者《むしゃ》が数人、百姓家を取囲みながら、何か口喧《くちやかま》しく叫んでいた。清三はその場面に幕の下るまで、康子と同席の男の解釈に苦しんで過ごした。

燈火が一時にあかるくなって、座にいた人たちが一様にざわめきあった、清三は康子の姿を見逃すまいと立ったままそっちを睨んでいた、そして康子の立つ姿を見ると、すぐ自分も廊下へ出た、廊下の揉むような人のあいだを抜けながら二階へ下りて来るまでの気持は、形容できないくらいに焦せっていた、で、もう少しで見知らぬ男と連れ立って行く康子と行違ってしまうところだった、康子はすぐ慌てた清三の姿を見出したが、黙って行き過ぎた、そして男に何か云って待っている清三のところまで引返してきた。

「御苦労さま」

康子は白いものを刷《は》いた頬をちょっと押えながら笑った。清三はそうした場所にあってことに美しい女の姿を見た。

「次の幕が開いたら、二階の食堂に行っててちょうだい」

それだけ云うと康子は清三から離れた。

電鈴が鳴ると、廊下の人波は皆扉の中に流れ入ってしまった、清三は命ぜられたままにした、食堂には客の姿は見えなかった。

康子の来るまでに清三は二杯の牛乳を空けた、時間にしたら二十分たっぷりであろう、いらだたしい眼が、何度か壁のクリムトの複製画に止まった。平常は大好きであるこの画家が、そのときはこの上もなく平凡に倦怠《けんたい》に見えた。

「失礼、赦《ゆる》してね」

康子は清三と向合って坐りながら云った。清三のいらいらした気持はすぐ烟のように消えていくのを覚えた。数皿の軽い料理が運ばれて、康子が清三に喰べろと云った、清三は葡萄酒で煮たという仔牛の肉を平げた。

「すぐ帰る？　それとも観ていらっしゃる？」

清三は思いがけない気持で康子の言葉を聞いた、すくなくとももう少し情に訴えるものを期待していたのである。

「帰ります」

「観ていらっしゃい、一緒に帰りましょう」

康子は清三の気持を感じたらしかった。けれども清三は康子の白い指を見ながら、もう一度、帰りますと繰返した。

「怒ったの？」

康子が清三の顔を窃《ぬす》むようにして云った、清三は黙って座を立った、清三が外套を着て食堂を出ると、康子も一緒に従《つ》いて来た。

「怒ってるの?」

出口のほうへ近づいたときまた康子が云った。清三は静かな廊下の曲角の蔭で不意に立止まると、手を伸ばして女の指を握った、康子の瞳が驚いて男を見た、清三は遁《に》げるように女の前から去った。

家では青木が炬燵《こたつ》に寝そべっていた、青木は、嫂が今日兄貴の上役と交際《つきあい》で芝居を観に行ったと話した。清三は冷えた軀を派手な炬燵蒲団の中に埋めて、やけにがんがんする頭をぐったり垂れた。

そうしているうちに、だんだん落着いてきた清三は、康子の気持が分かるような気がしてきた。とくに二人の食事を、そうした場所へもっていったことも首肯《うなず》かれた。そして何かもっと大きな事件を期待して行った自分の、軽々しい恋情を見返って苦笑した。

康子の帰りを待たずに清三は二階へ上って寝た、夜中軀が悩ましかった。

四五日後の夕刻二人きりで夕食の膳についたとき、康子がやや強い表情で清三を見ながら、

「清水さん下宿をなさい」

と云い出した。清三は呆《あき》れて康子の顔を見た、康子は眉ひとつ動かさずに清三を見返していた。

「須磨寺のすぐ前に佳い家を見つけておきましたよ」

「そうですか」

清三は糸に操られて手足を振る泥人形のような自分を見た、何か不快なものが胸先にこみあげてくるようだった、いままで耐えていた種々な感情が頻《しき》りに言葉を誘った、清三はとうていそこに坐

っていることができなくなって、箸を置くと黙って立上った。

「清水さん」

康子の声を背に受けながら、清三は階段を上った、悲劇的な感傷が頭の中で火のように閃《ひらめ》き回る、叫び出すかも知れないと自ら清三は自分の口を両手で塞いで、部屋の中を歩き回った、誇張した言葉が口の中へ後から後から溢れてきた。

階下から上って来る跫音《あしおと》を聞いて、清三は電燈を消した。上り詰めた跫音は入口の襖の際で止まったが清三は眼を瞑《つぶ》って窓際に跼《かが》んだ、泪が出てしかたがなかった。

窓から来る宵明りで清三の姿を見出した康子は、素早く寄って来て、清三の頸《くび》に腕をかけた、清三はその腕を払い除けようと思った、が反対に軀をねじ向けて、康子を抱いた。

「あ――」

康子の短い叫びが清三の唇に触れた、二人の唇はしっかりと合った。しかし清三はすぐ康子の前に膝をおとした。康子の手が清三の髪毛の中に差しこまれた。二人の嵐のような呼吸が静寂な八畳の部屋に荒々しく続いていた。

「あたし来月の船で亜米利加へ行きます」

「――――」

「五日ほど前に電報がまた来てね！　船まで定《き》まってしまったんです」

康子の言葉は遠くから来るようだった。

「階下へ」

清三は辛うじてそう呟いた。

「あなたもいらっしゃい」

清三はわずかに首を振った。

「清水さん」

康子の熱い呼吸が清三の頬に近づいた。

「我慢なさい」

そう云って康子は静かに階下へ去った。

清三は冷たい畳の上に仰臥した、眼が暗い中でちかちかした、我慢なさい我慢なさいという言葉が何度も舌の先で翻った。

明る朝起きて見ると雨だった、康子はもうとうに神戸へでかけていた。

「顔色が悪いぞ、熱でもあるんじゃないか」

青木は背広に着換えているところだった。

「少し頭が痛い」

「何だか嫂が、今日は君が休むそうだから留守を君に頼んでくれと云っておいたぜ」

「そうか」清三はちょっと微笑して見せた、心の中では康子の人の意表に出る態度がはっきり分かった。

「あの人、亜米利加へ行くんだそうじゃないか」

清三は靴をはいている青木に云った。

「なあんだ」

青木は苦しそうに首を捻《ね》じ向けて案外らしい口吻《くちぶり》で云う。

「もう知っているのか、嫂から聞いたんだろう」

「うん」

「俺ゃ、清水には内証にしておいてくれってずいぶん喧しく約束させられたんだぜ」

「へえ、そうかい」清三は康子の気持を探り当てた。

青木が寒いと呟きながら雨の中を出て行くと、清三は冷たい水で顔を洗った、茶の間には蠅帳《はいちょう》を被せて食膳は出ていたがとても坐る気はない、重い不快な固りが腹の底に蟠《わだかま》っている。

冷たい清い空気を胸いっぱいに吸いたいような気がしたので清三は二階へ上って、北側の窓を開けた、雨の中に須磨寺や鉄拐山《てっかいざん》の峰が寒くかすんでいた。

「生きている目的が分かるか」清三は朱い山門の下で云った康子の言葉を想い出した。傘を開こうとしながら、横眼使いに自分を見た、女の色っぽい姿も眼に見えた。清三の眼の前で、山や森が呆と消えた。泪が続いて頬を流れた。

初出一覧

村山槐多　悪魔の舌……………『武侠世界』四巻九号　大正四年（一九一五）九月
倉田啓明　謀叛……………『太陽』明治四十五年（一九一二）七月号
大坪砂男　天狗……………『宝石』昭和二十三年（一九四八）七・八月合併号
※副題「――寓　話――」
松永延造　アリア人の孤独……『不同調』大正十五年（一九二六）二月
葛西善蔵　哀しき父……………『奇蹟』創刊号　大正元年（一九一二）九月
嘉村礒多　足相撲……………『文学時代』昭和四年（一九二九）十月
田中英光　N機関区……………『太平』昭和二十二年（一九四七）二月号
※副題「国鉄ゼネスト報告文学」
少女……………『新日本文学』昭和二十二年（一九四七）九月号
北條民雄　いのちの初夜………『文学界』昭和十一年（一九三六）二月号
山本周五郎　須磨寺附近…………『文藝春秋』大正十五年（一九二六）四月号

解説

杉山　淳

　本書は、私小説家・西村賢太（一九六七―二〇二二）の随筆集『誰もいない文学館』（本の雑誌社　二〇二二）をはじめとする、自身が読み耽った文学作品をめぐる文章や発言をもとに、表題のとおり構成されたアンソロジーである。収録した十篇は、西村賢太の作品世界の成立を考えるうえで、より始原的なものを含むと思われる。内容は探偵小説、怪奇小説、私小説など横断的で、西村の読書が、ジャンルにとらわれないものであったことがわかる。その収録作品、作家について、若干の補足を行う。

　まずは村山槐多「悪魔の舌」について、いずれも『誰もいない文学館』の「村山槐多『槐多画集』」より、西村はこう書き遺している。

《〝村山槐多〟は、やはり私の中ではなかなかに重要な、常に〝別格〟の位置を占め続けている存在なのである。》

《乱歩所蔵の絵画、「二少年図」について書かれたものであり、その作者、村山槐多には秀れた怪奇小説もあるとして、「悪魔の舌」なる作を激賞した短文であった。》

《十六歳の折に、鮎川哲也編の怪奇探偵小説のアンソロジーが双葉文庫に入り、このときの収録で件《くだん》の作を読むことが叶ったのである。

　それは期待以上の面白さであった。安達ヶ原の鬼女伝説を下敷きとした短篇だったが、作中人物の、悪食が嵩じて人肉を求める過程の描写の妙は、乱歩だけでなく私のような馬鹿の中卒者をも、確かに唸らせてくれたのである。》

《「悪魔の舌」の初収録刊本だけは、一寸手元に置いておきたくも思って、その没後間もなくに刊行された遺稿集の続編にあたる、『槐多の歌へる其後』（大一〇

アルス刊）は何んとなく買い購《もと》めて、これは売り払うことなく架蔵し続けていた。》

引用中、「『悪魔の舌』なる作を激賞した短文」とは、江戸川乱歩が昭和九年に書いた「槐多「二少年図」」（『文体』一九三四・六）を指し、こう記されている。

《最も早く村山槐多の存在を私に教えたものは、絵ではなくて、彼の探偵小説であった。その頃、私は名古屋に住んでいて、中学上級生であったが、愛読していた『武侠世界』（あるいは『冒険世界』であったか）にのった、彼のミステリー・ストーリー「悪魔の舌」が従来の読み物とは全く違った、ギラギラと五彩に輝く魅力をもって、私をうった。彼は一体、このような悪魔の感情を、どこから仕入れて来たのであろう。彼が十七歳の頃、早くもあこがれていたという、ボードレール、ベルレーヌ、ランボオ、そして、その奥の方には、ポオの犀利な黒い瞳が光っていたのではないか。少なくとも「悪魔の舌」は理智の恐怖を見逃してはいなかったのである》

西村が「怪奇小説」として認識した「悪魔の舌」を、乱歩は「探偵小説」として評価している。かつて変格探偵小説は、怪奇、SF、秘境冒険ものなど、様々な内容を包括するジャンルとして機能していた。乱歩の「悪魔の舌」の評価は、それを感じさせるものとなっている。

続いて、倉田啓明について、同じく『誰もいない文学館』の「倉田啓明『地獄へ堕ちし人々』」より。

《何しろ、すべてが〝幻〟なのである。》

《筋金入りの〝幻の作家〟である。》

《しかしその玉石混淆の作品群は、それが玉であれ石であれいずれも読む者を妙な異空間に引きこむ不可思議な魅力があることは確かだ。作中に浮世の森羅万象に通じたかのような該博な知識を点綴《てんてい》させる手法は、啓明の場合は物語自体の構成の稚拙さをカバーした上で、古風な文体へ一見清新風の才気を添える効果をもたらしめている。》

《一握りの中の更にひとつまみでも、啓明の歪んだ才気に瞠目する読者と云うのは、今も絶えずに存在するのである。》

また、西村が資料を提供し刊行された『稚兒殺し倉田啓明譎作集』（勝井隆則編纂　龜鳴屋　二〇〇三）巻末の、自身による解説「異端者の悲み」では、こう書き遺している。

《世に異端者と云うキャッチフレーズを便宜上、或いは宣伝効果上で付される作家はあまたいるが、啓明の場合、こうした安易なカテゴリーにおさめて記憶するには、余りに胡散臭過ぎたことが却って黙殺に至った一因との感もある。しかし、異端者とは本来すべからく胡散臭いものであろう。》

《本名は倉田潔。明治四十五年時には二十歳と推定され、慶応大学の文科出身。明治末期に新進作家として現れ、『中央公論』、『太陽』の他、永井荷風が編集する『三田文学』にも創作を発表、でっぷりと太った体格で、自らの性器の尖端に刺青を彫り込む倒錯者であり同性愛者でもあったらしい。先の贋作事件で文書偽造行使詐欺の実刑判決を受け、豊多摩監獄で十箇月の懲役についた後、通俗作家北島春石のもとに身をよせ、その代作に手を染める。震災後に関西移住、大阪千日前などの大衆劇の作者となる一方、全国水平社運動に歩調を合わせた演劇水平社聯盟なる組織の指導者的立場を務めた。――》

《そして啓明の消息はこの辺で途絶えている。昭和十年代以降の著作は、現在まで寡聞にして知らない。あの懲りない啓明がいつまでも沈黙してたはずはないのだが、戦後に夥しく発行されたカストリ雑誌の中にも、啓明或いは潔の名で健在ぶりを示したものには、未だ出くわすことが出来ずにいる。没年月日すら判らぬ彼がどこに眠っているかも依然不明のままである。いったい、啓明はどこへ行ったのだろうか。》

《異端者にも、世にもてはやされる者とそうではない者の二種類があるなら、啓明は無論後者に属しよう。》

引用中「先の贋作事件」とは、倉田啓明が谷崎潤一郎の名を騙り、贋作「誘惑女神」なる戯曲を出版社に持ち込んで原稿料を搾取したことを指す。結果、啓明が収監されたのは大正六年（一九一七）十二月のこと。

桜井均「奈落の作者――倉田啓明のこと――」（『奈落の作者』文治堂書店　一九七八）には、出所して北島春石のもとに身を寄せたあとの様子が詳細に描かれている。以下、「奈落の作者」より引いておく。

《そういうワヤワヤ、ガヤガヤの隣り座敷の片隅で、小さな机に向い、厚く重ねた原稿用紙にしきりに文字を詰め込んでいる見慣れない新顔が居た。この人は近頃春石の家に寄食してきて、春石から「お啓お啓」と呼ばれる男である。当時二十九歳であった。のっぺりした瓜実顔で、立ちふるまいもなよなよしていて、何処か女性を思わせる感じだった。ここへ集まる人たちとも無論顔を合わせるが、含み笑いで応じるだけで、自分から話しかけるようなことはなかった。隣りの部屋で大騒ぎしていても一向気にかける風もなく、せっせとペンを走らせている。時折のっそりと腰をあげ、階下へ降りて、玄関にある有朋堂文庫の書棚から心あたりの本を抜きだしパラパラとめくって、また机に戻り直ぐつづきを書きだす。すこしもペンの淀みがない。たまに隣り座敷の春石から「お啓もちょっと入れよ」と言葉がかかると、如何にも億劫そうにペンを置いて加わることもあった。

この男は、横浜貿易新報、山陽新報、鹿児島新聞、岩手日報の四つの新聞へ現代小説の連載もの、それに神戸又新へ探偵小説の連載もの、計五つの新聞小説を毎日書き分けながら書きなぐっていたのである。当時の新聞は十段制で小説の原稿は一日四枚だから、毎日二十枚は書かねばならない、それに挿絵を書く場合の書き溜めも必要である。今日、一日二十枚や三十枚の原稿を書きなぐる作家は、ざらだから、ただそれだけでは驚くに当るまいが、五つの新聞小説を書き分けながら書くのである》

大坪砂男「天狗」について、西村はこう書き遺している（「私小説五人男――私のオールタイム・ベスト・テン」『本の雑誌』二〇一〇・八／『小説にすがりつきたい夜もある』文藝春秋 二〇一五）。

《尤も大坪の場合は『天狗』一作のみで強烈な印象が残っている。プロットもトリックも、はなからただの飾りと心得たような滅茶なものだが、体脂肪の殆どない、鋼の筋肉のみで構築された驚異の文体によって、今でも年に一、二度は、無性に読み返したくなる不思議な短篇。》

また、大坪の人柄については、次のように発言している（「太宰治は本当に人間失格なのか？ 神保町チキンカツ対談 ダメ人間作家コンテスト！ ◎西村賢太VS坪内祐三」『本の雑誌』二〇一五・十二）。

《借りまくって書かない作家は、本当にクズだと思いますね。たとえば大坪砂男。ただでさえ寡作なのに、さんざん借りまくって。しかも編集者を誘い出してはメシをたかって、書くって約束しても書かない。》

《山田風太郎が大坪砂男に冷し中華を奢ってもらって、

大坪から奢ってもらったのは作家の中でも俺だけだろうって自慢してますよね。ただ、大坪砂男は自分の子供まで売っぱらってるんですよ、お金欲しさに。乱歩が会長だったときに探偵作家クラブの会計を任されていたんですが、遣い込んで除名されてるし（笑）。》

　執筆不能となった大坪の、借金に吝嗇といった生活破産者ぶりは、様々に語り継がれているが、西村の弁もまた、そうした側面を伝えるものとなっている。

なお、本書の「天狗」の本文は、西村自身が『誰もいない文学館』で「ここ近年は「天狗」の復読時には、もっぱらこの『閑雅な殺人』収録版を用いている。実はつい先日も、わくわくしながら開いたばかりであった」と記した、その『閑雅な殺人』（東方社　一九五五）収録版をもとにしている。この「天狗」には「――寓話――」との副題が付されている。

　松永延造と「アリア人の孤独」について、『誰もいない文学館』の「松永延造『時頼と横笛』」より。

《それまで私はこの作家を、大正後期から昭和初期にかけて何作かを発表した、マイナーな探偵作家の一人であるように思っていた。と云うのも、これ以前に古書展の棚ではこの作者の『夢を喰ふ人』なる刊本をしばしば見かけたが、かの版元と云うのが桃源社であり、しかもそれは七〇年代半ばの刊年でもある。

　周知のようにその時代の桃源社は〝大ロマンの復活〟シリーズを刊行している。元より横溝正史から読書趣味に入った私はそのシリーズの海野十三『深夜の市長』、橘外男の『青白き裸女群像』、香山滋の『海鰻荘奇談』、或いは蘭郁二郎『地底大陸』や小栗虫太郎のシリーズ等を買って読んではすぐと金に困って売り払っていた（浜尾四郎のシリーズは、すでに中学生の頃に春陽文庫の新刊ですべて読んでいた）。加えて、更には「アリア人の孤独」が収録された本の、その書名も書名である。

　なのでこの短篇を読み終えて、該作者が今で云う、いわゆる純文学系の書き手であると知ったときは妙にもの寂しい思いを抱いてしまった。》

《興味の対象が私小説に移ったことにも因があるが、再び相見えたのは、藤澤清造への理解を深めるべく同時代――主として大正期の小説を濫読しだした、三十一歳の時まで下ったものだった。

　ようやく先の桃源社版の、『夢を喰ふ人』に接したのだが、この長篇小説に今更ながらに瞠目すると、私の中でかの作者は忽ちにして、〝読まなければならぬ作家〟へと変じてしまった。》

長篇『夢を喰ふ人』（桃源社　一九七三）の中でドストエフスキー『悪霊』に言及、共感していた松永延造はまた、児童文学者の平塚武二（一九〇四―七一）に創作の手ほどきをした。松永を基点に平塚を経て、西村も愛読した児童文学者・佐藤さとる（一九二八―二〇一七）に至る幻想文学の隠れた系譜も指摘しておきたい。

葛西善蔵と嘉村礒多について。西村に「凶暴な自虐を支える狂い酒」（『en-taxi』第二十八号　二〇〇九・十二／『小説にすがりつきたい夜もある』文藝春秋　二〇一五）という葛西善蔵論がある。葛西と嘉村の関係性を、西村はこう書き遺している。

《その後、葛西のお守は『新潮』誌の中村武羅夫の庇護下にあった嘉村礒多のもっぱらの役となって、さんざんに泣かされることになるのである。

〈くそ垂れ！　手前などと酒など飲む男かよ、Z・Kともあらう男が！〉

〈へーイ、君なぞ作家になれるもんかよ、俺にさう言はれて口惜しかないか、へーイ〉

嘉村が記すところの、葛西から投げつけられた嘲りの一例である。

しかしながら、そうした葛西の周囲の者から疎まれる横柄な言動は、これ即ちその相手に対する信頼感から生じた、葛西一流の愛情表現であるのは確かなことであった。無論葛西も哀しき愛情乞食の常として、相手をしかと見た上で、かような振る舞いを行ない、毒づいている。

とは云え、そんな幼稚な真情は当の被害者たちに、たとえ理解はできても受け入れるまでには至るわけもない。昨日まで仲良くしていると思ってた者が、突如「もう限界です」との到底編輯者には向かない、無能な言でもって遁走してゆく鬱陶しいさまを、葛西と云う男は或る種の自嘲の笑みを浮かべつつ、幾度となく見送っていた。

そして疫病神を追い払うように憂いの原因を排除した、所詮勝ち馬しか眼中にないそのての被害者たちは、後年、最早絶対に災いのふりかからぬ位置から、或る感懐をこめて葛西の酒とエゴイズムにつき一文を草したりしているのだが、同じ書くのでもこれが嘉村の筆

になると、さすがにそれらの類のものとは質の異なる、葛西への屈折した呪詛を盛り込んだ私怨漲《みなぎ》る不気味な作を発表している。》

嘉村が記した葛西の嘲りについて、〈くそ垂れ！……〉は葛西の死の翌年の、本書収録の「足相撲」、〈へーイ……〉は、嘉村自身の死の前年の「七月二十二日の夜」（『新潮』一九三二・二）からの引用である。

また、葛西について西村は、こうも書き遺している（「私小説五人男」）。

《葛西善蔵は確か清造よりも先に読んだはずである。古本屋で拾った旺文社文庫の『椎の若葉・湖畔手記』が初手だったと思うが、どれか一冊、一篇と云うのを選びにくい作家なので、ここでは津軽書房版の『葛西善蔵全集』（全三巻　別巻一）を挙げておきたい。凶暴性を孕んだ自虐のユーモアを書かせて、この私小説家の右に出る者は未来永劫絶対にない。小説上の虚構もかなり目立つが、一見大袈裟極まりない被害者意識は案外本気のものであるところなぞ、葛西ならではの魅力のひとつでもある。》

一方、嘉村については、前掲「凶暴な自虐を支える狂い酒」の引用末尾「葛西への屈折した呪詛を盛り込んだ私怨漲る不気味な作を発表している。」につづけて、こう書き遺している。前記「七月二十二日の夜」に対する評言であろう。

《嘉村がそれを書いた動機については種々推測を加えられているが、しかし仮にも師と仰いだ相手――にはともかく、その遺族までにも攻撃の鉾先を向けると云うのは、少々悪辣過ぎる感がなくもない。》

そして、田中英光について。とりわけ英光は、西村にとって特別な存在であった。こう書き遺している。

《間違いなく、英光によって〝私小説〟に開眼させられたのである。》（「解題」『田中英光傑作選　オリンポスの果実／さようなら他』西村賢太編　角川e文庫　二〇一五）

《田中英光には二十歳からの十年間をまるまるのめり込み、その作に殆ど淫した経験がある。きっかけは土屋隆夫の推理短篇『泥の文学碑』だ。何気なく読んだこの作中に英光の生涯がダイジェスト風に取入れてあって、オリンピック出場まで果たしたボート選手が作家となり、戦後、左翼活動の脱落から薬物中毒、愛人刺傷、師太宰治の墓前での自裁、とのデスペレートすぎる転落ぶりに異様な興味を惹かれてしまった。で、この人の著作を求めて当時棲んでいた横浜野毛界隈の古書店を廻ったところ、今思うと嘘みたくお誂え向きに、芳賀書店版『田中英光全集』全十一巻中の端本と巡り合った。しかも晩年の無頼派時代の作を集めた第七巻とである。》（「私小説五人男」）

《それまで純文学と呼称されるものには一切興味がなかったが、この人のものだけは読み始めて数行で引きずり込まれてしまった。何しろ、文章が箆棒《べらぼう》なのである。ヘタすぎて、これが純文学か、こう云うのでも純文学であっていいのか、とまず驚き、次いで内容の共感できる面白さに圧倒されてしまった。純文学とはこうしたものだったのかと、直後に外の作家のそのてのものをいくつか読んだら、やはりどれも全く退屈なシロモノだった。つまり、英光が初めて自分に合った純文学作品、イコール私小説だった訳である。すぐと当時揃いで三万円程の『全集』を購《もと》め、一作ごとにコピーを取り、それを日替わりで常に携えながら、港湾人足に出向く行き帰りの電車内や、作業の昼休み時間中に繰り返し繰り返し読み込んだ。これがその頃の一番楽しい時間でもあった。》（同）

　まさに田中英光作品は西村にとって、別格だったのであろう。そんな思いを汲み、かつ「N機関区」「少女」は同じ題材を扱っているため、英光はあえて二篇を収録したわけだが、西村自身、編者を務めた前掲の『田中英光傑作選　オリンポスの果実／さようなら他』の「解題」の中で、「しかし、例えば過去のその時期――戦後十年から二十年を経た時期に、英光の共産党活動と脱落を描いた「N機関区」や「少女」、長篇「地下室から」等の、政治と文学の弁証的統一を先駆的に試みた〝無惨な私小説〟が文庫本として普及していたならば」と、強い思い入れを書き遺している。なお「N機関区」は、初出（『太平』一九四七・二）では「国鉄ゼネスト報告文学」との副題が付されている。

　北條民雄「いのちの初夜」について。西村が前掲「私小説五人男」で「北條民雄の作は、実はその英光が太宰に宛てた書簡中で深い敬意を表しているのを知り、それで手をだしてみたものだ」と書き遺したその「書簡」とは、昭和五十三（一九七八）年の雑誌『太陽』十月号に掲載された、昭和十一年十月七日付け、原稿用紙四十枚に亘る「『独楽』の自序に代へて」の一節を指す（「檀一雄の書斎から発見された未発表書簡■四十枚全文（原文のまま）　太宰さん。手紙を書きます　田中英光」）。新字・新仮名遣いに改め、以下に引いておく。

《ぼくは近頃北條民雄の「癩院受胎」と島木健作の「癩」を読みました。そして、はっきり、ぼくが負けたと感じたのです。》

《図々しい話ですが、今迄、ぼくは多少、生活経験の豊富さを誇り、苦労もすこしはしてきたと、感情のばかげて幼稚なのは、自分の資質の故だぐらいにごまかしてきたのですが、二小説の読後、自惚れはみごとに崩れました。》

《あなたの「ダス・ゲマイネ」を読んで、ぼくはやはり泣き笑いしました。しかし、負けたとはおもわなかった。うまいとはおもった。心は美しいとおもった。しかし、救いが、どこかにあるのです。たとえ、あなたが自殺したとしても、それがあなたには逃げ路である気がしました。

しかし、前記の二小説には、救いがない、逃げ路がない。なんというすさまじい小説かとぼくは打倒されました。》

《ぼくの敗北感は、ぼくの苦労が、ぼくの困窮が、はっきりと、二人の作家に劣っているとかんじたところによります。癩病よりも、もっと、ひどい呵責を考えてみました。ちょっと、考えあたりません。実のところ、ぼくも癩病になりたかった。

ぼくは、「俺みたいに苦しんだやつがいるかい、」といった自信を腹にひそめて、世のなかにでたかったのです。

ぼくは、惨めなつらをして、あなたに手紙を書いています。いまの文壇なんかに尊敬できるひとはいない、白眼《にら》んでいたのに、ぼくなんかより、苦しんできた男がいる。

北條民雄！》

山本周五郎「須磨寺附近」について。本文の扉裏に掲げた「だがそこに、周五郎の処女作と目される短篇の「須磨寺附近」が所載されているのは誠に拾いもの」と西村が書き遺した「そこに」とは、以下の箇所に依る（「山本周五郎と私　自分にとっての読むべき作家」『波』二〇一四・三）。

《私は二十九歳の頃から大正期の私小説作家藤澤清造に興味を持ち、その時分はかの私小説家の散逸した作品や参考文献を集めるのに血道を上げていた真っ最中の折でもあった。

初出掲載誌は現物入手、架蔵主義でゆこうと決めていたので、古書展等でその手のものを一つ一つ拾い集めていったが、そのうちの一冊に「文藝春秋」の大正十五年四月号があったのだ。

この号には藤澤清造の創作も随筆も載ってはいない。参考文献として取り扱うべきゴシップ欄にも、その名は言及されておらぬ。

しかしこれを買い購めたのは、別段深い思惑があってのことではなく、単に同誌の大正期発行分のものは集めているうちにかなり揃ってきてしまったので、この際、コンプリートを目指す気になっていたと云うだけの話に過ぎなかった。

だがそこに、周五郎の処女作と目される短篇の「須磨寺附近」が所載されているのは誠に拾いものと云うべきで、何気なくそれを読んでオヤと目をそばだてたのである。》

西村の山本周五郎作品の再評価が、師・藤澤清造探索をきっかけに行われたことがわかるが、同文によると、周五郎作品にふれた最初は「十六歳のとき」で、「それから実に十年と云う長の時間を隔てたのち」に「二度目のアプローチ」があった。

《だがこのときの私は、実はまだ周五郎作品のもう一つの方の真価の味わいには気付いていなかった。

短篇小説の独得なるキレ、についての点である。

無論、主要長篇の一大山脈を、周五郎の言葉を借りて云えば「良い小説か、悪い小説か」のみの判断基準でもって乱読するだけでも、その作品世界の醍醐味と云うのは充分に堪能できよう。

けれど一方で、骨太な文体でありつつ、こちらの心のデリケートな部分に妙に沁み込んでくる短篇群も味読し、意外な程に前衛的手法をも用いているその技巧派ぶりに驚くのも、周五郎作品を楽しむ上では間違いなく得な方法である。

この驚きに気付いたのは、すでに三十歳も過ぎた頃だったから、私の〝周五郎体験〟はどこまでも早いようでいて、その実、極めて遅かったと云うのだ。》

そして西村は山本周五郎について、こう書き遺した。

《しかしそれらの短篇を知ったことによって、この作家のものはジャンルや枚数の長短を問わず、自分にとっては網羅して読むべき——つまり、〝好き〟な小説家となったのである。

この思いは、近年は尚と一層、強固なものになっている。
純文学的要素をすべてその作中に備えつつ、しかし純文学の悪しき面である、わけの分からぬ観念や、一人よがりの、一部の利巧ぶった読者や文芸評論家にしか通用せぬ、鼻持ちならないその手の「面白さ」は一切排し、誰にでも分かる「面白さ」を追求したこの小説家の姿勢に、仰ぎみるような敬意をここ数年、とみに抱くようになった為かもしれない。》
《先の「須磨寺附近」でもそうだが、周五郎は現代小説にときどき私小説の手法、或いはそのエッセンスを練り込んでくる。》

巷間に知られるとおり、西村賢太は、大正時代の私小説家・藤澤清造の没後弟子を名乗り、その代表作『根津権現裏』を超える作品を書き上げることを作家としての目標にしていた。また、研究者としては『藤澤清造全集』の公刊を予告していた。

私小説家・西村賢太は、昭和四十二年（一九六七）に東京で生まれた。父親が性犯罪に手を染めたため、夜逃げ同然で地元を離れ、姉とともに母子家庭で育った。義務教育のみを終え、実社会へ飛び出した。日雇い仕事などで糊口をしのぐ中、二十歳の頃、田中英光作品と出会った。そして、田中英光研究にのめり込んだ。平成六年（一九九四）に私刊本『田中英光私研究』の制作を始め、全八冊を刊行した。この『田中英光私研究』七輯に「室戸岬」を、八輯に「野狐忌」を発表し、私小説を書くようになった。平成十五年頃から商業誌に作品が掲載されるようになり、平成二十三年、「苦役列車」で芥川賞を受賞。一貫して藤澤清造の没後弟子を自称した。令和四年（二〇二二）二月四日夜、タクシーの中で意識を失い、翌朝逝去。五十四歳であった。

その生きざま、〝姿勢〟が窺える、西村自身が書き遺した言葉を、『誰もいない文学館』より引く。

《私の中には、現今の評論家や小説家風情がしたり顔で恣意的に提示する、有名どころばかりで編成した〝大正文学史〟に一切頼らぬところの相関図ができ上がっていった。》（「川村花菱『川村花菱脚本集』」）

《文豪ばかりが作家じゃないことを、いつか教えてもらっていた。》（「はじめに」「文豪ばかりが作家じゃないと、いつか教えてくれた人たち　――幻の筆跡を通じて」）

アカデミズムに属する研究者への皮肉を繰り返した

西村だが、自身は、もともと、優れた近代文学研究者であることを強く自覚していた。その自負の反証としての皮肉ともいえよう。

近代文学研究者としての西村の業績は、新潮文庫『根津権現裏』をはじめ複数冊の藤澤清造の著作の復刻や本文校訂、『田中英光私研究』、倉田啓明の再評価など枚挙にいとまがない。実作者としても、芥川賞受賞後の活躍は記憶に新しい。没後に刊行された『誰もいない文学館』は、私小説家・西村賢太の文学遍歴を書冊の紹介というかたちで行ったものである。同書の部分的な具体化ともいえる本書は、西村賢太の軌跡を読者に追体験していただく機能も有している。

『誰もいない文学館』をはじめ、様々な場所で、西村は自らの読書傾向を、「狭く、深く」と語っている。たいていの読者にとって読書とは趣味の一種で、嗜好品でしかないわけだが、ゆえにというべきか、読書の本質そのものが偏愛性をもともと含んでいる。西村はよく、私怨のない私小説にはなんの意味もないと語っていたが、読書もまたどこまでも個人的なもので、私怨のようなものを根底に抱えている。西村は小説を「読み物」とし「読み捨てる」ものと述べているが、このあたりの事情が反映した言説でもあろう。

だが、藤澤清造や田中英光らの作品群は、西村にとって、読み捨てるものではなかった。読書とは、読み捨てることができない、読者自身に切実なものが内在する作品・作家を探し当てるための、行為の別名なのかもしれない。元来、探偵小説読みだった西村が、田中英光作品から私小説の面白さに目覚め、藤澤清造作品を見いだしてゆくという軌跡そのものが、読書の本質を具体化しているのではないか。

西村は自身の書棚について、小説ではあるが、遺作『雨滴は続く』（文藝春秋　二〇二二）に、こう書き遺している。

《その室の三方には、二面の窓を塞ぐかたちで大小七本の、これまたスチール製の書棚が設置され、そこには十代の頃から買い集めた田中英光を始めとする物故私小説家——近松秋江や葛西善蔵、尾崎一雄、川崎長太郎、北條民雄等の初版本や掲載誌が並び、他に藤澤清造周辺作家の著作（清造の著作や掲載誌は、年中遮光カーテンを閉め切った六畳間の方の、ガラス付キャビネット中に収蔵している）や、大正期のややマイナーな相馬泰三、辻潤、水守亀之助、島田清次郎、松永延造、大泉黒石、そして本当にマイナーな十菱愛彦や足立欽一、須藤鐘《しょう》一《いち》、翁久允、津村京村、大森眠歩《みんぽ》等々の著作に、その他の個人全集類なぞが詰められている。》

　西村賢太というフィルターをとおして収録作品を読み解いたとき、見慣れたはずのものが少し異なる景色として立ち上がってくる。西村賢太がどんな思いを抱いて、藤澤清造に辿り着いたのか。各篇の要素が、実作にどう結実したのか。そんなことを考えるきっかけに本書がなれば幸いである。

編者　杉山淳（すぎやま・あつし）　昭和四十八年（一九七三）―
東京生、国文学研究者。単著として『怪奇探偵小説家　西村賢太』（東都我刊我書房　二〇二三）等。共編著多数。

銀河叢書

書棚の一隅
西村賢太が愛した短篇

二〇二五年二月五日　第一刷発行

編　者　杉山　淳
発行者　田尻　勉
発行所　幻戯書房
郵便番号一〇一―〇〇五二
東京都千代田区神田小川町三―一二
岩崎ビル二階
ＴＥＬ　〇三（五二八三）三九三四
ＦＡＸ　〇三（五二八三）三九三五
ＵＲＬ　http://www.genki-shobou.co.jp/

印刷・製本　精興社

ISBN978-4-86488-315-3 C0393/2025, Printed in Japan

✿「銀河叢書」刊行にあたって

敗戦から七十年が過ぎ、その時を身に沁みて知る人びとは減じ、日々生み出される膨大な言葉も、すぐに消費されています。人も言葉も、忘れ去られるスピードが加速するなか、歴史に対して素直に向き合う姿勢が、疎かにされています。そこにあるのは、より近く、より速くという他者への不寛容で、遠くから確かめるゆとりも、想像するやさしさも削がれています。

長いものに巻かれていれば、思考を停止させていても、居心地はいいことでしょう。

しかし、その儚さを見抜き、伝えようとする者は、居場所を追われることになりかねません。

自由とは、他者との関係において現実のものとなります。

いろいろな個人の、さまざまな生のあり方を、社会へひろげてゆきたい。読者が素直になれる、そんな言葉を、ささやかながら後世へ継いでゆきたい。

星が光年を超えて地上を照らすように、時を経たいまだからこそ輝く言葉たち。そんな叡智の数々と未来の読者が出会い、見たこともない「星座」を描く――

銀河叢書は、これまで埋もれていた、文学的想像力を刺激する作品を精選、紹介してゆきます。

初書籍化となる作品、また新しい切り口による編集や、過去と現在をつなぐ媒介としての復刊を手がけ、愛蔵したくなる造本で刊行してゆきます。

好評既刊